REI
DA
GANÂNCIA

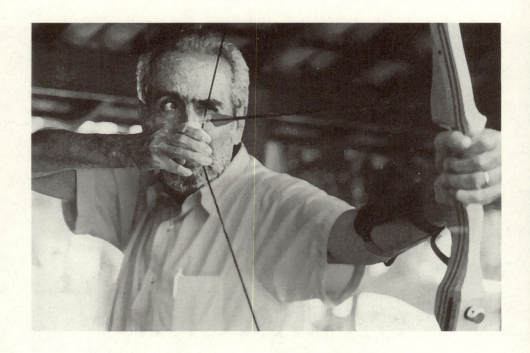

O Arqueiro

GERALDO JORDÃO PEREIRA (1938-2008) começou sua carreira aos 17 anos, quando foi trabalhar com seu pai, o célebre editor José Olympio, publicando obras marcantes como *O menino do dedo verde*, de Maurice Druon, e *Minha vida*, de Charles Chaplin.

Em 1976, fundou a Editora Salamandra com o propósito de formar uma nova geração de leitores e acabou criando um dos catálogos infantis mais premiados do Brasil. Em 1992, fugindo de sua linha editorial, lançou *Muitas vidas, muitos mestres*, de Brian Weiss, livro que deu origem à Editora Sextante.

Fã de histórias de suspense, Geraldo descobriu *O Código Da Vinci* antes mesmo de ele ser lançado nos Estados Unidos. A aposta em ficção, que não era o foco da Sextante, foi certeira: o título se transformou em um dos maiores fenômenos editoriais de todos os tempos.

Mas não foi só aos livros que se dedicou. Com seu desejo de ajudar o próximo, Geraldo desenvolveu diversos projetos sociais que se tornaram sua grande paixão.

Com a missão de publicar histórias empolgantes, tornar os livros cada vez mais acessíveis e despertar o amor pela leitura, a Editora Arqueiro é uma homenagem a esta figura extraordinária, capaz de enxergar mais além, mirar nas coisas verdadeiramente importantes e não perder o idealismo e a esperança diante dos desafios e contratempos da vida.

ANA HUANG
REI DA GANÂNCIA

Traduzido por Roberta Clapp

Título original: *King of Greed*

Copyright © 2023 por Ana Huang
Trecho de *Rei da Preguiça* © 2024 por Ana Huang
Copyright da tradução © 2024 por Editora Arqueiro Ltda.

Todos os direitos reservados. Nenhuma parte deste livro pode ser utilizada ou reproduzida sob quaisquer meios existentes sem autorização por escrito dos editores.

coordenação editorial: Gabriel Machado
produção editorial: Guilherme Bernardo
preparo de originais: Beatriz D'Oliveira
revisão: Juliana Souza e Luíza Côrtes
diagramação: Abreu's System
capa: Cat/TRC Designs
adaptação de capa: Natali Nabekura
impressão e acabamento: Associação Religiosa Imprensa da Fé

CIP-BRASIL. CATALOGAÇÃO NA PUBLICAÇÃO
SINDICATO NACIONAL DOS EDITORES DE LIVROS, RJ

H86r

Huang, Ana 1991-
Rei da ganância / Ana Huang ; tradução Roberta Clapp. – 1. ed. – São Paulo : Arqueiro, 2024.
304 p. ; 23 cm.　　　(Reis do Pecado ; 3)

Tradução de: King of greed
Sequência de: Rei do orgulho
Continua com: Rei da preguiça
ISBN 978-65-5565-709-8

1. Romance americano. I. Clapp, Roberta. II. Título. III. Série.

24-93331

CDD: 813
CDU: 82-31(73)

Meri Gleice Rodrigues de Souza – Bibliotecária – CRB-7/6439

Todos os direitos reservados, no Brasil, por
Editora Arqueiro Ltda.
Rua Artur de Azevedo, 1.767 – Conj. 177 – Pinheiros
05404-014 – São Paulo – SP
Tel.: (11) 2894-4987
E-mail: atendimento@editoraarqueiro.com.br
www.editoraarqueiro.com.br

Saber o seu valor e nunca se contentar
com menos do que você merece.

Playlist

"Million Dollar Man", Lana Del Rey
"Cold", Maroon 5 feat. Future
"Same Old Love", Selena Gomez
"Love Me Harder", Ariana Grande & The Weeknd
"Unappreciated", Cherish
"Just Give Me a Reason", P!nk feat. Nate Ruess
"Dancing with a Stranger", Sam Smith & Normani
"Without You", Mariah Carey
"Love Don't Cost a Thing", Jennifer Lopez
"We Belong Together", Mariah Carey
"Revival", Selena Gomez
"Two Minds", NERO
"Lose You to Love Me", Selena Gomez
"Amor I Love You", Marisa Monte

LINK DO SPOTIFY:

Nota sobre o conteúdo

Esta história possui conteúdo sexual explícito, palavrões, violência leve e temas que podem ser sensíveis para alguns leitores.

CAPÍTULO 1

Alessandra

EM ALGUM MOMENTO DO PASSADO, eu tinha amado meu marido.

Sua beleza, sua ambição, sua inteligência. As flores silvestres que ele colhia para mim no caminho para casa depois de trabalhar durante a madrugada e a trilha de beijos delicados que ele traçava pelo meu ombro quando eu ignorava teimosamente o despertador.

Mas o passado estava muito distante e, naquela hora, quando o vi atravessar a porta pela primeira vez em semanas, tudo o que senti foi uma dor aguda e profunda nos lugares onde antes residia o amor.

– Chegou cedo – comentei, embora fosse quase meia-noite. – Como foi o trabalho?

– Bom.

Dominic tirou o casaco, revelando um terno cinza imaculado e uma camisa branca impecável. Ambos feitos sob medida, ambos de preço acima de quatro dígitos. Tudo do melhor para Dominic Davenport, o dito Rei de Wall Street.

– Trabalho é trabalho – acrescentou ele.

Ele me deu um beijo automático nos lábios. O aroma familiar de frutas cítricas e sândalo alcançou meus sentidos e me fez sentir um aperto no coração. Ele usava o mesmo perfume que eu lhe dera de presente havia uma década, durante nossa primeira viagem ao Brasil. Antes eu achava que era lealdade romântica, mas agora eu era mais realista e pensava que ele apenas não se dava ao trabalho de encontrar um perfume novo.

Dominic não se importava com nada que não lhe rendesse dinheiro.

Ele olhou de relance para as taças de vinho manchadas de batom e os restos de comida chinesa na mesa de centro. Nossa governanta estava de férias e eu estava no meio da arrumação quando Dominic chegou.

– Você recebeu amigos? – perguntou ele, parecendo apenas ligeiramente interessado.

– Só as meninas.

Minhas amigas e eu tínhamos comemorado um marco financeiro do meu pequeno negócio de flores prensadas, que estava próximo de completar dois anos, mas não me preocupei em compartilhar a conquista com meu marido.

– Íamos sair para jantar, mas acabamos ficando em casa.

– Deve ter sido divertido.

Dominic já havia passado para o celular. Ele tinha uma política rígida de não enviar e-mails, então provavelmente estava verificando os mercados de ações asiáticos.

Um nó se formou em minha garganta.

Ele ainda era deslumbrante, tão bonito como da primeira vez que o vi na biblioteca da faculdade onde estudávamos. Cabelo louro-escuro, olhos azul-marinho, traços bem desenhados em uma expressão pensativa semipermanente. Não era muito de sorrir, mas eu gostava disso. Não havia falsidade; se ele sorria, era para valer.

Quando foi a última vez que sorrimos um para o outro como costumávamos fazer? Quando foi a última vez que ele me tocou? Não para transar, mas como uma demonstração casual de carinho.

O nó ficou preso, restringindo o fluxo de oxigênio. Engoli em seco e forcei meus lábios a se curvarem.

– Falando em jantar, não se esqueça da nossa viagem neste fim de semana. Temos uma reserva para sexta à noite em Washington.

– Não vou esquecer.

Ele tocou em algo na tela.

– Dom. – Minha voz ficou firme. – É importante.

Ao longo dos anos, eu havia tolerado muitos compromissos perdidos, muitas viagens canceladas e promessas não cumpridas, mas nosso aniversário de dez anos de casamento era um momento único. Imperdível.

Dominic finalmente ergueu os olhos.

– Eu não vou esquecer. Prometo. – Algo brilhou em seus olhos. – Dez anos já. É difícil de acreditar.

– Sim. – Minhas bochechas quase racharam de tanto forçar o sorriso. – É mesmo. – Hesitei por um instante, então acrescentei: – Está com fome? Posso esquentar alguma coisa para você comer, e você me conta como foi seu dia.

Ele tinha o péssimo hábito de se esquecer de comer quando estava trabalhando. Eu podia apostar que não consumira nada além de café desde o almoço. No início de sua carreira, eu costumava ir até o escritório para fazê-lo comer, mas as visitas pararam depois que a Davenport Capital decolou e Dominic se tornou um homem ocupado demais.

– Não, tenho assuntos de uns clientes para resolver. Como alguma coisa mais tarde.

Ele estava de volta ao celular, a testa franzida em uma carranca profunda.

– Mas…

Achei que você tivesse acabado de trabalhar por hoje. Não é por isso que está em casa?

Engoli a pergunta. Não adiantava fazer certas perguntas, pois eu já sabia as respostas.

O trabalho de Dominic nunca terminava. Era a amante mais exigente do mundo.

– Não me espere acordada. Vou ficar no escritório por um tempo. – Ele me deu um leve beijo na bochecha quando passou por mim. – Boa noite.

Ele já tinha se retirado quando respondi:

– Boa noite.

As palavras ecoaram em nossa sala suntuosa e vazia. Era a primeira noite em semanas que eu estava acordada a tempo de ver Dominic chegar em casa, e nossa conversa terminara antes de realmente começar.

Pisquei para impedir lágrimas constrangedoras. E daí que meu marido parecia um desconhecido? Às vezes nem *eu* reconhecia a mim mesma quando olhava no espelho.

No fim das contas, era casada com um dos homens mais ricos de Wall Street, morava em uma bela casa que a maioria das pessoas invejaria e era dona de um negócio pequeno mas próspero, que eu amava. Não tinha nenhum motivo para chorar.

Recomponha-se.

Respirei fundo, endireitei os ombros e peguei as embalagens vazias de comida da mesinha de centro. Quando terminei de limpar tudo, a pressão atrás de meus olhos havia desaparecido como se nunca sequer tivesse existido.

CAPÍTULO 2

Dominic

EXISTE UM ANTIGO PROVÉRBIO que diz que coisas ruins vêm de três em três e, se eu não desprezasse tanto superstições, poderia ter acreditado nele depois daquele dia de merda.

Primeiro, uma falha técnica ridícula resetou nosso e-mail e nossas agendas naquela manhã, e levamos horas até colocar tudo em ordem.

Depois, um dos meus melhores *traders* pediu demissão porque teve um "*burnout*" e encontrou sua "verdadeira vocação" como professor de ioga, o que só podia ser piada.

E naquele momento, uma hora antes do fechamento dos mercados americanos, saiu a notícia de que uma empresa na qual detínhamos uma posição grande estava sendo investigada pela Comissão de Valores Mobiliários. As ações estavam em queda livre, o dinheiro do fundo derretendo mais a cada minuto, e meus planos de ir embora mais cedo se desintegraram mais depressa do que lenços de papel em uma máquina de lavar roupa. Como CEO de um grande conglomerado financeiro, eu não podia me dar ao luxo de delegar a gestão de crises.

– Me falem tudo.

Em trinta segundos, passos rápidos me levaram da minha sala para a reunião emergencial de equipe, três portas adiante. Meus músculos estavam tão contraídos que foi um milagre eu não ter ficado cheio de cãibras. Tinha perdido milhões em minutos e não queria enrolação.

– Está rolando um boato de que a CVM vai partir com tudo para cima deles – disse Caroline, minha chefe de equipe, entrando rápido no meu ritmo. – O novo presidente está querendo chegar causando. Que melhor maneira de fazer isso do que enfrentando um dos maiores bancos do país?

Pelo amor de Deus. Os novatos sempre passavam o primeiro ano no cargo como um elefante em uma loja de porcelana. Eu tinha uma boa relação com o antigo presidente, mas o novo era uma maldita pedra no sapato, e ele só estava lá havia três meses.

Olhei o relógio ao abrir a porta da sala de reunião. Eram três e quinze da tarde. Eu tinha que pegar o voo para Washington com Alessandra às seis. Se eu não estendesse a reunião e fosse direto para o aeroporto, em vez de parar primeiro em casa, como vinha planejando, daria tempo.

Droga. Por que o presidente tinha que virar a mesa logo no dia do meu aniversário de casamento?

Assumi meu lugar na cabeceira da mesa e peguei meu isqueiro. Já era um gesto automático, eu nem precisava pensar.

– Me deem os números.

Esqueci completamente o voo para Washington conforme acendia e apagava o isqueiro enquanto minha equipe debatia os prós e contras de liquidar a posição ou enfrentar a tempestade. Não havia espaço para preocupações de ordem pessoal em meio ao caos, e o peso sólido e reconfortante da prata focava meus pensamentos na tarefa em questão, em vez de nos sussurros traiçoeiros que tomavam meu cérebro.

Os sussurros estavam sempre presentes, enchendo minha cabeça de dúvidas, dizendo que eu estava a uma má decisão de perder tudo. Que eu era e sempre seria motivo de piada, a criança órfã abandonada pela própria mãe biológica e que tinha repetido duas vezes o sexto ano.

O "aluno problemático", lamentavam os professores. O "idiota", zombavam meus colegas.

O "preguiçoso", lastimava meu orientador.

As vozes ficavam mais altas em momentos de crise. Eu governava um império multibilionário, que incluía dezenas de subsidiárias e milhares de funcionários pelo mundo todo, mas diariamente circulava pelos corredores assolado pelo medo de enfrentar um colapso financeiro.

Aceso. Apagado. Aceso. Apagado. Meus cliques acelerados no isqueiro correspondiam aos meus batimentos cardíacos.

– Senhor... – A voz de Caroline cortou o zumbido em meus ouvidos. – Qual é o seu veredito?

Pisquei para afastar as memórias indesejadas que espreitavam os cantos da minha consciência. A sala voltou ao foco, revelando as expressões ansiosas e aflitas de minha equipe.

Alguém tinha conseguido montar uma apresentação de última hora, embora eu já tivesse dito várias vezes que detestava slides. O lado direito estava preenchido com uma mistura reconfortante de gráficos e números, mas o lado esquerdo continha vários e longos tópicos de discussão.

As frases se embaralhavam à minha frente. Não pareciam corretas; eu tinha certeza de que meu cérebro havia acrescentado algumas palavras e apagado outras. Minha nuca esquentou enquanto meus batimentos cardíacos trovejavam com tanta fúria que pareciam tentar perfurar meu peito e arrancar as palavras da tela em um só golpe.

– O que eu disse sobre o formato das apresentações? – Mal consegui me ouvir acima do barulho. O som ficava mais alto a cada segundo e apenas os apertos insistentes no isqueiro me impediam de explodir. – Nada. De. Tópicos.

Pronunciei as palavras e a sala ficou em um silêncio sepulcral.

– Eu… Me desculpe, senhor. – O analista apresentando os slides ficou quase translúcido de tão pálido. – O meu assistente…

– Eu não dou a mínima pro seu assistente.

Eu estava sendo um babaca, mas não tinha tempo de me sentir mal por isso. Não quando meu estômago estava se revirando e uma enxaqueca já se espalhava por trás da minha têmpora.

Aceso. Apagado. Aceso. Apagado.

Virei a cabeça e me concentrei nos gráficos. A mudança de foco, combinada com os cliques do isqueiro, me acalmou o suficiente para eu conseguir pensar com clareza outra vez.

CVM. Ações em queda. O que fazer com a nossa posição.

Não conseguia me livrar totalmente da sensação de que em algum momento eu faria uma merda tão grande que acabaria com tudo o que tinha, mas isso não aconteceria naquele dia.

Eu sabia o que fazer e, ao explicar a estratégia para manter nossa posição, afastei todas as outras vozes da minha cabeça – inclusive aquela que dizia que eu estava esquecendo algo muito importante.

CAPÍTULO 3

Alessandra

ELE NÃO IA VIR.

Eu estava sentada na sala, minha pele gelada enquanto acompanhava os minutos se passarem. Já eram mais de oito horas. Deveríamos ter partido para Washington às seis, mas eu não tinha visto Dominic nem ouvido falar dele desde aquela manhã, quando ele saiu para o trabalho. Minhas ligações tinham caído na caixa postal e me recusei a ligar para o escritório, como se fosse uma conhecida qualquer implorando por um minuto do tempo do grande Dominic Davenport. Eu era a esposa dele, caramba. Não deveria ter que ficar atrás dele nem adivinhar seu paradeiro. Por outro lado, não era preciso ser um gênio para saber o que ele estava fazendo naquele momento.

Trabalhando. Sempre trabalhando. Mesmo no nosso aniversário de dez anos de casamento.

Mesmo depois de eu enfatizar como aquela viagem era importante.

Finalmente eu tinha um bom motivo para chorar, mas nenhuma lágrima caiu. Eu me sentia apenas… anestesiada. Parte de mim já esperava que ele esquecesse ou adiasse, e isso era o pior de tudo.

– Sra. Davenport!

Nossa governanta, Camila, entrou na sala com os braços carregados de roupa de cama recém-lavada. Ela tinha voltado das férias na noite anterior e passara o dia arrumando a cobertura.

– Achei que a senhora já tivesse saído – comentou Camila.

– Não. – Minha voz soou estranha e distante. – Acho que não vou viajar neste fim de semana, no fim das contas.

– Por que...

Ela se interrompeu, seus olhos de águia notando a bagagem ao lado do sofá e os nós brancos de meus dedos apertando os joelhos. Seu rosto redondo e matronal suavizou-se em um misto de compaixão e pena.

– Ah. Nesse caso, farei o jantar para a senhora. Moqueca. Seu prato favorito, não é?

Por ironia, a moça que trabalhava na minha casa quando eu era menina fazia justamente esse prato quando algum garoto me magoava. Eu não estava com fome, mas não tinha energia para discutir.

– Obrigada, Camila.

Enquanto ela partia para a cozinha, tentei organizar o caos que dominava minha cabeça.

Cancelo todas as nossas reservas ou espero? Ele só está atrasado ou não vai viajar mesmo? Será que agora eu quero mesmo fazer essa viagem, ainda que ele vá?

Dominic e eu tínhamos combinado de passar o fim de semana em Washington, onde nos conhecemos e nos casamos. Eu tinha tudo planejado: jantar no restaurante do nosso primeiro encontro, uma suíte em um aconchegante hotel boutique, onde seria proibido olhar o celular ou trabalhar. Não seria chique, e sim íntimo e casual; era para ser uma viagem para *nós dois*. Como nosso relacionamento vinha se desgastando cada vez mais, minha esperança fora de que aquilo nos reaproximasse. De que fizesse com que nos apaixonássemos de novo, como no passado.

Mas percebi que isso era impossível, porque nenhum de nós dois era mais a mesma pessoa. Dominic não era mais o garoto que se cortou várias vezes com papel fazendo versões de origami das minhas flores favoritas para o meu aniversário, e eu não era mais a garota que passava distraída pela vida, toda otimista e sonhadora.

– *Ainda não tenho dinheiro para comprar todas as flores que você merece – disse ele, soando tão solene e formal que eu não pude deixar de sorrir ao ver o contraste entre seu tom e o jarro de flores de papel colorido em suas mãos. – Então eu as fiz.*

Minha respiração ficou presa na garganta.

– *Dom...*

Devia haver centenas de flores ali. Eu não quis nem pensar em quanto tempo ele levara para fazê-las.

– *Feliz aniversário,* amor – *disse ele, enfatizando a última palavra em português. Sua boca se demorou na minha em um beijo longo e doce.* – *Um dia, vou comprar mil rosas de verdade para você. Eu prometo.*

Ele havia cumprido essa promessa, mas quebrara outras mil desde então.

Uma gota salgada finalmente desceu pela minha bochecha e me tirou de meu estupor.

Eu me levantei, a respiração ficando mais curta a cada passo enquanto corria até o banheiro mais próximo. Camila e a equipe estavam ocupadas demais para perceber meu colapso silencioso, mas eu não conseguia suportar a ideia de chorar sozinha na sala, cercada por bagagens que não iriam a lugar nenhum e esperanças destruídas vezes demais para serem reparadas.

Tão idiota...

O que me fez pensar que aquela noite seria diferente? Nosso aniversário de casamento provavelmente significava tanto para Dominic quanto um jantar qualquer em uma sexta à noite.

Uma dor profunda se transformou em pontadas quando tranquei a porta do banheiro atrás de mim. Meu reflexo no espelho me encarou de volta. Cabelos castanhos, olhos azuis, pele bronzeada. Minha aparência era a mesma de sempre, mas eu mal me reconhecia. Era como ver uma estranha usando meu rosto. Onde estava a garota que havia resistido aos sonhos de sua mãe de que virasse modelo e insistira em ir para a faculdade? Que levava a vida com uma alegria sem remorsos e um otimismo desenfreado, e que uma vez deu um pé na bunda de um cara por ele ter esquecido seu aniversário? Aquela garota jamais teria ficado sentada esperando por um homem. Ela tinha objetivos e sonhos, mas em algum momento ao longo do caminho se esquecera deles; foram consumidos pela gravidade da ambição de seu marido.

Se eu o agradasse, se organizasse os jantares certos com as pessoas certas, se fizesse as conexões certas, seria útil para ele.

Passei anos ajudando-o a realizar seus sonhos e não tinha vivido; tinha apenas servido a um propósito.

Alessandra Ferreira se fora, substituída por Alessandra Davenport. Esposa, anfitriã, socialite. Uma pessoa definida apenas por seu casamento com o importante Dominic Davenport. Tudo o que eu fizera na última década tinha sido por ele, que não se importava o suficiente para me ligar e dizer que se atrasaria para a porra do nosso aniversário de dez anos de casamento.

A barragem se rompeu.

Uma lágrima solitária se transformou em duas, depois em três, depois em uma inundação quando caí no chão aos prantos. Cada desgosto, cada decepção, cada gota de tristeza e ressentimento que eu vinha nutrindo se derramou em um rio de sofrimento permeado de raiva. Eu havia reprimido tantas coisas ao longo dos anos que tive medo de me afogar nas ondas de minhas próprias emoções.

Senti os azulejos frios e duros contra a parte de trás de minhas coxas. Pela primeira vez em muito tempo, me permiti *sentir*, e com isso veio uma clareza ofuscante.

Eu não podia mais seguir assim.

Não podia passar o restante dos meus dias no automático, fingindo estar feliz. Precisava retomar o controle da minha vida, mesmo que isso significasse destruir a que eu tinha naquele momento.

Eu me sentia frágil e vazia, partida em pedaços que doíam demais para serem recolhidos.

Em determinado momento, meus soluços diminuíram e depois cessaram por completo, e, antes que eu pudesse me questionar, eu me levantei do chão e saí do banheiro. A cobertura era climatizada e mantinha uma temperatura perfeita de 23 graus o ano inteiro, mas pequenos arrepios percorreram meu corpo enquanto eu pegava meus pertences no quarto. O restante de meus itens essenciais já estava embalado e esperando na sala.

Não me permiti pensar. Se pensasse, perderia a coragem, e não podia me dar ao luxo de fazer isso àquela altura.

Um brilho familiar chamou minha atenção quando puxei a alça da mala. Olhei para minha aliança de casamento, uma nova pontada de dor rasgando meu peito enquanto ela cintilava, parecendo me pedir para reconsiderar.

Hesitei por uma fração de segundo antes de firmar o queixo, tirar a aliança do dedo e colocá-la ao lado da foto de meu casamento com Dominic na cornija da lareira.

Então finalmente fiz o que deveria ter feito havia muito tempo.

Fui embora.

CAPÍTULO 4

Dominic

– ALE! – MINHA voz ecoou pela cobertura. – Cheguei.

Silêncio.

Franzi a testa. Alessandra geralmente ficava na sala até a hora de dormir, e era muito cedo para ela estar dormindo. Minha reunião emergencial fora seguida por uma segunda reunião emergencial depois que vários investidores ligaram, em pânico com a queda das ações. Ainda assim, eram apenas oito e meia. Ela deveria estar ali, a menos que tivesse saído com as amigas outra vez.

Joguei meu casaco no cabideiro de bronze ao lado da porta e afrouxei a gravata, tentando ignorar a sensação incômoda de que havia algo errado. Era difícil pensar direito tomado pela descarga de adrenalina provocada pelo trabalho. Quase tive um infarto na primeira vez que Alessandra foi a uma boate com Vivian e não me avisou. Cheguei em casa mais cedo, não a vi e imaginei o pior. Liguei para todas as pessoas na minha lista de contatos, até que ela finalmente me ligou de volta e me garantiu que estava bem.

Peguei o celular, então lembrei que a bateria havia acabado de tarde. Não tive tempo de recarregá-lo em meio a todo o caos.

Merda.

– Ale! – chamei novamente. – Cadê você, *amor*?

Nenhuma resposta.

Atravessei a sala e subi as escadas até o segundo andar. Quarenta milhões de dólares compravam algumas vantagens em Manhattan, incluindo uma entrada de elevador privativa, 1.100 metros quadrados distribuídos por dois andares e vistas deslumbrantes que abrangiam o rio Hudson a sul, a ponte George Washington a norte e Nova Jersey a oeste.

Eu mal prestava atenção nessas coisas. Não viveríamos ali para sempre e eu já estava de olho em uma cobertura maior e ainda mais cara que estava sendo construída pelo Archer Group. Não importava que eu passasse apenas uma pequena parte do meu tempo em casa. Imóveis eram um símbolo de status e, se não fosse o melhor, eu não queria.

Abri as portas da suíte máster. Esperava ver Alessandra enrolada na cama ou lendo na poltrona, mas o cômodo estava tão vazio quanto a sala.

Meus olhos pousaram na mala ao lado do armário. Era a mala que eu costumava levar para viagens curtas. Por que...

Meu sangue gelou.

Washington. Aniversário de casamento. Seis da tarde. Não admirava que eu tivesse passado a tarde inteira incomodado, sem saber o que temia. Eu tinha esquecido nosso maldito aniversário de casamento.

– *Merda.*

Cuspi mais uma série de xingamentos conforme abria inúmeras gavetas, procurando por um carregador enquanto nossa conversa de quarta-feira à noite se repetia em minha cabeça.

Dom. É importante.

Eu não vou esquecer. Prometo.

Um pavor denso e viscoso corroeu meu estômago. Eu já tinha perdido encontros antes. Não me orgulhava disso, mas meu trabalho era cheio de emergências e Alessandra sempre pareceu levar isso numa boa. Tive a sensação de que daquela vez seria diferente, e não apenas porque era nosso aniversário.

Por fim encontrei um carregador e o conectei ao celular. Depois do que pareceu uma eternidade, ele ganhou carga suficiente para se religar.

Seis ligações perdidas de Alessandra, todas entre as cinco e as oito horas. Mais nada desde então.

Tentei ligar de volta para ela, mas a chamada foi direto para a caixa postal. Reprimi outro palavrão e migrei para a segunda melhor opção: as amigas dela. Eu não tinha os contatos, mas, felizmente, conhecia alguém que tinha.

– Oi, é o Dominic – falei bruscamente quando Dante atendeu à ligação. – Vivian está aí? Preciso falar com ela.

– Boa noite para você também – disse ele lentamente.

Dante Russo era meu amigo, um cliente de longa data e CEO do maior conglomerado de marcas de luxo do mundo. E o mais importante: era casado com Vivian, de quem Alessandra se aproximara bastante no ano anterior. Se alguém sabia onde minha esposa estava, era ela.

– Pode me dizer por que, exatamente, você precisa falar com a Vivian tão tarde numa sexta-feira à noite?

Um tom de desconfiança permeou sua voz. Ele era ferozmente protetor quando o assunto era a esposa, o que era irônico, considerando que nem queria se casar com ela quando ficaram noivos.

– É sobre Alessandra.

Não dei mais detalhes. Meu casamento não era da conta dele.

Minha resposta foi recebida com uma breve pausa.

– Só um segundo.

– Alô? – O tom elegante e doce de Vivian ecoou pela linha dois segundos depois.

– A Alessandra está com você?

Pulei qualquer cumprimento e fui direto ao assunto. Não me importava se ela me acharia rude; minha única preocupação era encontrar minha esposa. Já estava tarde, ela estava chateada e Nova York tinha muitas pessoas repugnantes. Alessandra podia estar perdida ou ferida naquele momento.

Senti meu estômago se revirar.

– Não – respondeu Vivian depois de um tempo longo demais. – Por quê?

– Ela não está em casa e não costuma sair tão tarde.

Omiti a parte do aniversário de casamento. Mais uma vez, nossa relação não era da conta de mais ninguém.

– Talvez ela esteja com Isabella ou Sloane.

Isabella e Sloane. As outras amigas de Alessandra. Eu não as conhecia tão bem quanto Vivian, mas não importava. Eu falaria até com a maldita louca dos gatos que vivia dormindo no lobby do nosso prédio se ela tivesse alguma ideia do paradeiro de Alessandra.

Infelizmente, Isabella e Sloane também não sabiam dela, e as chamadas que fiz para Alessandra depois que falei com as duas continuaram indo para a caixa postal.

Droga, Ale. Onde você está?

Desci as escadas novamente e quase esbarrei em Camila.

– Sr. Davenport!

Ela arregalou os olhos. Eu tinha esquecido que ela havia voltado de férias.

– Bem-vindo...

– Cadê ela?

– Quem?

– Alessandra.

O nome saiu entre meus dentes cerrados. Eu parecia um disco quebrado, mas Camila devia estar ali quando Alessandra saiu.

– Ah. A Sra. Davenport ficou bastante chateada por ter perdido o voo. – Os lábios franzidos da governanta me disseram exatamente o que ela pensava do meu atraso. – Fiz o prato preferido dela, para ver se a animava, mas quando voltei da cozinha ela já tinha saído.

– Você não ouviu quando ela saiu. – Minha voz soou sem vida. Fria.

– Não – respondeu Camila, seus olhos indo de um lado para outro.

Eu até gostava dela. Era competente, discreta e uma das funcionárias favoritas de Alessandra, mas, se estivesse escondendo algo de mim e minha esposa se machucasse...

Fiquei mortalmente imóvel.

– Vou perguntar uma última vez – falei baixinho. O sangue latejava em meus ouvidos, quase abafando minhas palavras. – *Onde está a minha esposa?*

Um tremor entregou o nervosismo de Camila.

– Eu realmente não sei, senhor. Como eu disse, vim da cozinha e ela tinha saído. Mas, enquanto estava procurando por ela... – Camila tirou algo do bolso. – Encontrei isto na lareira.

Um diamante familiar brilhou na palma da mão dela. A aliança de casamento de Alessandra.

Uma sensação desagradável e amarga se espalhou por meu estômago.

– Eu ia colocar no seu quarto – disse Camila. – Mas como...

– Quando?

– Uma meia hora atrás.

Camila mal tinha terminado de falar quando peguei a aliança e passei por ela em direção ao elevador, meu coração batendo forte em um misto de pavor, pânico e mais coisas que eu não conseguia nomear.

Meia hora. Eram nove da noite e a última ligação de Alessandra para mim tinha sido às oito, logo Camila encontrara a aliança pouco depois de ela sair. Alessandra não podia ter ido muito longe.

Fechei a mão em torno do anel. Ela não teria tirado a menos que...

Não. Ela estava chateada, e com todo o direito, mas eu a encontraria, explicaria o que acontecera e tudo voltaria ao normal. Alessandra era a pessoa mais compreensiva que eu conhecia. Ela me perdoaria.

O diamante se cravava dolorosamente na palma da minha mão.

Vai ficar tudo bem. Tinha que ficar. Eu não conseguia imaginar uma alternativa.

CAPÍTULO 5

Alessandra

EM VEZ DE IR para a casa de alguma amiga, reservei um quarto de hotel por uma semana e paguei em dinheiro. Não queria que Dominic rastreasse meu paradeiro pelo cartão de crédito. Felizmente, eu tinha meu próprio dinheiro, que ganhei com a Floria Designs, e, precavida, havia guardado uma quantia em casa para emergências quando o negócio decolou. Era o suficiente para cobrir a despesa do hotel e me manter enquanto eu decidia o que fazer.

Ir embora sem dizer uma palavra era uma saída covarde? Provavelmente. Mas eu precisava de um tempo sozinha para pensar, e foi por isso que ainda não atualizara minhas amigas.

Tinha desligado o celular depois de sair da cobertura e o deixei desligado enquanto desfazia as malas, tomava banho e tentava não pensar nas últimas horas ou na dor aguda em meu peito.

– *Dom!* – Dei risada quando Dominic entrou no chuveiro e me abraçou por trás. – *Você deveria estar ligando para o serviço de quarto e pedindo comida.*

– *Eu já pedi.*

Sua boca percorreu meu ombro e subiu pelo meu pescoço. Em meio ao vapor turvando o banheiro, arrepios de prazer percorreram minha pele.

– *Mas decidi que quero a sobremesa primeiro* – disse ele.

– *E se eu não concordar com isso?* – provoquei. – *Talvez eu queira seguir a ordem normal. Nem todo mundo é rebelde.*

– *Nesse caso...*

A boca de Dominic alcançou o canto dos meus lábios. Uma das mãos envol-

*veu meu seio enquanto a outra mergulhava vagarosamente entre minhas per-
nas. O prazer subiu pelo meu ventre e não consegui conter um suspiro suave.*

– Vou ter que dar um jeito de te convencer, né?

Fechei os olhos, deixando a água quente lavar minhas lágrimas. Estávamos a quilômetros e a anos de distância do nosso primeiro fim de semana juntos, mas eu quase podia sentir a força de seu abraço. Transamos duas vezes no chuveiro; quando saímos, nossa refeição já estava esperando por nós, e fria, mas nem nos importamos. Devoramos a comida como se ainda estivesse fresca.

Passei mais tempo do que deveria no chuveiro, e depois a água, o calor e as emoções daquela noite conspiraram para me derrubar. No momento em que encostei a cabeça no travesseiro, apaguei.

Quando acordei na manhã seguinte e finalmente liguei o celular, havia dezenas de mensagens, ligações perdidas e áudios das minhas amigas e de Dominic. Ele devia ter entrado em contato com elas depois que chegou em casa e descobriu que eu tinha sumido.

Enviei uma mensagem rápida para o grupo das amigas, garantindo que estava bem e que explicaria tudo mais tarde, então respirei fundo e ouvi as mensagens de voz de Dominic.

Fiquei com o coração apertado instantaneamente ao som de sua voz, que revelava um desespero crescente a cada mensagem.

Dominic: Cadê você?

Dominic: Ale, isso não tem graça.

Dominic: Me desculpa por ter perdido nosso voo. Surgiu uma emergência no trabalho e eu tive que resolver. Ainda podemos fazer a viagem.

Dominic: Droga, Alessandra. Eu entendo que você esteja irritada, mas pelo menos me diz se está bem. Eu não... *Merda.*

Uma série de palavrões se misturou ao inconfundível tamborilar da chuva contra o concreto, ao fundo. A mensagem tinha sido enviada às 3h29. O que ele estava fazendo fora de casa tão tarde?

Procurando por você.

Afastei o pensamento logo que ele surgiu, em parte porque não acreditava que o novo Dominic faria algo assim e em parte porque doía muito pensar que ele *faria.*

Sua última mensagem tinha sido duas horas antes, às 6h23.

Dominic: Me liga. Por favor.

O aperto em meu peito tornou-se insuportável. Não estava pronta para enfrentá-lo, mas o sono havia dissipado a névoa emocional da noite anterior, e o desespero na voz dele corroeu a promessa que eu havia feito a mim mesma de evitá-lo até que tivesse um plano. Era melhor encontrá-lo logo e arrancar o band-aid de uma vez, por assim dizer, do que permitir que a incerteza se espalhasse.

– Violet Hotel. – Não dei a ele a chance de dizer nada ao atender. – Lower East Side.

Eu desliguei, meu estômago se revirando de nervosismo. Não tinha jantado na noite anterior, mas pensar em comida me deixou ainda mais enjoada. Mesmo assim, me obriguei a engolir algumas frutas secas e castanhas que encontrei no minibar. Precisaria de energia. Se Dominic tinha um talento, era de persuadir as pessoas a fazer o que ele queria.

Eu já estava questionando minhas escolhas. À luz do dia, meu dedo anelar parecia insuportavelmente nu e minha decisão de ir embora, insuportavelmente precipitada. Será que eu deveria ter esperado por Dominic e conversado com ele antes de sair de casa? E se…

Alguém bateu à porta.

Meu estômago se revirou outra vez. De repente, me arrependi de ter contado a ele onde estava, mas era tarde demais.

Arranque o band-aid. Acabe com isso de uma vez.

Ainda assim, nenhum discurso motivacional poderia ter me preparado para a visão que me esperava quando abri a porta.

– Ah, meu Deus.

Eu arquejei antes que pudesse me conter. Dominic estava acabado. Cabelo desgrenhado, camisa amarrotada, olheiras roxas de exaustão. Suas roupas estavam coladas ao corpo e seus sapatos, geralmente imaculados, pareciam ter atravessado um deserto de lama.

– O que…

Antes que eu pudesse concluir a pergunta, ele agarrou meus braços e me percorreu com os olhos.

– Você está bem.

O alívio suavizou o tom áspero de sua voz. Ele soava como alguém que se recuperava de um resfriado terrível ou que passara a noite inteira gritando.

– Estou bem. – *Fisicamente.* – Por que você está molhado desse jeito?

Suas roupas estavam pingando. Mesmo assim, puxei-o para dentro e fechei a porta. Era um hotel discreto, mas eu não queria correr o risco de que as pessoas nos vissem ou ouvissem. Manhattan era uma ilha pequena e a alta sociedade dali era ainda menor.

– Peguei chuva. – Os olhos de Dominic percorreram o quarto e pararam em minha mala aberta. – E é difícil enxergar poças às quatro da manhã.

– Por que você estava vagando por Manhattan às quatro da manhã?!

Seus olhos incrédulos se voltaram para os meus.

– Eu chego em casa do trabalho e descubro que minha esposa desapareceu e que a aliança de casamento dela está no bolso da maldita governanta. Ela não atende minhas ligações e nenhuma amiga sabe onde ela está. Achei que você... – Ele respirou fundo e soltou o ar em um suspiro longo e controlado. – Fui aos lugares que você costuma ir, até perceber que todos estavam, claro, fechados àquela hora da noite. Então mandei minha equipe de segurança varrer a cidade enquanto eu verificava seus bairros favoritos. Só para garantir. Eu não sabia...

Perdi o fôlego ao imaginar Dominic vagando pelas ruas debaixo de chuva procurando por mim. Era uma imagem tão desconexa com o homem frio e desinteressado com o qual eu me acostumara que parecia até que ele estava inventando um conto de fadas em vez de dizer a verdade.

Mas as provas estavam bem ali, e aquilo tudo me causou uma nova e dilacerante onda de dor no peito.

Se ao menos ele se importasse desse jeito comigo o tempo todo. Se ao menos não tivesse sido necessário deixá-lo para que parte da pessoa por quem me apaixonei pudesse ser desenterrada...

– Que horas você chegou em casa? – perguntei baixinho.

Um rubor opaco tingiu as maçãs do rosto dele.

– Oito e meia.

Duas horas e meia após o horário programado para nossa partida. Eu me perguntei se ele tinha esquecido nosso aniversário de casamento ou se até havia lembrado, mas ignorado mesmo assim. Não conseguia decidir o que era pior, mas não importava. No fim, o resultado era o mesmo.

– Não era minha intenção perder o voo – disse Dominic. – Eu tive uma emergência no trabalho. Pergunte a Caroline. A CVM...

– Esse é o problema. – Minha preocupação anterior desapareceu, dando lugar a uma exaustão já familiar. Não a exaustão de uma noite insone, mas uma acumulada ao longo de anos ouvindo a mesma desculpa. – Você *sempre* tem uma emergência no trabalho. Quando não é a CVM, é o mercado de ações. Quando não é o mercado de ações, é algum escândalo corporativo. Não importa o que seja, sempre vem em primeiro lugar. Antes de mim. Antes de nós.

Dominic travou o maxilar.

– Eu não posso ignorar essas coisas – respondeu ele. – As pessoas dependem de mim. *Bilhões* de dólares dependem das minhas decisões. Meus funcionários e investidores...

– E eu? Eu não conto?

– Claro que você conta – disse ele, perplexo.

– E quando *eu* estava esperando que você aparecesse, como prometeu? – A emoção embargou minha voz. – Isso era menos importante do que uma empresa multibilionária que provavelmente não teria problema nenhum se você tirasse *um* fim de semana de folga?

Um silêncio tenso quase nos sufocou, até que ele respondeu.

– Você se lembra do nosso último ano de faculdade? – O olhar de Dominic se inflamou. – Nós mal nos víamos fora de lá porque eu tinha que trabalhar em três empregos só para cobrir as despesas básicas. Comíamos aquela merda de macarrão instantâneo nos nossos encontros porque eu não tinha dinheiro para levar você a bons restaurantes. Era horrível e eu prometi a mim mesmo que, se algum dia conseguisse sair daquela situação, nunca mais voltaria. *Nós* não passaríamos por aquela situação de novo. E não passamos.

Ele apontou de mim para ele.

– Olhe para nós dois. Temos tudo o que sempre sonhamos, mas a única forma de *manter* essas coisas é fazendo o meu trabalho. A cobertura, as roupas, as joias. Tudo isso desaparece se...

– De que adianta tudo isso se eu nunca te *vejo*? – Minha frustração chegou ao ápice. – Eu *não dou a mínima* para a cobertura chique, as roupas ou o jatinho. Eu preferia ter um marido. Um marido de verdade, não só na teoria.

Talvez eu não entendesse o lado dele, porque eu vinha de uma família abastada e, por isso, nunca consegui compreender totalmente os obstáculos que Dominic teve que superar para chegar aonde chegara. Talvez eu fosse desinformada demais para entender o que estava em jogo na dinâmica de Wall Street. Mas eu me conhecia e sabia que tinha sido mil vezes mais feliz comendo macarrão instantâneo com ele em seu dormitório do que jamais fui em qualquer festa de gala chique envolta em joias e com um sorriso falso no rosto. Os olhos de Dominic perderam a cor.

– Não é tão simples assim. Eu não tenho uma família rica para me dar suporte se as coisas derem errado, Ale – disse ele em um tom duro. – *Tudo* depende de mim.

– Pode ser, mas você é Dominic Davenport. Você é *bilionário*! Pode se dar ao luxo de ter um fim de semana de folga. Caramba, você poderia se aposentar hoje e mesmo assim teria dinheiro suficiente para passar o resto da vida com luxo!

Ele não entendia. Dava para perceber apenas pela expressão teimosa. Perdi completamente as forças e minha exaustão voltou dez vezes maior.

Minha voz virou um sussurro:

– Era nosso aniversário de dez anos.

Dominic engoliu em seco.

– Podemos ir agora – disse ele. – Ainda temos quase dois dias inteiros. Podemos comemorar nosso aniversário como pretendíamos.

Não importava o quanto eu tentasse explicar, ele não entendia *por que* eu estava chateada. Não se tratava de coisas materiais e tangíveis, como voos e reservas em restaurantes. Tratava-se de uma desconexão fundamental entre nossos valores e o que considerávamos importante para um bom relacionamento. Eu acreditava em tempo de qualidade, em comunicação; ele acreditava que dinheiro podia consertar tudo.

Dominic sempre fora ambicioso, mas eu costumava pensar que ele chegaria a um ponto em que ficaria satisfeito com o que tinha. Naquele momento, percebi que esse ponto não existia. Ele nunca teria o suficiente. Quanto mais adquirisse – dinheiro, status, poder –, mais desejaria, às custas de todo o resto.

Balancei a cabeça lentamente.

– Não.

Quando acordei naquela manhã, eu não tinha um plano, mas naquele segundo ele ficou claro.

Mesmo que ficasse arrasada, mesmo que fosse muito mais fácil cair nos braços dele e mergulhar nas lembranças do que costumávamos ser, eu precisava seguir em frente. Eu já estava um caco. Se não saísse daquela situação enquanto podia, viraria poeira, nada mais do que uma compilação de tempo perdido e sonhos não realizados.

O brilho teimoso nos olhos de Dominic diminuiu, dando lugar à confusão.

– Então vamos para casa. A gente conversa e resolve.

Balancei a cabeça outra vez, tentando respirar em meio às pontadas que perfuravam meu peito.

– Eu não vou voltar.

Ele ficou imóvel. A confusão se dissipou quando ele compreendeu, então virou descrença.

– Ale…

– Eu quero o divórcio.

CAPÍTULO 6

Dominic

EU QUERO O DIVÓRCIO.

As palavras pairaram ao nosso redor como uma nuvem de fumaça venenosa. Em tese, eu entendia seu significado, mas não conseguia compreendê-las.

Divórcio significava se separar. E se separar significava terminar. E terminar era simplesmente impossível. Era algo que acontecia com outras pessoas, não com a gente.

A aliança de casamento dela abriu um buraco no meu bolso.

– *Eu não acredito que me casei com alguém que gosta de chocolate com menta* – falei enquanto Alessandra devorava uma tigela de seu sorvete favorito. – *Você sabe que está comendo basicamente pasta de dente, né?*

– *Uma pasta de dente* deliciosa.

O sorriso travesso dela me atingiu feito um soco. Estávamos casados havia exatamente uma semana, dois dias e doze horas, e eu ainda não conseguia acreditar que ela era minha.

– *Você conhecia muito bem meu gosto para sobremesas* antes *do casamento, então nem vem reclamar. Agora vai ter que aguentar a mim e ao meu sorvete de chocolate com menta para sempre.*

Para sempre.

A ideia parecia ridícula um ano antes. Nada durava para sempre. Pessoas, lugares, relacionamentos... tudo tinha prazo de validade.

Mas, pela primeira vez na vida, me permiti acreditar em uma pessoa dizendo que ficaria por perto.

Minha mão encontrou a dela e nossos dedos se entrelaçaram.

– *Promete?*

O rosto de Alessandra se suavizou. Em teoria, a gente deveria estar assistindo ao mais recente filme de ação de sucesso, mas as explosões eram mero ruído de fundo naquele momento.

– *Prometo.*

Uma porta bateu no corredor e a memória desapareceu tão rapidamente quanto surgiu.

O zumbido em meus ouvidos voltou.

– Você não está falando sério.

Alessandra apenas me encarou, os olhos marejados brilhando, mas o rosto firme com uma determinação silenciosa.

Meu Deus, por que minha gravata estava tão apertada? Eu não conseguia respirar direito.

Ergui a mão para afrouxá-la, mas meus dedos só encontraram algodão úmido. Não havia gravata, apenas um torno em volta do meu pescoço e um punho estrangulando meus pulmões.

– Você nunca me falou. – Baixei o braço, me perguntando em que momento tudo tinha dado errado. – Você nunca tinha me dito nada disso até agora.

Eu havia perdido mais encontros do que deveria nos últimos anos? Sim. Alessandra e eu conversávamos tanto quanto antes? Não. Mas era assim que funcionava a construção de um império, e eu achava que estivéssemos alinhados em relação a isso. Estávamos juntos havia muito tempo, não precisávamos ficar toda hora reafirmando nosso sentimento.

– Eu deveria ter falado. – Alessandra desviou o olhar. – Foi minha culpa. Guardei tudo, quando deveria ter te contado como estava me sentindo. Não é por causa de apenas uma viagem ou um jantar. Não é nem por causa de vários jantares e viagens. É por causa do motivo que te fez perder esses momentos.

Os olhos dela encontraram os meus novamente, e meu coração se contorceu com a dor que vi neles. Será que eu estava realmente tão cego a ponto de não perceber quanto ela estava infeliz durante todo aquele tempo?

– Você deixou claro, inúmeras vezes, que eu não sou uma prioridade.

– Isso não é verdade.

– Não? – Ela me deu um sorriso triste. – Sabe o que eu me perguntava toda noite que você ficava até tarde no escritório? Se houvesse uma emergência no trabalho e em casa ao mesmo tempo, quem você escolheria? Eu ou seus investidores?

O zumbido se intensificou.

– Você sabe que eu escolheria você.

– Essa é a questão. Eu não sei. – Uma lágrima escorreu pela bochecha dela. – Porque você não tem me escolhido. Já faz muito, muito tempo.

O silêncio tomou o quarto, pontuado pela minha respiração rápida e pelo tique-taque ensurdecedor do relógio em um canto. Qualquer resposta que eu pudesse dar foi esmagada pelo peso das lágrimas dela.

Pobreza. Fracasso. Sabotagem. Eu havia aguentado muita coisa ao longo dos anos e sobrevivido, mas ver Alessandra chorar era a única coisa capaz de me fazer sucumbir. Definitivamente.

– Já inventei muitas desculpas por você, tanto para os meus amigos quanto para mim mesma, mas não aguento mais. – A voz dela virou um sussurro. – Estamos nos agarrando a algo que não existe mais e de que precisamos abrir mão. Nós dois seremos mais felizes.

A firmeza que passei uma década aprimorando foi golpeada por cada uma daquelas sílabas. Um exército de emoções tomou conta de mim: raiva, vergonha e um desespero feroz que eu não sentia desde que era um adolescente lutando para sair de minha cidade natal no fim do mundo. Não era para eu sentir mais nada disso, caramba.

Eu era um maldito CEO, não um garoto indefeso, sem família e sem dinheiro. Mas ao ser confrontado com a perspectiva de perder Alessandra...

O pânico atingiu meu peito.

– Você acha mesmo que seremos mais felizes se nos divorciarmos? Que eu serei mais feliz sem você? Estamos falando de *nós*. – As palavras escaparam da minha garganta, sinceras e carregadas de emoção. – *Você e eu. Para sempre* – completei em português.

O soluço silencioso de Alessandra partiu meu coração. Estendi a mão para ela e, quando ela recuou, a rachadura se transformou em um completo abismo.

– Não dificulte ainda mais as coisas. – Suas palavras foram quase inaudíveis. – Por favor.

Baixei a mão enquanto o aperto em meus pulmões aumentava. Eu não sabia como tínhamos chegado ali, mas não iria embora sem lutar.

– Eu sei que fiz besteira ontem – falei. – E fiz besteira muitas outras vezes antes. Mas ainda sou seu marido e você ainda é minha esposa.

Ela fechou os olhos, suas lágrimas um fluxo calmo e constante escorrendo por seu rosto.

– Dom…

– A gente vai dar um jeito. – A ideia de viver sem ela era inadmissível, como pedir a um coração que parasse de bater ou às estrelas que abandonassem a noite. – Eu prometo.

Tínhamos que dar um jeito.

Talvez eu não tivesse expressado isso tanto quanto deveria, mas Alessandra era uma parte indelével de mim. Desde o momento em que pus os olhos nela, onze anos antes, embora eu não soubesse disso na época.

Sem ela, eu não existia.

CAPÍTULO 7

Dominic

Onze anos antes

– EU NÃO PRECISO de uma babá.

– Ela não é babá – disse o professor Ehrlich pacientemente. – É uma tutora. Uma das melhores, na verdade. Trabalhou com vários alunos com dislexia...

– Também não preciso de uma tutora.

A ideia de ter uma sabe-tudo sendo condescendente comigo toda semana me dava arrepios. Eu tinha chegado até ali sozinho, não tinha?

Não tivera nenhum tutor quando era mais jovem e meus professores eram medíocres, na melhor das hipóteses, e destrutivos, na pior. No entanto, ali estava eu, sentado no gabinete de um renomado economista na prestigiada Universidade Thayer, a menos de um ano de receber o meu duplo diploma em Economia e Administração. Já podia sentir o gosto do dinheiro e da liberdade.

O professor Ehrlich suspirou. Ele estava acostumado com a minha teimosia, mas algo em seu tom fez meu estômago se revirar de nervosismo.

– Precisa, sim – disse ele, gentil. – Literatura e redação são requisitos fundamentais. Você já foi reprovado uma vez e essa disciplina só abre no semestre do outono. Se for reprovar neste semestre, não vai se formar.

Meu coração disparou, mas mantive uma expressão impassível.

– Eu não vou ser reprovado. Aprendi com meus erros.

Eu sequer entendia por que precisava estudar inglês, para começo de conversa. Estava entrando no mundo das finanças, não no mercado editorial. Tirava nota máxima nas disciplinas de economia e era isso que realmente importava.

– Talvez, mas prefiro não arriscar. – O professor Ehrlich suspirou novamente. – Você tem uma mente brilhante, Dominic. Nunca conheci ninguém com um dom tão natural para números, e dou aulas há décadas. Mas seu talento só o levará até certo ponto. Um diploma da Thayer abre portas, mas, para consegui-lo, você precisa seguir as regras. Quer fazer sucesso em Wall Street? Você tem que se formar primeiro, e não vai conseguir se ficar insistindo em escolher seu orgulho em vez de seu futuro.

Eu segurava os braços da cadeira com tanta força que os nós de meus dedos estavam brancos.

Talvez fosse o medo de perder quando estava tão perto da linha de chegada, ou talvez porque só o professor Ehrlich se importava comigo.

Independentemente do que fosse, fui forçado a engolir minha contrariedade automática diante de sua sugestão e ceder, pelo menos em parte.

– Está bem – respondi entre os dentes. – Aceito me encontrar com ela uma vez. Mas, se eu não gostar, não vou voltar para outra sessão.

Na segunda-feira seguinte, apareci na biblioteca principal da Thayer, pronto para encarar aquela reunião de uma vez. O local estava praticamente vazio naquele início de semestre, então seria fácil encontrar minha tutora em meio às estantes.

O professor Ehrlich passara meu número para ela e vice-versa, e a garota havia me deixado uma mensagem de voz naquela manhã confirmando o encontro.

Estarei no segundo andar, com um vestido amarelo. Vejo você em breve.

Ela não tinha aquela vozinha animada que eu temera. Na verdade, a voz dela era estranhamente reconfortante. Grave e aveludada, com uma calma delicada que se encaixaria bem em um estúdio de ioga ou no consultório de um terapeuta.

Ainda assim, eu estava predisposto a não gostar dela. Tirando o professor Ehrlich, meu histórico com pessoas que ensinam não era dos melhores.

Meus olhos pousaram em um vislumbre de cor próximo à janela.

Vestido amarelo. Café e um conhecido livro de inglês de capa azul.

Só podia ser Alessandra.

Ela estava debruçada sobre algo apoiado na mesa e não ergueu os olhos nem quando puxei a cadeira à sua frente. *Clássico*. Eu já tinha tentado estudar com alguns tutores durante o ensino médio e logo os abandonei quando ficou claro que eles estavam mais interessados em ficar trocando mensagens e mexendo no celular.

Abri a boca, mas minha irritação morreu na garganta quando Alessandra finalmente ergueu o rosto e nossos olhos se encontraram.

Sua voz era feita para o rádio, mas seu rosto era feito para as telas. Lábios carnudos, maçãs do rosto salientes, pele que brilhava como seda líquida à luz do sol. O cabelo castanho caía em ondas volumosas e sedosas sobre os ombros bronzeados, e os olhos azul-acinzentados tinham um brilho caloroso quando ela se levantou e estendeu a mão.

A Thayer era cheia de garotas bonitas, mas Alessandra era outro nível.

– Você deve ser o Dominic – disse ela. De alguma maneira, sua voz soava ainda melhor pessoalmente. – Meu nome é Alessandra, mas meus amigos me chamam de Ale.

Por fim recuperei a voz.

– Oi, Alessandra. – Dei certa ênfase a seu nome completo. Não éramos amigos. Tínhamos acabado de nos conhecer e minha reação a ela era puramente física. Não significava nada. – Prazer em conhecê-la.

Se ela ficou incomodada com o uso deliberado de seu nome completo, não demonstrou.

– Como este é o nosso primeiro encontro e o semestre mal começou, não preparei nenhum material de estudo – disse ela depois que nos acomodamos nas cadeiras. – Tenho certeza de que está chateadíssimo por isso.

– Inconsolável.

O rápido sorriso torto que Alessandra abriu causou um calor igualmente veloz em minhas veias. Eu me remexi na cadeira, meio desejando nunca ter aparecido, meio desejando nunca ter que ir embora.

– Pensei que podíamos alinhar as expectativas e nos conhecer um pouco durante o encontro de hoje – disse ela. – Mesmo que seja uma parceria de tutoria formal, ajuda se a gente se der bem.

Ela era *dessas*. Eu deveria ter imaginado.

– Desde que você não me peça para trançar seu cabelo. Nenhum de nós ia sair feliz.

A risada dela quase me fez abrir um sorriso. Quase.

– Nada de tranças, prometo, mas não posso garantir que não vou aparecer com uns biscoitos de vez em quando. Não são nem um pouco saudáveis e, quando a coisa fica feia, eles funcionam muito bem como suborno. – Outro sorriso, outra onda de calor. – Não me pergunte como eu sei.

Durante a hora seguinte, discutimos nossos horários do semestre, o amor irracional da professora Ruth por justaposição e coisas aleatórias, como nossos músicos e cores favoritos. Alessandra também fez várias perguntas sobre meus hábitos de aprendizagem. Queria saber que tipo de ambiente eu preferia; se aprendia melhor por meio de atividades práticas ou por recursos visuais ou sonoros; até mesmo a que hora do dia eu geralmente me sentia mais cansado.

Eu nunca tinha dado atenção a metade daquelas coisas e empaquei na hora de responder, mas, para alguém que parecia uma princesa da Disney, ela agia feito um maldito pit bull diante de um osso.

Por fim, cedi e respondi depois de pensar um pouco.

Ambiente de aprendizagem: mesa grande, luz natural, algum ruído de fundo em vez de silêncio total.

Meio de aprendizagem: recursos visuais.

Hora do dia em que normalmente tinha vontade de tirar uma soneca: início da tarde.

– Perfeito. Isso foi muito útil – disse ela no final da nossa sessão. – Acho que vamos nos dar muito bem. Qualquer fã do Garage Sushi já vira meu amigo.

Nosso interesse mútuo pela banda indie local tinha sido uma surpresa agradável, embora eu não considerasse o fato uma base sólida para uma amizade.

– Podemos nos encontrar semana que vem no mesmo horário? – perguntou ela. – Não tenho aula às segundas-feiras, por isso estou com o horário bem flexível.

– Não. Começo a dar aulas particulares para o vestibular na próxima semana.

Pessoas ricas gastavam quantias absurdas para colocar seus filhos em universidades da Ivy League, e o dinheiro que eu ganhava com as aulas de matemática ajudava muito a cobrir minhas despesas.

– E de manhã?

– Eu trabalho.
– À noite?
– Trabalho.
Ela ergueu as sobrancelhas.
– Então você vai para o trabalho, dá aula e depois volta?
– São dois empregos diferentes – respondi, tenso. – Na cafeteria de manhã, no Frankie's à noite.

Eu amontoava todas as minhas aulas às terças e quintas para poder trabalhar nos outros dias. Trabalhando na cafeteria e, na lanchonete, dando aulas particulares e cortando grama de vez em quando aos finais de semana, ganhava o suficiente apenas para levar a vida ali na Thayer.

Eu não me esforçava muito para me misturar com meus colegas de classe, cuja maioria tinha vindo de escolas particulares caras e não tinha nada a ver comigo, mas o maior benefício de frequentar uma universidade como a Thayer era o networking. Para que as pessoas me levassem a sério, eu precisava ter a aparência certa, e isso custava muito caro.

A expressão de Alessandra se abrandou. Ela era o tipo de estudante que se encaixava sem sequer tentar. Não mencionou o que os pais faziam da vida, mas dava para saber, só de olhar para ela, que tinha dinheiro.

– A que horas você sai do trabalho? Podemos nos encontrar depois. Com base nos nossos horários, segunda-feira é...

– Eu só saio do trabalho depois das onze. – Lancei a ela um olhar frio e desafiador. – Acho que é tarde demais para você.

Não tinha contado para ela que costumava estudar depois do trabalho. Não sabia por quê, mas me concentrava melhor quando estava cansado.

Eu gostei mais de Alessandra do que imaginava, mas não estava convencido daquela história de tutoria. A última coisa de que eu precisava era que ela me abandonasse no meio do semestre por achar que eu não estava progredindo rápido o suficiente.

– Ainda bem que eu durmo tarde – disse ela, retribuindo meu olhar com uma expressão serena. – Vejo você na segunda.

Não acreditei nem por um segundo que Alessandra abriria mão de sua segunda à noite – ou de qualquer noite – para me dar aulas particulares. Ela provavelmente tinha algum encontro ou festa para ir, e por mim tudo bem. Se não conseguíssemos encontrar um horário, era isso e pronto. Apesar das preocupações do professor Ehrlich, eu estava confiante de que conseguiria passar na matéria por conta própria. Tinha que passar. Não me formar não era uma opção.

Eu estava limpando uma mesa do Frankie's, tentando ignorar uma indesejada pontada de ciúme ao pensar em Alessandra em um encontro. Não tinha nenhum direito, nem queria ter. Eu havia saído com algumas garotas da Thayer, mas nunca quis namorar nenhuma. Já estava ocupado o suficiente sem ter que lidar com todo o drama de questões românticas.

– Uau. – Lincoln soltou um assobio baixo do reservado onde estava comendo um hambúrguer com batatas fritas, em vez de ajudar a fechar a loja. Ele era sobrinho do dono e um dos seres humanos mais preguiçosos que já tinha conhecido. – Quem é aquela ali?

Ergui os olhos, já irritado por alguém entrar cinco minutos antes do fechamento, mas, pela segunda vez em uma semana, meu incômodo teve uma morte rápida.

Cabelos castanhos. Olhos azuis. Os braços carregados de livros e um sorriso meio implicante, meio desafiador quando ela percebeu minha surpresa.

Alessandra. Ali. No Frankie's. Às onze da noite de uma segunda-feira.

O que ela estava fazendo ali?

– Estamos fechados – falei, embora não devêssemos recusar clientes até o último minuto e não coubesse a mim rejeitá-los, para início de conversa.

Lincoln parou de babar por tempo suficiente para me encarar.

– Cara – sibilou ele. – O que você está *fazendo*?

– Eu não vim para comer – respondeu Alessandra calmamente. – Temos uma sessão de tutoria, lembra? Vim te dar uma carona. – Ela se sentou em um banquinho do balcão. – Não se preocupe comigo. Vou esperar até você terminar.

– Essa é a sua tutora? Caramba, eu devia ter ficado na escola.

Lincoln voltou a encará-la de um jeito que me deu vontade de arrancar seus olhos das órbitas.

– Estou cansado. – Parei na frente dele, bloqueando sua visão. Era isso ou seria preso por agredir o sobrinho do meu chefe. – Vamos remarcar para outro dia.

– Perfeito – retrucou ela, ignorando o protesto indignado de Lincoln. – Você se concentra melhor quando está cansado, não é?

Como ela... *Professor Ehrlich*. Eu ia acabar com ele.

Pela expressão de Alessandra, percebi que ela não iria embora, então não discuti mais. Fazia muito tempo que eu tinha aprendido a escolher minhas batalhas.

Em algum momento, Lincoln se cansou de ficar babando – ou ficou incomodado pelo meu olhar letal – e foi embora, me deixando para fechar a loja.

– Você não tem outras coisas para fazer? – perguntei quando Alessandra e eu finalmente nos acomodamos a uma mesa. – É quase meia-noite.

– Como eu disse, durmo tarde. – Ela me deu um sorriso travesso. – E ouvi dizer que os milk-shakes daqui são muito bons.

Bufei, controlando a pequena risada que quase deixei escapar.

– E aquela história de que não tinha vindo para comer?

– Tecnicamente, é verdade, mas nunca recuso um milk-shake se alguém me oferece.

– Claro.

Ela só podia ter alguma segunda intenção. As pessoas não faziam tanto esforço por pura bondade.

Alessandra devia ter percebido minha suspeita, porque sua expressão implicante ficou séria.

– Olha, eu sei que você ainda não confia em mim e não te julgo, mas quero deixar uma coisa bem clara – disse ela. – Eu sou sua tutora, não sua mãe nem um sargento. Prometo que vou fazer o que puder para te ajudar a passar em inglês, mas isso é uma parceria. Você precisa colaborar e se não quiser mesmo... se acha que estou te fazendo perder tempo e prefere nunca mais me ver... então me fala agora. Eu não desisto dos meus alunos, mas também não forço ninguém a fazer algo que não quer. Então me fala: você está dentro ou não?

Fui tomado pela surpresa, depois por um respeito relutante e algo infinitamente mais incômodo. Aquilo tudo formou um nó em minha garganta e bloqueou minha instintiva resposta defensiva.

Ninguém nunca havia me chamado a atenção com tanta calma e eficácia antes. Ninguém nunca se importara o bastante.

– Dentro – respondi por fim, a contragosto.

Talvez tudo não passasse de um fingimento e ela fosse embora depois que seu entusiasmo inicial diminuísse. Ela não seria a primeira a agir assim. Mas algo dentro de mim disse que ela ficaria, e isso me assustou mais do que tudo.

Os ombros de Alessandra relaxaram.

– Ótimo. – O sorriso dela retornou, um raio de sol quente sob o brilho fluorescente das luzes do teto. – Vamos começar, então?

Ao longo das duas horas seguintes, entendi por que o professor Ehrlich a elogiava tanto. Ela era uma ótima tutora. Era paciente, encorajadora e empática sem ser condescendente. Também era mais precavida do que uma escoteira, com uma bolsa cheia de marcadores de texto para codificação por cores, post-its para assinalar diferentes seções do livro e ajudar a me manter focado e um gravador para que eu pudesse reproduzir o áudio de nossa aula quando quisesse.

O pior de tudo foi que *funcionou*. Pelo menos funcionou melhor do que meus métodos habituais de cerrar os dentes e seguir tentando por pura determinação.

A única desvantagem era que a própria Alessandra era uma distração. Se ela falava por muito tempo, eu me perdia em sua voz, em vez de em suas palavras, e toda vez que ela se movia, um leve vestígio de seu perfume flutuava pela mesa, nublando meus pensamentos.

Meu Deus. Eu era um homem adulto, não um adolescente cheio de hormônios com uma paixonite. *Se controla*.

Estendi a mão para o marcador azul ao mesmo tempo que ela. Nossos dedos se tocaram e uma corrente elétrica subiu pelo meu braço.

Recuei a mão como se eu tivesse me queimado. As bochechas de Alessandra ficaram rosadas enquanto a tensão descia sobre a mesa.

– Está ficando tarde. Precisamos ir. – Minha voz soou fria aos meus ouvidos, mesmo que meu coração batesse contra as costelas com uma força alarmante. – Tenho aula amanhã de manhã.

– Claro. – Alessandra colocou todo o material de volta na bolsa, seu rosto ainda meio corado. – Eu também.

Nenhum de nós falou durante o caminho de volta ao campus, mas meu cérebro não conseguia parar de relembrar o que acontecera na lanchonete.

A maciez de sua pele. A falha em sua respiração. A ligeira e quase imperceptível palpitação em meu peito durante o milissegundo em que nossas mãos se tocaram, seguida pelo choque inesperado em meu sistema nervoso. Culpei a exaustão. Nunca tinha reagido tão visceralmente a um toque tão singelo, mas o corpo agia de modo estranho sob estresse. Era a única explicação.

Alessandra parou o carro na frente do meu dormitório. Olhamos para o imponente prédio de tijolos e outro momento constrangedor se passou antes que eu quebrasse o silêncio.

– Obrigado. – A frase saiu mais dura do que eu pretendia. Não estava acostumado a agradecer; as pessoas raramente faziam algo que justificasse uma apreciação genuína. – Pela carona e por ir até o Frankie's. Não precisava.

– De nada. – O jeito travesso de Alessandra ressurgiu. – Valeu a pena só pelos assentos de vinil e pelas luzes fluorescentes. Ouvi dizer que valorizam muito a minha pele.

– É verdade.

Eu não estava brincando. Talvez ela fosse a única pessoa no planeta que conseguia parecer uma supermodelo mesmo em um restaurante de merda e mal iluminado.

Um sorriso curvou seus lábios.

– Semana que vem no mesmo horário?

Hesitei. Pronto. Aquela era minha última oportunidade de abandoná-la antes que ela me abandonasse.

Quer fazer sucesso em Wall Street? Você tem que se formar primeiro, e não vai conseguir se ficar insistindo em escolher seu orgulho em vez de seu futuro.

Eu não desisto dos meus alunos, mas também não forço ninguém a fazer algo que não quer. Então me fala: você está dentro ou não?

Dei um suspiro. *Merda.*

– Claro – respondi, ignorando a pontada de expectativa que veio com a ideia de vê-la outra vez. *Espero não me arrepender disso.* – Semana que vem, no mesmo horário.

CAPÍTULO 8

Alessandra

– TENHO QUE CORRER para uma reunião, mas sinta-se em casa – disse Sloane. – Só se lembre das regras. Não fumar, não andar de sapato no carpete e não alimentar o Peixe fora dos horários e das quantidades prescritas, que estão coladas na mesa ao lado do aquário. Alguma pergunta?

– Não. Parece tudo certo. – Consegui dar um pequeno sorriso. – Obrigada mais uma vez por me deixar ficar aqui enquanto resolvo minha vida. Prometo que te deixo em paz logo, logo.

De todas as minhas amigas – que eram apenas três ou quatro no total, mas isso era assunto para outro dia –, Sloane era a menos calorosa. Por outro lado, tanto Vivian quanto Isabella viviam com seus companheiros, e, apesar de não expressar emoções de maneira visível, Sloane sempre defendia suas amigas.

Eu estava cansada de morar em um hotel, e ela não hesitou quando perguntei se poderia ficar em sua casa enquanto procurava um apartamento. Ela me recebeu com uma caneca de café, um abraço forte e uma faca Karambit embrulhada com um laço – para me defender ou atacar, dependendo de quanto eu estivesse chateada com Dominic, explicou ela.

– Não se preocupe. – O rosto de Sloane se suavizou um pouquinho. – Vamos tomar uns drinques mais tarde. Você e eu podemos reclamar dos homens enquanto Viv e Isa fingem que não estão em relacionamentos absurdamente fofos.

Minha risada saiu enferrujada, mas sincera.

– Combinado.

Uma semana tinha se passado desde que eu disse a Dominic que queria o divórcio. Nenhuma das minhas amigas pareceu surpresa com minha decisão de deixá-lo, o que dizia tudo que precisava ser dito sobre como as outras pessoas enxergavam o nosso relacionamento.

A tela do celular acendeu com uma chamada.

Dominic. Outra vez. Ele vinha ligando sem parar ao longo da semana e, cada vez que seu nome aparecia, era como uma nova facada em meu peito. Mesmo assim, eu ainda não conseguia bloqueá-lo, então deixava as chamadas irem direto para a caixa postal. Não tinha ouvido nenhuma mensagem desde a primeira; doía demais.

– Como assim *ele está em Mykonos*?

A fúria sussurrada de Sloane gelou o ar enquanto ela saía para a reunião. Como uma assessora de imprensa poderosa, que administrava a própria agência chique de relações públicas, ela estava sempre apagando incêndios para seus clientes.

– Isso é inaceitável. Ele *sabe* que deveria estar aqui para a reunião…

Sua voz desapareceu, seguida pelo som da porta da frente batendo. O telefone também parou de tocar com a ligação de Dominic, e dei um suspiro de alívio, mas voltei a ficar tensa assim que outra chamada entrou a seguir.

Pearson, Hodder & Blum.

Ondas de ansiedade atingiram meu estômago. Não sabia ao certo o que era pior: ter notícias de meu marido ou do advogado que estava cuidando do divórcio.

– Alessandra, aqui é Cole Pearson.

A voz grave me acalmou um pouco. Cole era um dos melhores advogados de família do país. Seus serviços custavam um rim, mas ele era o único que tinha chance contra a equipe de advogados poderosos de Dominic.

– Oi. – Coloquei-o no viva-voz enquanto desfazia a mala. Eu precisava de algo para fazer com as mãos ou afundaria em um lamaçal ainda maior. – Como foi?

As ondas se intensificaram enquanto eu esperava a resposta.

Havia pedido o divórcio alguns dias antes e, bem ao seu estilo típico, Cole havia acelerado o processo para conseguir entregar os papéis a Dominic ainda naquele dia. Eu queria concluir tudo bem depressa, antes que perdesse a coragem ou que ele de alguma forma me convencesse a voltar.

Na maioria dos dias, eu tinha certeza de que estava fazendo a coisa certa, mas em outros eu acordava em uma cama vazia e sentia tanta falta dele que doía respirar. Fazia um tempo que eu não estava feliz, mas era impossível esquecer onze anos juntos assim, de uma hora para outra.

– Entregamos os papéis a ele – respondeu Cole. – Como esperado, ele se recusou a assinar.

Fechei os olhos. Do jeito que Dominic era, prolongaria aquilo o máximo possível. Ele tinha dinheiro e poder para nos arrastar por anos nos tribunais, e a ideia de ficar no limbo por tanto tempo chegava a me dar náuseas.

– Felizmente, temos caminhos para resolver isso. – Cole não parecia muito preocupado, o que fez eu me sentir um pouco melhor. – Vamos avançar com o divórcio de qualquer maneira, mas quero que você esteja preparada. Estamos falando de Dominic Davenport. A coisa pode ficar feia.

– Mesmo que a gente não tenha filhos e eu não queira nenhum bem?

A cobertura, os carros, o jatinho... Dominic podia ficar com tudo. Eu só queria sair daquela situação.

– O problema não são os bens, Sra. Davenport – disse Cole. – É você. Ele não quer perder *você* e, a menos que consiga convencê-lo do contrário, será uma longa batalha.

– Sinto muito, mas o Sr. Davenport vai passar o dia inteiro em reuniões – disse a assistente de Dominic, Martha, sem parecer muito pesarosa. – Mas eu posso anotar o recado e pedir a ele...

– É uma emergência. – Apertei a alça da bolsa. – Eu gostaria de falar diretamente com meu *marido* – completei, enfatizando a última palavra.

Não importava que ele seria meu ex-marido em breve, se as coisas saíssem como eu desejava; enquanto estivéssemos casados, eu tinha certas vantagens, que *deveriam* incluir vê-lo sem que sua assistente me tratasse como se eu fosse uma pessoa qualquer.

Ela me analisou, provavelmente percebendo a ausência de ferimentos visíveis e qualquer lesão física.

– Eu entendo, mas receio que ele não vá ter nenhum intervalo. Como eu disse, posso anotar o recado e pedir a ele que ligue para você assim que possível. – Ela arrancou um post-it do bloco em sua mesa. – Tem a ver com algum evento social ou problema doméstico?

Senti minha pele esquentar. Via de regra, eu não era uma pessoa violenta, mas estava com fome, cansada e irritada depois da conversa com Cole. Foi necessária toda a minha força de vontade para não pegar o café de Martha e atirá-lo em sua cara presunçosa e condescendente.

– Nenhum dos dois. – Abandonei o tom educado. – Se o Dominic está em reunião, eu posso esperar. Imagino que ele vá almoçar em algum momento, correto?

Martha franziu os lábios.

– Ele tem um almoço de trabalho no Le Bernardin. Sra. Davenport, por favor, eu devo insistir que…

– O que está acontecendo? – Uma voz fria interrompeu a frase dela.

Nós duas congelamos por uma fração de segundo antes de virarmos o rosto em direção à porta agora aberta da sala de Dominic. O sol delineava seu corpo, e seus ombros largos preenchiam a porta, fazendo-o parecer ainda mais imponente do que o normal.

Minha garganta ficou seca e agarrei com vigor a alça da bolsa de couro, mas depois me obriguei a relaxar.

– Sr. Davenport! – disse Martha, dando um pulo da cadeira. – Sua chamada terminou mais cedo. Eu estava dizendo à Sra. Davenport que…

– Repete. – Dominic cruzou a porta até a sala principal.

Ao sair da sombra, suas maçãs do rosto destacadas, seus olhos tempestuosos e sua expressão tão dura que faria o diabo hesitar ficaram nítidos.

Ele não estava olhando para mim; voltara toda a sua atenção para Martha, que se encolheu diante de sua ira.

– Falei que estava dizendo à Sra. Davenport que…

– *Sra.* Davenport. – As palavras soaram letais, apesar de serenas. – Minha esposa. Se ela quer falar comigo, ela vai falar comigo. Nunca mais a impeça de fazer isso, ou a única parte de um escritório de Nova York que você vai voltar a ver será o lado de fora, quando eu te chutar daqui. Entendido?

O rosto de Martha ficou pálido feito giz.

– Sim, senhor. Entendido.

Fiquei dividida entre meus sentimentos de revanche e de pena. No final, optei pelo segundo.

– Você exagerou – falei calmamente enquanto acompanhava Dominic até sua sala. Ele ainda não tinha olhado para mim.

– Não tanto quanto ela merecia.

Em vez de se sentar, ele se recostou na mesa, em uma postura perfeitamente confiante e tranquila, mas, quando seus olhos finalmente encontraram os meus, a exaustão neles tocou meu coração de uma forma que me fez ter que reprimir a preocupação.

Não importa. Não é seu papel garantir que ele descanse o suficiente.

O olhar de Dominic percorreu meu rosto, se demorando em meus olhos e na minha boca.

– Você não tem dormido direito.

Senti minha pele esquentar.

– Muito obrigada.

Pelo visto, ele não era o único que parecia cansado. Coloquei uma mecha de cabelo atrás da orelha, constrangida. Eu *não* andava dormindo direito. Vinha me dedicando a pesquisar como abrir uma loja física da Floria Designs, o que era um sonho antigo, e, quando não estava trabalhando, remoía o divórcio. Ansiedade e excesso de trabalho não eram exatamente uma combinação de sucesso no quesito beleza.

– Você me entendeu. – Ele roçou o polegar pela minha bochecha com uma ternura angustiante. – Dormindo ou não, você está sempre linda.

Senti um aperto no peito. Se ao menos ele tivesse sido atencioso assim quando nosso relacionamento não estava à beira da ruína...

Geralmente, eu ganhava um curto roçar de lábios, ou breves e maravilhosos momentos em que nossos corpos se encostavam, no meio da noite, mas havia séculos que ele não me tocava daquela maneira: casual, familiar, *íntima.*

Eu deveria me afastar e aumentar a distância entre nós, mas não consegui evitar me inclinar na direção dele. *Um minuto. É tudo de que preciso.*

– Eu não sou a única que não tem dormido.

As olheiras e a palidez o denunciavam, mas ainda assim ele era tão lindo que chegava a doer.

– É difícil dormir quando sua esposa se recusa a atender às suas ligações – disse ele baixinho.

Um nó doloroso bloqueou o fluxo de oxigênio para meus pulmões. *Não deixe ele te abalar.*

Eu me obriguei a dar um passo para trás e a ignorar o lampejo de mágoa nos olhos dele.

– Bom, não vim aqui para discutir nossos hábitos de sono – respondi, ignorando propositalmente o que ele dissera.

A máscara confiante de Dominic voltou, apagando qualquer indício de vulnerabilidade, mas seu olhar queimou o meu com uma intimidade perturbadora.

– Então por que você está aqui, *amor*?

A palavra suave acariciou minha pele e me banhou com uma onda involuntária de nostalgia.

– *Não acredito que você fala português.* – *Balancei a cabeça, ainda sem acreditar em como ele tinha passado o jantar inteiro conversando com minha família em nossa língua nativa.* – *Quando foi que aprendeu?*

– *Tenho frequentado as aulas do Instituto de Línguas Estrangeiras todas as quartas-feiras à noite.*

Um pequeno sorriso surgiu em seus lábios enquanto ele enxaguava o último prato e o colocava no escorredor. Havíamos nos oferecido para lavar a louça, já que meu irmão tinha feito a comida e minha mãe, desaparecido imediatamente após a sobremesa com seu mais recente casinho.

– *Feche a boca,* amor, *ou vai entrar mosca.*

– *Você me disse que estava trabalhando às quartas à noite* – *respondi em tom acusatório.*

– *Sim, então, eu estava trabalhando para aprender português.* – *Dominic deu de ombros, um leve rubor tomando suas maçãs do rosto.* – *É a primeira vez que encontro sua família. Achei que seria uma coisa legal de se fazer.*

Senti um aperto no peito.

– *Você não precisava ter feito isso. Eles teriam te adorado de qualquer maneira.*

Aprender línguas estrangeiras não era fácil para ele, mas o fato de ter aprendido mesmo assim, porque queria causar uma boa impressão na minha família...

O aperto aumentou. Meu Deus, eu adorava aquele homem.

– *Talvez, mas eu queria.* – *A expressão no rosto de Dominic se suavizou.* – *Eu faria qualquer coisa por você.*

O peso da memória quase me esmagou antes de respirar fundo, dolorosamente, e deixá-la de lado.

Aquilo tinha sido no passado. Estávamos no presente. *Concentre-se no agora.*

– Cole me disse que você se recusou a assinar os papéis.

Minha resposta esfriou o clima.

O calor desapareceu da expressão de Dominic, e sua mandíbula travou quando ele se empertigou para exibir toda a sua altura de um metro e noventa.

– Você já está se referindo ao advogado pelo primeiro nome.

O comentário foi quase como um tapa na cara.

A raiva emergiu quente e repentina com aquela insinuação.

– Nem *pense* em jogar a carta do marido ciumento. Não quando você não dava a mínima para as pessoas *com quem* eu falava ou saía, antes de ter seu ego ferido…

– Você acha que é essa a questão? Meu ego? – Os olhos dele brilharam. – Porra, Ale, faz uma semana. Uma semana, e você já mandou aquele advogado de merda me entregar os papéis do divórcio. Ainda nem tentamos resolver as coisas. Existe terapia de casal…

– Nós tentamos isso uma vez, lembra? – disparei de volta. Alguns anos antes, em uma época em que eu estava extremamente frustrada com as longas jornadas de trabalho dele, o convenci a fazer. – Você não apareceu por conta de uma… surpresa!… emergência de trabalho.

Ele provavelmente nem lembrava. Eu não havia pedido que fosse outra vez porque a única coisa mais humilhante do que expor os problemas do nosso relacionamento a uma desconhecida era meu marido faltar à consulta. A lembrança do olhar de pena da terapeuta doía até hoje.

Dominic fechou a boca. Ele engoliu em seco, e o silêncio trovejou no rastro da minha resposta.

– Você tem duas semanas para assinar os papéis, Dominic, ou essa situação vai virar uma guerra. E nós dois sabemos que isso vai prejudicar mais os seus interesses do que os meus.

Era ele quem tinha uma empresa multibilionária para administrar, não eu.

Eu não queria entrar em uma batalha judicial, mas, se fosse necessário, era o que eu iria fazer. Precisava retomar o controle da minha vida e não poderia fazer isso sem encerrar aquele capítulo com Dominic.

Não importava quanto doesse.

CAPÍTULO 9

Dominic

PAREI DE DORMIR NA cobertura. Eu tentei, mas mesmo com uma equipe doméstica completa e o melhor entretenimento que o dinheiro pode comprar para me fazer companhia, o lugar parecia insuportavelmente vazio sem Alessandra. Tudo me lembrava ela: os vestidos no armário, os lírios brancos enfeitando o corredor, o aroma floral persistente de seu xampu em nossa cama.

Em vez disso, fixei residência em meu escritório, onde já tinha um espaço reservado para dormir quando precisava passar a noite inteira lá. Meu telefone vibrou com uma chamada. Como sempre, meu coração disparou na esperança de que fosse Alessandra, antes que a decepção se instalasse. *Número desconhecido.* Era a quarta ligação do tipo naquele dia. Eu não sabia como haviam descoberto meu número pessoal, que não estava listado e eu passava apenas a um pequeno grupo de contatos, mas estava começando a me irritar. Tinha atendido na primeira vez e não ouvi nada além de silêncio.

Se não fosse por Alessandra, eu trocaria de número no dia seguinte e daria um fim àquilo.

Já haviam se passado duas semanas desde que ela aparecera no escritório e exigira que eu assinasse o divórcio. O babaca do advogado dela continuava atrás de mim e, não importava o que eu fizesse, ela se recusava a me ver. Presentes. Ligações. Cheguei a marcar uma maldita sessão com a melhor terapeuta de casal de Manhattan, mas ela não apareceu.

Esfreguei o rosto e tentei me concentrar na tela. Ainda estava lidando com a investigação da CVM contra o DBG Bank, que ganhava força e criava um caos na nossa empresa. Algo nisso me incomodava, embora eu não conseguisse definir o que exatamente.

Finalmente, depois de trinta minutos de esforço infrutífero, desisti e dei a noite por encerrada. Como eram apenas dez horas e eu não suportava a ideia de dormir no escritório silencioso tão cedo, peguei meu terno do encosto da cadeira e fui para o único lugar que talvez me fizesse esquecer Alessandra, ainda que por pouco tempo.

A sede do Valhalla Club em Nova York ficava em uma propriedade fortemente vigiada no Upper East Side. Um terreno privado daquele tamanho era algo raro em Manhattan atualmente, mas o clube tinha sido fundado mais de um século antes, quando era muito mais fácil para um grupo de famílias extremamente ricas e bem relacionadas reivindicar o domínio sobre uma vasta área de propriedades.

O Valhalla não havia mudado, continuava sendo uma sociedade exclusiva para os mais ricos e poderosos do mundo, mas seu alcance tinha se expandido para além da unidade em Nova York rumo a todas as grandes cidades do mundo, incluindo Londres, Xangai, Tóquio, Cidade do Cabo e São Paulo.

Eu não teria a menor chance de me tornar um membro se não fosse por Dante Russo, descendente de um dos fundadores do Valhalla.

– Você está com uma cara péssima – disse Dante quando me aproximei do bar onde ele estava sentado com Kai Young, CEO do império de mídia Young.

– Bom te ver também, Russo.

Eu me sentei do outro lado de Dante e pedi um bourbon.

Dante tinha sido um dos meus primeiros investidores. Ele administrava o Russo Group, o maior conglomerado de bens de luxo do mundo, e uma combinação de sorte, oportunidade e pura perseverança o arrancara do cara que cuidava de seus investimentos e o atraíra para a minha empresa ainda incipiente. Para onde Dante ia, o restante da alta sociedade uma hora ia também, incluindo Kai, outro que tinha se tornado um grande amigo ao longo dos anos.

Eu sabia que era o estranho no ninho. O dinheiro das famílias de Kai e de Dante remontava a gerações tão antigas que deveria pertencer a museus, enquanto meus bilhões eram novinhos, mas, no fim das contas, dinheiro era dinheiro. Nem mesmo os arrogantes do Valhalla ousavam me esnobar abertamente quando era eu que controlava o destino de seus investimentos.

– Ele tem razão – disse Kai suavemente. – Parece que você não dorme há semanas.

Porque eu não durmo mesmo.

– Continue assim e vai acabar afastando seus investidores – acrescentou Dante. – Sua cara já era feia o suficiente sem as olheiras e a testa franzida.

– Olha só quem está falando – respondi, bufando.

Ele se metera em tantas brigas que seu nariz estava permanentemente fodido, embora isso não impedisse as mulheres de se atirarem para cima dele antes de Dante se casar.

– Vivian não tem nada contra a minha cara.

– Ela é sua esposa. É obrigada a fingir.

Como Alessandra fingia que estava feliz, mas não estava. Senti algo apertar meu coração e torcê-lo.

Tomei o bourbon, tentando me perder na queimação do álcool enquanto Dante e Kai se entreolhavam. Não havia contado a eles sobre a situação com Alessandra, mas ela era muito amiga de Vivian e de Isabella, namorada de Kai. Presumi que as mulheres tivessem informado seus parceiros sobre o ocorrido.

– Falando em esposas, como vão as coisas com a Ale? – perguntou Kai, seu tom tão plácido que ele poderia só estar falando sobre o tempo.

– Tudo bem – respondi de forma seca.

– Fiquei sabendo que o advogado foi ao seu escritório levar a papelada do divórcio.

Ao contrário de Kai, Dante tinha a sutileza de um cavalo. Meus ombros ficaram tensos.

– Isso foi só um mal-entendido.

– Ninguém contrata o Cole Pearson por engano. – Um toque de empatia surgiu no rosto de Dante. – Me diz que você não está fazendo pouco caso da situação. Se você se divorciar, os seus bens...

– Eu sei o que acontece com os meus bens. – Meu lado racional dizia que eu deveria me importar mais, mas não me importava. – Nós não vamos nos divorciar.

Peguei meu isqueiro, mas, pela primeira vez, o movimento familiar de riscar a pedra não conseguiu acalmar a tempestade que me assolava.

– Nós vamos dar um jeito. Fazer terapia, ou uma longa viagem para algum lugar.

Eu havia esquecido a vez em que Alessandra pedira que fizéssemos terapia de casal, até ela tocar no assunto, no meu escritório. Fora três anos antes, e na época eu estava sobrecarregado com uma grande aquisição. Ela só pediu uma vez, então imaginei que tivesse sido por impulso, não o sinal de um problema mais profundo. Quando namorávamos, Alessandra nunca hesitava em me dizer quando estava incomodada.

Nós precisávamos nos reconectar, só isso. Podíamos recriar nossa lua de mel na Jamaica ou passar duas semanas viajando pelo Japão. Em termos realistas, eu não poderia tirar mais férias do que isso do trabalho, mas duas semanas seriam suficientes, certo? Depois que Alessandra e eu passássemos um tempo a sós, ficaríamos bem. Esse tinha sido o principal motivo para que ela procurasse a terapia de casal.

Dante e Kai permaneceram em silêncio.

– O que foi?

A irritação invadiu minhas veias. Eu já estava no limite, pela exaustão, pelo estresse e pela dor estranha que parecia me seguir por toda parte. Não precisava acrescentar o julgamento silencioso dos meus amigos.

– Não acho que férias ou terapia vão resolver os seus problemas – disse Dante.

– Por que não, porra?

Ele me lançou um olhar incrédulo.

– Você perdeu o seu *aniversário de dez anos de casamento*. Eu esqueci um jantar *uma vez* e a Vivian ficou dias sem falar comigo. Se eu perdesse um aniversário de casamento… – Dante fez uma careta. – Não quero nem pensar.

– O que o Dante está tentando dizer é que algumas semanas em um resort de luxo não vão compensar anos de ressentimentos – interrompeu Kai, diplomático como sempre. – É evidente que a Alessandra está… descontente há algum tempo. O aniversário de casamento foi a gota d'água, digamos assim. Não tem como você comprar uma saída dessa situação.

Olhei para eles.

– Ah, pelo amor de Deus – disse Dante. – Chega de rodeios. *Você é o problema, Dom*. Até uma pessoa que só tenha visto vocês dois uma vez na vida percebia que você mal prestava atenção na Alessandra. Quantas vezes você ficou em um evento enquanto ela voltava para casa porque não estava se sentindo bem? Quantas vezes você foi jantar com clientes em vez de ir com ela? – Ele balançou a cabeça. – A sua obsessão pelo trabalho é boa para o meu portfólio, então não vou reclamar. Mas não tem como você estar surpreso com a reação da Alessandra.

– Não existe uma solução de curto prazo para algo assim – continuou Kai, seu tom um pouco mais gentil que o de Dante. – É o tipo de coisa que requer uma mudança de estilo de vida e mentalidade.

– Você falou como um coach de bem-estar.

Acender. Apagar. Eu riscava meu isqueiro com mãos instáveis. Apesar da resposta seca, minha mente girava em meio ao caos. Dante mencionara as mesmas coisas que Alessandra, mas, enquanto ela havia feito cortes precisos, ele me acertara um soco bem no estômago.

Uma coisa era sua parceira apontar as falhas do relacionamento. Outra bem diferente era alguém de fora fazer isso com uma precisão infalível, em especial quando eu achava que as coisas estavam bem. Não ótimas, mas não terríveis. Obviamente, eu estava errado.

Acender. Apagar. A pequena chama ficou turva enquanto fragmentos dos últimos anos passavam pela minha mente.

Em que momento nosso casamento chegara ao ponto em que estava? Alessandra e eu costumávamos jantar juntos toda noite. Saíamos toda sexta-feira, religiosamente, e nunca íamos para a cama sem contar um ao outro sobre como tinha sido nosso dia. Então eu abri a Davenport Capital e as coisas mudaram, de forma lenta e inexorável.

– *Desculpe, amor, mas o investidor só estará na cidade esta noite. Ele administra uma das maiores seguradoras do país. Se eu conseguir trazê-lo para a firma...*

– *Tudo bem. Eu entendo.* – Alessandra me deu um beijo suave e reconfortante. – *Você só vai ter que me compensar mais tarde.*

A culpa afrouxou seu aperto em meus músculos.

– *Pode deixar. Eu prometo.*

Foi a primeira vez que perdi nosso encontro sagrado de sexta à noite. Eu odiava decepcioná-la, mas precisava de investidores, e conquistar Wollensky seria um grande passo.

Um dia, o mundo inteiro conheceria o nome Dominic Davenport, e, com o reconhecimento, viria o status, o dinheiro, o poder – tudo com que sempre sonhei. Quando isso acontecesse, eu poderia compensar Alessandra infinitamente.

– Mas se você perder o encontro de semana vem, aí teremos um problema – brincou ela, afastando da minha mente as imagens de jatinhos particulares e cartões de crédito sem limites. – Eu tive que praticamente prometer entregar nosso primogênito ao pessoal do Le Fleur em troca de uma reserva.

Eu ri.

– Tenho certeza de que nosso primogênito vai entender. – Passei um braço em volta de sua cintura e a puxei para mais perto, para outro beijo. – Obrigado pela compreensão – murmurei. – Só essa vez. Não vai acontecer de novo.

Mas aconteceu. *Só essa vez* se transformou em duas, depois em três, até que virou o novo normal. Pensei que Alessandra não se importasse com isso, porque nunca expressou incômodo, apenas na vez da terapia de casal. Mas a maneira como ela foi ficando cada vez mais quieta, com o passar dos anos, a maneira como ia embora dos eventos mais cedo, quando não era uma das organizadoras, e a total ausência de surpresa quando eu cancelava nossos planos...

A ficha enfim caiu, deixando-me praticamente imóvel. *Merda.*

– Como eu disse, mudança de estilo de vida e de mentalidade – disse Kai, lendo minha expressão como se fosse um livro. Ele levou o copo aos lábios e arqueou uma sobrancelha. – A questão é: você está disposto a fazer isso?

CAPÍTULO 10

Alessandra

O DESTINO ME ATINGIU na cara com uma placa vermelha gigante.

Espaço comercial para locação.

A placa estava colada na vitrine de uma pequena loja no bairro NoMad, localizada entre um café e um salão de manicure.

Eu tinha passado por muitas placas de *Aluga-se* ao fim de mais um dia de buscas malsucedidas por um apartamento, mas, por algum motivo, aquela me chamou a atenção.

Talvez fosse a rua tranquila, as janelas gigantes e as paredes de tijolos expostos que vi lá dentro. Ou talvez minha frustração com a letargia do processo de divórcio e o desejo de *fazer* alguma coisa. O desejo de encontrar uma parte de mim que não girasse em torno do meu casamento.

Independentemente do que fosse, me senti compelida a ligar para o número indicado na placa e deixar uma mensagem de voz solicitando mais informações.

Dominic podia protelar quanto quisesse, mas eu não colocaria mais minha vida em stand-by por causa dele. Cole podia lidar com o divórcio enquanto eu começava a construir uma nova vida: uma na qual eu tivesse controle sobre minhas próprias finanças e meu próprio futuro.

– Estou livre qualquer dia – avisei, depois de deixar as informações necessárias para que entrassem em contato comigo.

Será que eu pareci muito desesperada? Pessoas normais não ficavam sentadas o dia inteiro aguardando um telefonema, certo?

– Qualquer dia entre nove e cinco horas – acrescentei rapidamente. *Muito melhor.* – Fico aguardando seu retorno, então. Obrigada.

Desliguei, com as palmas das mãos úmidas.

Pronto. Meu primeiro passo rumo à independência. Bem, além de me mudar, o que não contava totalmente, porque eu ainda não tinha minha própria casa e a maioria dos meus pertences estava na cobertura. Ainda não tinha coragem de voltar para Hudson Yards e encaixotar minhas coisas.

O ar fresco do início de outubro me ajudou a esfriar a cabeça e atravessei a rua em direção ao apartamento de Sloane. Havia dado início à Floria Designs dois anos antes, por impulso, e ela se transformara em um negócio próspero, mesmo que pequeno. Eu não ganhava milhões nem nada, mas a empresa rendia um lucro constante e eu gostava do trabalho. No entanto, agora que seguiria sozinha, tinha chegado o momento de avançar para o nível seguinte.

Queria assumir o controle e criar meu próprio futuro; não queria mais ficar me colocando em último lugar.

Meu celular tocou quando entrei no saguão do prédio de Sloane. Meu coração deu um pulo, mas, em vez do corretor de imóveis, era um nome familiar.

– Você nunca liga, nunca manda mensagem. É como se eu não existisse mais – disse Marcelo quando atendi. Seu tom implicante trouxe um sorriso aos meus lábios. – O que aconteceu com a lealdade entre irmãos?

– Não sou eu que passa os dias estabelecendo padrões culinários inatingíveis para ricos e famosos – respondi. – Como alguém pode comer qualquer bife depois de provar o seu?

– Ah, bajulação… Sempre funciona comigo.

Meu irmão deu uma risada. Dois anos mais novo que eu, ele já era um dos chefs mais famosos do cenário gastronômico de São Paulo. Conversamos por alguns minutos sobre o trabalho e sua necessidade de tirar férias, então ele perguntou:

– Quando vocês vêm me visitar? Faz séculos que não vejo você e Dom.

Meu sorriso desapareceu. Eu ainda não tinha contado à família sobre a separação. Primeiro porque já era difícil localizar minha mãe em circunstâncias normais e segundo que eu só os via uma ou duas vezes por ano. Eles não faziam a menor ideia de que eu estava infeliz no casamento, e eu ainda não tinha conseguido reunir energia suficiente para detalhar os motivos do divórcio.

– Ale? – chamou Marcelo diante do meu silêncio. – Tá tudo bem?

– Sim, eu… – Minha resposta foi interrompida abruptamente quando as portas do elevador se abriram.

Ah, isso só pode ser piada.

– Eu te ligo depois – falei, sem tirar os olhos do espetáculo que me aguardava do lado de fora do apartamento. – Tá tudo bem, mas eu… preciso resolver um problema.

Correção: cento e muitos problemas, a julgar pela quantidade de buquês espalhados pelo corredor. Rosas cor-de-rosa para significar afeto; lírios brancos, perdão; crisântemos amarelos, força e superação de obstáculos. Tentei ignorar o significado por trás de cada buquê enquanto me concentrava no jardim que havia explodido dentro do prédio. Não era preciso ser nenhum gênio para saber quem enviou.

Eu vou matar *o Dominic.*

– Oi. Alessandra Davenport? – perguntou o entregador, me passando uma caneta e uma prancheta. – Você pode assinar, por favor? Tem mais lá embaixo, mas, bem, não cabe tudo no corredor.

Não toquei na caneta.

– Como você conseguiu subir?

Sloane estava na Europa, lidando com Xavier Castillo, um de seus clientes mais difíceis, e a segurança do prédio não permitia a entrada de nenhuma entrega sem informar primeiro ao destinatário.

O entregador deu de ombros.

– É… – Ele checou o celular. – O Sr. Dominic Davenport ligou e resolveu tudo. Disse que conhece o dono do prédio…

Eu teria uma conversa *séria* com o chefe da segurança depois daquilo.

– Obrigada, mas não quero as flores. Você pode levar de volta para a loja? Não quero que sejam jogadas no lixo.

O garoto pareceu tomado pelo pânico. Ele trocou olhares com os outros funcionários da floricultura, todos com expressões semelhantes de choque.

– Nosso chefe disse que nós *temos* que fazer essa entrega. Ele vai verificar a assinatura quando voltarmos.

Suprimi um gemido.

O rapaz não tinha mais de 18 ou 19 anos. Provavelmente trabalhava na floricultura para tirar uma grana extra, e não era culpa dele que Dominic fosse tão... tão *insuportável*. Se ele achava que me inundar de flores ia me fazer desistir do divórcio, realmente não me conhecia.

E não é esse o problema, para início de conversa?

– Vamos fazer assim... – Peguei a prancheta. – Eu assino, mas vocês levam as flores para o hospital mais próximo daqui. Seu chefe não precisa saber que eu não fiquei com elas.

Precisei persuadir o garoto, mas por fim ele cedeu e concordou com meu plano. Ao sair, porém, me entregou o cartão que acompanhava as flores e foi embora antes que eu pudesse protestar.

Entrei no apartamento, meus olhos fixos nos garranchos familiares e confusos de Dominic:

> *Me perdoe por perder o jantar de aniversário de casamento e tantos outros jantares antes disso. As flores por si só não são o bastante, mas me dê uma chance de me redimir pessoalmente e eu tentarei. Mil vezes.*

Sua letra estava praticamente ilegível no final, mas eu entendi. Eu sempre entendia.

Uma pequena gota manchava a tinta. Meu coração ameaçou se libertar do peito enquanto as palavras de Dominic me arrastavam de volta no tempo.

Um dia, vou comprar mil rosas de verdade para você. Eu prometo.

Eu não vou esquecer. Prometo.

A gente vai dar um jeito. Eu prometo.

Tantas promessas... Ele só havia cumprido uma fração delas, mas eu sempre acreditava.

Desta vez, não.

Ignorei a dor no peito, cerrei a mandíbula, amassei o cartão e joguei fora. Depois de um banho rápido, abri as portas do armário e procurei por uma roupa que passasse a mensagem de *foda-se*.

Tinha ficado em casa muitas noites, esperando por Dominic, quando deveria estar vivendo a vida, e era hora de recuperar o tempo perdido.

Começando por aquela noite.

– Você é linda.

Virei a cabeça, examinando o sujeito em meio ao brilho de três gins-tônicas e um *apple martini*. Ele parecia ter 20 e poucos anos. Cabelo desgrenhado, terno de grife e a aparência formal e elegante de um recém-formado na Ivy League que se tornara um banqueiro de investimentos.

Dominic poderia mastigá-lo e cuspi-lo no café da manhã.

Pare de pensar em Dominic.

– Obrigada – respondi com um pequeno sorriso.

Sua cantada não era inovadora, mas foi melhor do que os elogios anteriores aos meus "peitos incríveis" e as propostas para me proporcionar "uma noite que eu jamais esqueceria".

– Eu sou o Drew.

Ele estendeu a mão.

– Alessandra.

Eu não estava interessada nele nem romântica nem sexualmente. Ainda era casada e, apesar da minha frustração diante do distanciamento de Dominic, eu não era infiel. Mas Drew parecia legal, e eu estava ficando cansada de beber sozinha. O objetivo de sair era conhecer pessoas.

Pequenos passos.

– Então, Drew, o que você faz da vida?

Optei por uma conversa fiada básica. Como esperado, meu novo colega de bar deu início a um discurso enérgico sobre o banco em que trabalhava, enquanto eu tomava minha bebida e tentava me lembrar de como era ser uma pessoa solteira. Eu ainda não estava solteira, mas tinha que começar a praticar, certo?

Felizmente, Drew tinha o entusiasmo de um cachorrinho recém-nascido e conduziu a conversa sozinho. De vez em quando, ele se lembrava de me fazer uma pergunta sobre mim e se aproximava a cada resposta até que seu joelho tocasse o meu.

– Que legal – disse ele depois que dei uma visão geral do que fazia na Floria Designs. – Então, você está livre este fim de semana? Tenho ingressos para o jogo dos Yankees. Camarote. – A voz dele ganhou um tom pretensioso.

Não, obrigada. Nunca entendi o fascínio por beisebol. Na metade do tempo, eu sequer conseguia *ver* a bola.

Abri a boca, mas uma voz gelada se interpôs entre nós antes que eu pudesse responder:

– Ela não está livre, não. – Uma mão pousou na base das minhas costas, seguida pelo roçar de um terno de lã macia e pelo cheiro de um perfume familiar. – Eu e a minha *esposa* temos planos.

Meu corpo inteiro enrijeceu conforme Drew descia do banquinho, o rosto vermelho e os olhos maravilhados.

– Sr. Davenport! Uau, sou um grande fã seu. Meu nome é Drew Ledgeholm. Estudamos o seu trabalho na aula de finanças…

Sufoquei um grunhido. *Claro* que ele reconheceu Dominic imediatamente. Todo mundo adorava sua trajetória da pobreza à riqueza, e Dominic era basicamente uma lenda para todo novato de olhos brilhantes em Wall Street.

Ele não deu a mínima para a bajulação de Drew. Na verdade, parecia pronto para despedaçar o homem com as próprias mãos.

Drew também devia ter percebido isso, porque em determinado momento sua voz falhou. Acho que foi quando finalmente assimilou que eu era esposa de Dominic. Ele ficou pálido e apavorado enquanto seus olhos oscilavam entre nós dois.

– Ela é sua esposa? Eu não sabia… Quer dizer, ela não está usando…

Três pares de olhos se voltaram para meu dedo anelar. A expressão de Dominic ficou sombria e a temperatura caiu uns dez graus.

– Agora você sabe. – Se a voz dele soara fria antes, agora estava congelante. – Acho que você tem outro compromisso. Não tem, Drew?

Ouvir seu nome naquele tom calmo pareceu mais intimidador do que qualquer ameaça direta.

Drew não se deu ao trabalho de responder. Bateu em retirada, me deixando ali com um marido irritado e meu estômago queimando em brasas.

Eu me livrei da mão de Dominic e me virei para encará-lo.

– Sério? Qual é o seu problema? Você deixou o coitado do garoto completamente aterrorizado!

– Aquele *coitado* estava dando em cima da *minha* esposa. – Os olhos de Dominic brilharam. – O que você esperava que eu fizesse? Parabenizasse ele com um tapinha nas costas?

– Ele não sabia que eu era casada. – Balancei a cabeça. – O que você está fazendo aqui, afinal? Não me diga que está me perseguindo.

Eu não duvidaria. Ele faria qualquer coisa para vencer. Um sinal visível de diversão diminuiu sua raiva.

– Esse bar fica na rua do meu escritório, *amor*. Eu tive uma reunião com um cliente aqui.

– Ah.

Claro. Eu tinha descoberto o bar em uma lista de "melhores locais para happy hour da cidade" e esqueci completamente que era do lado do prédio onde Dominic trabalhava.

A expressão dele se suavizou.

– Se me perguntar isso de novo outro dia, a resposta pode ser diferente. Eu perseguiria você, sim, para te fazer falar comigo de novo.

– Que romântico.

– Não tem a ver com romance, Alessandra. Estou desesperado.

Reprimi com força a empatia crescendo em meu peito. E daí se ele parecia infeliz? Ele era o responsável por aquela situação.

Ainda assim, desviei a atenção para a placa indicando a saída, acima de seu ombro, para não ter que encará-lo.

Eu deveria ir embora. Cada segundo que passava em sua companhia era uma oportunidade para Dominic romper minhas barreiras, e eu ainda não confiava totalmente em mim mesma ao lado dele, principalmente depois de tantos drinques.

– Você recebeu as flores?

Dominic não tentou me tocar novamente, mas seu olhar parecia uma carícia. Ele se demorou no meu rosto, traçando as linhas do meu queixo e de minhas bochechas, antes de beijar minha boca com seu calor.

– Sim.

Levantei o queixo enquanto minha pele formigava sob aquela atenção.

Eu não deveria ter tomado aquele martíni. O álcool sempre me deixava mais desinibida, o que *não era* bom quando Dominic estava por perto.

– Doei todas para o hospital infantil mais próximo.

Se ele ficou chateado por eu ter doado milhares de dólares em flores, não demonstrou.

– Tenho certeza de que eles gostaram.

Ele abriu um leve sorriso quando eu suspirei, e tive um vislumbre do homem que ele costumava ser: aquele que me carregou ladeira acima sob uma chuva torrencial porque meu salto tinha quebrado, que me dava um beijo de boa-noite todas as noites, não importava quão tarde chegasse em casa, e que tentou fazer um dos bolos elaborados que eu havia salvado no

Pinterest para o meu aniversário. Não ficou nada parecido, mas eu adorei mesmo assim. O que importa é a intenção.

Uma pontada de sentimentalismo drenou minhas forças. Suspirei outra vez, já exausta de segurar a onda na frente dele.

– Assine os papéis, Dom.

CAPÍTULO 11

Dominic

NÃO SOU DESSAS PESSOAS que acreditam em destino, mas para toda regra há exceções. Eu só havia passado por duas: o dia em que conheci Alessandra, na biblioteca da Thayer, e aquele dia ali.

De todos os bares e de todas as noites do mundo, nós dois estávamos naquele ali, naquela noite. Se isso não fosse uma mensagem do universo, nada mais seria.

– Se você não assinar, eu vou ficar com metade de tudo. Nós nunca assinamos um acordo pré-nupcial – lembrou-me Alessandra. Uma corrente de ar projetada por um garçom de passagem jogou fios de cabelo em seus olhos. – Nós…

Ela deixou a frase morrer quando eu afastei os fios. Minha mão pairou perto da bochecha dela, saboreando seu calor.

– Você está tão desesperada assim para se livrar de mim? – murmurei.

Em qualquer outra situação, eu teria hesitado diante da ideia de perder metade da minha fortuna, mas tudo em que conseguia pensar era em quanto queria beijá-la. Um beijo de verdade, não os superficiais que eu costumava lhe dar quando chegava em casa cansado demais do trabalho.

O arrependimento de mil oportunidades perdidas correu em minhas veias.

O rosto de Alessandra suavizou-se por uma fração de segundo antes de endurecer.

– Eu mandei o advogado lá com a papelada, não foi?

Talvez eu tivesse acreditado, se não fosse pelo leve tremor em sua voz, mas mesmo assim sua resposta surtiu o efeito desejado. Acabou comigo, tirando sangue e causando dor com um corte cruelmente preciso.

Alessandra não era do tipo que gostava de machucar as pessoas, e sua atitude defensiva era uma prova de quanto *eu* a magoara. Entre todas as coisas, saber disso era o que mais me doía.

Eu achava que estava fazendo a coisa certa ao garantir nosso sustento, mas era evidente que, ao longo dos anos, nossas definições sobre o que significava "sustento" tinham sido bem diferentes.

Não existe solução de curto prazo para algo assim.

As palavras de Kai ecoaram na minha cabeça, sustentadas por uma melodia familiar, doce e calorosa à medida que uma nova canção começava a tocar.

A minha respiração e a de Alessandra pararam ao mesmo tempo. A placa do lado de fora do bar anunciava que era noite de música latina, mas quais eram as chances de tocarem exatamente *aquela* música *naquele* exato momento? Como eu disse, eu não acreditava em destino... exceto quando se tratava de nós.

– Dança comigo. – Abaixei a mão e a estendi. Ela não aceitou. Eu já esperava a recusa, mas mesmo assim doeu. – Como seria esta noite se as coisas fossem diferentes? – perguntei baixinho. – Se fôssemos as pessoas que éramos antes?

Alessandra engoliu em seco, cedendo às próprias emoções.

– Não faz isso.

– Por favor – falei de forma ainda mais suave. – Pelos velhos tempos.

A música girava ao nosso redor, nos levando para longe do bar, rumo ao passado.

– *Vem, dança comigo.* – *Alessandra riu da minha careta.* – *Só uma vez. Eu prometo que você não vai pegar fogo.*

– *Não sei, não.*

Mesmo assim, peguei a mão estendida dela. Eu odiava fazer papel de bobo, mas nunca fui capaz de negar nada a Alessandra.

– *Eu não sei dançar isso.*

Era nossa última noite no Brasil. A mãe e o irmão dela tinham saído, nos deixando sozinhos. Uma brisa entrava pelas janelas abertas, trazendo consigo o aroma do verão, e uma maravilhosa voz feminina vinha do antigo toca-discos girando no canto.

– Não se preocupe. Não é como o samba, que tentei te ensinar ontem. – Alessandra me puxou para o meio da sala. – É só colocar as suas mãos aqui assim... – Ela pousou minhas mãos em seus quadris. – Me segurar assim... – Ela pressionou o rosto contra meu peito, prendendo a respiração quando eu a acariciei suavemente por cima do algodão fino do vestido. – E balançar – concluiu ela com um sussurro.

Encostei o queixo no topo de sua cabeça e fechei os olhos enquanto nos movíamos ao som da música. Ignorei a caixinha de veludo que queimava em meu bolso; por enquanto, estava feliz apenas em abraçá-la. Havíamos percorrido um longo caminho desde nosso primeiro encontro, nove meses antes, e eu agradecia silenciosamente a qualquer poder superior existente por me colocar no caminho dela (mesmo que tivesse sido necessário me arrastar, em meio a chutes e gritos).

– Minha mãe costumava tocar essa música sempre que arranjava um namorado novo. – Alessandra levantou a cabeça. – Eu ouvi muitas vezes.

Eu acreditava. Enquanto Alessandra era descontraída e pé no chão, sua mãe, uma ex-supermodelo, vivia no próprio mundinho. Havia chegado para jantar no dia anterior usando um minivestido de penas, um colar de diamantes e a boca do namorado, uma estrela do rock, colada em seu pescoço.

– Quem é a cantora? – perguntei.

– Marisa Monte. – O sorriso dela era tão suave e caloroso que o senti profundamente em meus ossos. – Se chama "Amor I Love You".

A Alessandra atual não estava sorrindo, mas o brilho em seus olhos me deu uma pitada de esperança. Desde que ela sentisse alguma coisa, tínhamos uma chance de salvação, porque o que eu temia não era o ódio dela, mas sua indiferença.

– Se as coisas fossem diferentes, teríamos vindo juntos – disse ela. – Teríamos pedido bebidas, contado um ao outro sobre nosso dia e reclamado do trânsito da hora do rush. Teríamos inventado histórias sobre a vida das pessoas ao nosso redor e debatido se é cedo demais para colocar a decoração de Natal. Seríamos um casal normal e... – A voz dela falhou. – Seríamos felizes.

A tristeza na última palavra partiu meu coração. A imagem que ela criou remontava a tempos mais simples e, embora eu nunca mais quisesse voltar a ser o garoto vulnerável e sem um tostão que eu era quando nos conhecemos, eu *queria muito* ser o homem por quem ela se apaixonara.

Eu queria que ela sorrisse para mim como costumava fazer.

Eu a queria ao meu lado, feliz, rindo, plena.

Eu queria *nós dois* de volta, mesmo que isso significasse me livrar de partes da pessoa que eu trabalhara tanto para construir.

– Uma dança. – Fazia muito tempo que eu não implorava nada a ninguém. – Por favor.

A música terminou. O momento de nostalgia se dissipou, mas mal percebi enquanto esperava pela resposta de Alessandra.

Ela olhou para minha mão estendida. Meu coração batia forte contra o peito e, justamente quando pensei que ela ia embora e levaria meu coração junto, ela me deu a mão.

O alívio expulsou o ar da minha garganta.

Eu a puxei para mais perto, tomando cuidado para não me mover muito rápido e assustá-la. Uma dança. Uma música. Uma chance.

– Você se lembra da primeira vez que fomos juntos a um bar? – perguntei. – Eu tinha passado em inglês e nós comemoramos com shots no Crypt.

Alessandra balançou a cabeça.

– Como eu poderia esquecer? Você quase foi preso.

Estávamos lá havia menos de cinco minutos quando algum idiota bêbado deu em cima dela. Ele se recusou a nos deixar em paz e suas cantadas se tornaram cada vez mais agressivas, até que eu lhe dei um soco, ele me deu um soco de volta, e a confusão se transformou em uma briga que levou a polícia ao local.

– Teria valido a pena – respondi. – Espero que o nariz dele nunca mais tenha sido o mesmo.

A risada relutante dela fez espirais de calor rodopiarem em meu peito. Eu não tinha ideia de quanto sentia falta daquele som. Mesmo antes de ir embora, ela não andava sorrindo muito. Não como costumava.

Alessandra foi relaxando aos poucos à medida que eu trazia mais lembranças para o presente: nosso primeiro encontro, nossa formatura, nossa primeira viagem juntos para Nova York. O futuro era incerto, mas já tínhamos sido felizes. Poderíamos voltar a ser. Só precisávamos de tempo.

A música terminou e ela fez menção de se afastar, mas apertei sua cintura.

– Ainda não – falei, as palavras entrecortadas.

Eu não estava pronto para deixá-la ir embora, mas não sabia como fazê--la ficar.

A boca de Alessandra tremeu e depois se firmou.

– Uma dança. Lembra?

– Lembro. – Abaixei a cabeça, desejando ter o poder de voltar no tempo. – Mas tenho um último pedido. Um beijo. Só um.

Ela fechou os olhos.

– Dom…

– Pelos velhos tempos – repeti, as palavras apenas um sussurro no mínimo espaço entre nós.

O ritmo irregular da respiração dela combinava com o meu. Alessandra não disse nada, mas também não se afastou, o que interpretei como uma concordância tácita.

Minha boca pairou sobre a dela, dando-lhe uma última chance de se afastar. Como ela não fez nada, eliminei a distância restante e rocei seus lábios com o mais leve dos beijos. Foi tão suave que contou mais como um toque do que um beijo, mas detonou todos os sentimentos que eu tanto tentara enterrar. Dor, saudade, arrependimento, amor. Ninguém era capaz de me fazer sentir tanta coisa, ao menos não tão profundamente, quanto Alessandra, e qualquer controle que eu ainda pudesse ter simplesmente se foi diante de seu suspiro de prazer quase inaudível.

Intensifiquei o beijo, meus lábios moldando-se aos dela com uma facilidade que vinha de anos de prática. Minha mão deslizou por seu cabelo; as dela agarraram meus ombros. Explorei sua boca com movimentos profundos e abrangentes, saboreando o gosto de maçã, de gim e *dela*. Depois de duas semanas separados, beijá-la era como voltar para casa.

O desejo foi aumentando a cada segundo, nos envolvendo como fitas grossas, deixando minha pele retesada e a respiração dela ofegante, mas eu ainda tinha noção suficiente para lembrar que estávamos em público.

De alguma maneira, eu a fui conduzindo para um corredor próximo, onde surpreendentemente o banheiro dos funcionários estava destrancado. Era elegante, para um banheiro, mas mal notei os detalhes dourados ou o piso de mármore. Estava focado demais em Alessandra: suas bochechas coradas, seus lábios entreabertos, o jeito como ela estremeceu quando eu a apoiei na bancada da pia e levantei sua saia até a cintura.

Nenhum de nós disse nada, para não quebrarmos o delicado feitiço que mantinha nossos problemas à margem.

Nossos problemas ainda estariam lá no dia seguinte, mas aquela noite? Aquela noite era nossa.

Eu a beijei novamente. Mais intenso dessa vez, desesperado para absorver o máximo possível dela. Não importava há quanto tempo estávamos juntos, ou quanto eu tinha sido péssimo em me expressar nos últimos anos, eu nunca me cansava dela. Jamais me cansaria.

Segurei sua nuca com uma das mãos enquanto a outra traçava a borda rendada de sua calcinha. A tensão do início da noite havia desaparecido e, quando parei no ponto sensível entre sua coxa e o calor, ela soltou um ruído de protesto.

– Shh. – Beijei-a pelo pescoço abaixo, parando nos lugares que a deixavam louca. O ponto atrás da orelha, a base do pescoço, a curva do ombro. – Calma.

Eu conhecia o corpo de Alessandra como a palma da minha mão, e cada desvio deliberado provocava gemidos que se transformaram em um grito alto quando finalmente deslizei sua calcinha para o lado e esfreguei o polegar sobre seu clitóris.

Reprimi um gemido. Ela já estava completamente molhada para mim.

O calor percorreu minha coluna enquanto eu a tocava com movimentos demorados, circulando e provocando até ela começar a escorrer em minha mão. Ela se arqueava contra mim, seu rosto marcado de frustração e desejo.

– Dom. – Um apelo ofegante saiu de seus lábios. – *Por favor.*

Meu pau endureceu a ponto de doer. Meu Deus, nada no mundo soava tão doce quanto o som do meu nome em seus lábios.

Outro gemido escapou da garganta dela quando finalmente a penetrei com dois dedos. Ela estava tão molhada que os recebeu com facilidade, e seus quadris estremeceram novamente quando os enterrei até o fundo.

– Ai, meu Deus. – As unhas dela cravaram sulcos dolorosos em meus ombros. – Eu não posso... isso é... *caralho...*

Suas palavras se desintegraram conforme eu a fodia com os dedos, deixando-a arquejando e soluçando. Seus gemidos e os sons úmidos dos meus dedos entrando e saindo dela preenchiam o banheiro, abafando minha respiração pesada.

Quase perdi a cabeça ao vê-la tão entregue daquele jeito, mas me forcei a manter o controle. Havia passado muito tempo concentrado em mim mesmo. Agora o foco era ela, e eu queria aproveitar cada segundo, mesmo que fosse às minhas custas.

Mantive os olhos em Alessandra quando mergulhei os dedos outra vez e os curvei para que atingissem seu ponto mais sensível.

Ela desmoronou no mesmo instante. Cabeça para trás, pele corada, gemidos roucos enquanto se contraía ao redor dos meus dedos. Mantive a pressão sobre o seu clitóris enquanto ela cavalgava nas ondas do orgasmo, e não parei até que seus tremores chegassem ao fim.

Pressionei a testa contra a dela, meu peito doendo com uma mistura feroz de tesão e saudade. Nossas respirações se misturaram e, apesar de meu pau duro pressionar dolorosamente o zíper, minha excitação ficou em segundo plano diante da intimidade inimaginável daquele momento. Ainda assim, apesar dos meus melhores esforços, não consegui evitar que a lucidez pós-sexo se instalasse entre nós.

Queria Alessandra de volta à nossa cama, à nossa casa, à nossa *vida*. Sentia falta de uma parte essencial de mim mesmo desde que ela tinha ido embora, e era absurdo pensar que, de alguma forma, eu fizera tão pouco do nosso casamento, sendo que precisava dela mais do que precisava respirar.

– Volta pra casa. – Meu apelo saiu como um sussurro contra sua boca.

Alessandra fechou os olhos, a expressão confusa. Talvez ela tivesse cedido. Senti seus ombros relaxarem, detectei uma mudança reveladora no ritmo de sua respiração, mas, antes que ela pudesse responder, um toque estridente rasgou o ar.

Merda. Eu me afastei e rejeitei a chamada. Era daquele maldito número desconhecido outra vez, mas, quando ergui os olhos, menos de cinco segundos depois, percebi que já a havia perdido.

O pânico cravou garras cruéis em meu estômago.

– Ale...

– Eu não posso.

Sua resposta angustiada me atingiu com uma certeza nauseante.

Eu não posso.

Passei a vida lidando com extensos contratos e cálculos complexos, mas era engraçado como apenas três palavras tão simples eram capazes de me devastar com a eficácia brutal de uma bomba nuclear.

O instante seguinte se estendeu de maneira dolorosa, antes de ela me empurrar e descer da bancada. Eu não disse nada enquanto ela ajeitava a roupa, e não a impedi quando ela saiu sem me olhar nos olhos.

Eu não posso. O que havia para dizer depois disso?

Foi só quando a porta se fechou atrás dela que saí daquele entorpecimento.

– Merda! – gritei, socando a bancada.

A dor explodiu, tanto pelo impacto da carne contra o mármore quanto pela partida dela. Eu tinha forçado demais a barra, apressado as coisas, e agora havia o risco de ela levantar a guarda ainda mais. Tudo por um beijo e vários minutos roubados.

Valeu a pena?, sussurrou uma voz. *Sim.* A resposta veio sem pensar. Ela sempre valia a pena.

Eu aceitaria qualquer momento com ela, não importava a duração, porque não sabia quantos ainda nos restavam.

Fechei os olhos, a cabeça latejando a cada batimento cardíaco. Não me sentia tão inseguro desde que era um adolescente morando na periferia de uma cidade de merda, e odiava isso. Tinha investido muito tempo e dinheiro para impedir qualquer possibilidade de perda de controle, mas bastou uma resposta de Alessandra para acabar com meus esforços.

Esperei até que as pontadas mais lancinantes da enxaqueca passassem antes de me endireitar. No momento em que saí do banheiro, me forcei a retomar a postura implacável, mas estava tão perdido em pensamentos que não percebi a sombra esperando por mim até ela se afastar da parede e adentrar a luz.

Quase passei por ele antes que seu rosto entrasse em foco. Um choque me desviou do turbilhão causado por Alessandra.

Não. Não pode ser.

As maçãs do rosto bem marcadas cortavam a escuridão, e o cabelo preto combinava com a cor da camiseta, das calças e das botas. Ele tinha mudado muito ao longo dos anos: a pele lisa dera lugar a uma barba escura, a magreza adolescente se transformara em músculos sólidos.

Mas os olhos eram os mesmos; aquelas íris verdes inconfundíveis brilhavam, frias e jocosas, sob a fraca iluminação do corredor.

O barulho e a música do bar tornaram-se indiscerníveis enquanto o sangue trovejava em meus ouvidos.

Qualquer esperança que eu tivesse de se tratar de um improvável *doppelgänger* desapareceu quando um sorriso debochado apareceu em seu rosto.

– Oi, irmão.

CAPÍTULO 12

Alessandra

NUNCA MAIS TOMARIA GINS-TÔNICAS ou *apple martinis*. Desceram muito bem ontem à noite, quando eu estava sob o brilho do álcool, mas, na luz ofuscante da manhã, minhas últimas façanhas com Dominic trouxeram um rubor intenso à minha pele. Eu não conseguia acreditar que tinha deixado ele me beijar. Não conseguia acreditar que o beijara *de volta* e o acompanhara até o banheiro de um bar, pelo amor de Deus, onde tive um orgasmo tão violento que meus dedos dos pés se contraíam só de lembrar.

Dei um gemido, batendo levemente a testa contra o armário enquanto esperava o café ficar pronto. Graças a Deus Sloane ainda estava na Europa, ou imediatamente saberia que algo estava acontecendo. Aquela mulher tinha o faro de um cão de caça para segredos.

Como seria esta noite, se as coisas fossem diferentes? Um beijo. Só um. Shh. Calma.

Minha pele esquentou com a lembrança da boca e das mãos de Dominic. Beijando, acariciando, explorando. Levando-me ao limite com habilidade, como só ele era capaz de fazer. Entre todos os problemas que tivemos ao longo dos anos, a atração física nunca fora um deles. Mesmo no nosso pior momento, o sexo sempre foi bom.

– Pelo menos você não foi pra casa com ele – murmurei.

Eu quase cedi. Álcool e sexo já tinham feito um estrago na minha capacidade de discernimento, e a vulnerabilidade atípica dele teria sido a gota d'água.

Graças a Deus alguém ligou. Obviamente, o universo estava cuidando de mim, porque eu me recusava a ser a mulher que corria de volta para o parceiro depois de meia dúzia de palavras bonitas e um bom orgasmo (ok, espetacular orgasmo).

A noite de ontem tinha sido um lapso. Jamais aconteceria outra vez, especialmente depois que o divórcio fosse concretizado, e isso *ia acontecer*.

O café terminou de passar. Eu me servi de uma xícara e ignorei a voz irônica em minha cabeça que dizia que eu poderia culpar o álcool quanto quisesse, mas houve uma parte de mim que *quis* ir para casa com ele.

Era meio de semana. Eu tinha pedidos a finalizar, contas para pagar e um negócio para administrar. O que eu *não* tinha era tempo para remoer minhas más decisões.

Terminei o café da manhã e me servi de uma segunda xícara de café antes de me acomodar à mesa.

Nada de Dominic. Nada de divórcio. Apenas trabalho.

Felizmente, tive muitos e-mails e reuniões para me manter ocupada durante a manhã. Havia contratado duas assistentes para gerenciar a logística e o atendimento ao cliente, no ano anterior, e tinha acabado de encerrar uma videochamada com elas quando meu celular tocou.

– Alô?

Atendi sem verificar o identificador de chamadas, distraída demais com uma nova encomenda de um cliente: uma colagem de flores prensadas no formato da vulva da esposa. O pior era que aquele não era o pedido mais estranho que eu já tinha recebido.

– Olá, gostaria de falar com Alessandra Ferreira – ressoou uma voz masculina grave do outro lado da linha.

Todos os pensamentos sobre vulvas florais desapareceram da minha cabeça.

Eu me endireitei na cadeira, o coração acelerando. Só tinha usado meu nome de solteira uma vez recentemente.

– É ela.

– Meu nome é Aiden Clarke, estou retornando sua mensagem de ontem. Você estava interessada em saber mais sobre a loja em NoMad.

– Sim. – A palavra saiu com um tom esganiçado e constrangedor. Dei um pigarro e tentei novamente. – Quer dizer, sim, estou.

Sinceramente, já tinha me esquecido da loja até receber a ligação. No dia anterior, parecera uma boa ideia, mas eu não sabia *nada* sobre abrir uma loja física. Por outro lado, eu não sabia nada sobre operar um negócio on-line até ter um, então valia a pena arriscar.

Sempre valia a pena correr atrás dos nossos sonhos.

Após uma breve triagem, Aiden propôs uma visita e uma reunião para mais tarde naquele dia. Aceitei sem hesitar. Sem riscos não havia recompensas, certo?

Corri com o trabalho que tinha e cheguei à loja depois do almoço, entupida de cafeína e sem fôlego depois de quase ser atropelada por um táxi em alta velocidade.

Esquadrinhei a calçada em busca de um terno brilhante e um sorriso profissionalmente clareado – as marcas registradas de corretores de imóveis de Nova York –, mas vi apenas um homem que poderia muito bem ser um lenhador, usando camisa de flanela e calça jeans.

– Alessandra? Eu sou o Aiden – disse ele. – Que bom que você conseguiu vir, e desculpe mais uma vez por marcar a visita de última hora. Tenho uma viagem de negócios amanhã e não sei quando volto.

– Sem problemas.

Tentei esconder a surpresa. Ele era mais jovem e mais bonito do que eu esperava. Trinta e tantos anos, cabelo castanho-escuro e barba bem aparada. Junto com a roupa casual e o comportamento amigável, ele parecia mais alguém que pagava rodadas de cerveja para todo mundo no pub mais próximo do que um administrador de imóveis de primeira linha.

– Obrigada por retornar tão depressa.

– Imagina. Sou um pouco compulsivo com retornar ligações. – Seus olhos se enrugaram com um sorriso. – De acordo com o meu melhor amigo, é por isso que ainda estou solteiro. Não consigo respeitar a regra dos *três dias para ligar*.

Dei risada.

– É uma regra idiota de qualquer maneira.

Perguntei-me brevemente se ele estava dando em cima de mim ao mencionar seu status de relacionamento tão cedo, mas deixei pra lá. Tínhamos acabado de nos conhecer e eu não era tão narcisista a ponto de achar que todos os homens que me viam se interessavam por mim.

Aiden não emitiu mais nenhuma energia de flerte durante a visita, então atribuí sua piada a mera simpatia.

O tour foi rápido, dado o tamanho do espaço. Além do piso principal, havia um banheiro e outro cômodo que podia servir de escritório e/ou depósito. Aiden foi franco sobre as partes que precisavam de reforma, o que eu achei ótimo, e ouviu atentamente quando expliquei a proposta do meu negócio.

– Quanto é o aluguel? – perguntei no final da visita.

Eu deveria ter perguntado isso no início, mas estava apaixonada demais pelas paredes de tijolos expostos e pela luz natural para pensar nos detalhes.

Quando Aiden me disse o valor, me retraí. Eu *definitivamente* deveria ter perguntado sobre o preço primeiro. Não havia como pagar aquilo com os lucros atuais da loja, e eu não queria complicar o divórcio usando minha conta conjunta com Dominic.

– Vou ser sincero. Tenho vários imóveis na cidade, mas este é o meu preferido – disse Aiden, batendo os nós dos dedos contra a parede. – Precisa de reforma, mas tem seu charme.

Eu teria achado que aquilo era apenas papo de corretor, se não concordasse.

– Você é o proprietário?

– Sou. Meu pai comprou alguns imóveis baratos, tempos atrás, e eu aumentei o espólio. Alugamos para cerca de uma dúzia de empresas na cidade toda. – Outro sorriso rápido. Proprietários em Nova York raramente eram *legais*, e eu não conseguia assimilar o fato de que aquele homem tinha milhões de dólares em imóveis. – Este é o único espaço vago. Costumava ser uma padaria, mas os donos anteriores se aposentaram uns meses atrás e não encontrei ninguém para substituí-los. Sou muito envolvido com meus inquilinos; eles têm meu número e sabem que podem ligar a qualquer hora do dia se houver algum problema, então gosto que sejam pessoas com quem eu me dê bem.

Merda. Ótima localização, proprietário simpático *e* paredes de tijolos? Era o espaço perfeito... se não custasse um braço e duas pernas por mês.

– Isso é ótimo. – Engoli a decepção que crescia em minha garganta. – Vou ser sincera, eu amei o espaço, de verdade, mas não tenho como pagar. Eu deveria ter perguntado o valor antes de fazer você vir até aqui. – Apontei para o salão ensolarado. – Sinto muito por desperdiçar seu tempo.

– Você não desperdiçou nada. Como alguém que não consegue distinguir um tipo de lírio de outro, estou impressionado com o que você quer fazer. – Aiden me observou. – Você tem advogado? Eu ficaria feliz em negociar com ele.

Tive a sensação de que a experiência de Cole em direito de família não seria suficiente.

– Não tenho – admiti.

Aiden franziu a testa. Ele provavelmente me achava ridícula e não o culpei por isso. As pessoas *planejavam* tomar decisões como aquela. Eu, por outro lado, só passei pela loja e decidi que queria alugá-la.

O calor fez minha pele formigar.

– Vamos fazer o seguinte – sugeriu ele, por fim. – Se você pagar parte dos custos da obra e concordar com um período de locação mais longo, eu te dou três meses de aluguel grátis. Acho que vai ajudar com os custos iniciais, enquanto você começa sua loja.

Olhei para ele.

– Por que você faria isso?

A surpresa dissolveu meus filtros e não tive tempo de formular a pergunta com mais tato.

– É caro deixar um imóvel vazio, e prefiro não perder mais tempo do que o necessário entrevistando possíveis inquilinos – explicou Aiden. – Como eu disse, quero pessoas com quem eu me dê bem, e, mesmo que a gente tenha acabado de se conhecer, posso dizer que você é uma delas. Basta pagar o aluguel em dia, manter a loja em boas condições, e nos daremos muito bem.

Mordi o lábio inferior.

Se algo parecia bom demais para ser verdade, é porque provavelmente era. A última coisa de que eu precisava era cair em algum golpe imobiliário desastroso.

Aiden devia ter percebido minha hesitação, porque acrescentou:

– Sei que está sendo tudo rápido demais, mas é difícil encontrar bons inquilinos na cidade. Quando vejo um, costumo agarrar a chance. Eu te mando um e-mail com os adendos para que um advogado possa examinar. Você não precisa decidir agora, mas gostaria de uma resposta nas próximas duas semanas. – Ele estendeu a mão. – Fechado?

Parecia bastante justo. Eu não queria recorrer aos advogados de Dominic, mas alguma amiga minha devia conhecer alguém que pudesse me ajudar.

Apertei a mão de Aiden, meu estômago se revirando de nervosismo e uma pitada de empolgação.

– Fechado.

– Ele quer te comer – disse Isabella na noite seguinte, quando entramos no Le Boudoir. – Impossível o proprietário de um imóvel *em Nova York* ser *tão* legal assim, a menos que tenha segundas intenções.

– Não quer nada. Ele tem motivos comerciais para me oferecer três meses de aluguel gratuito.

Eu tinha pesquisado, depois de voltar para casa no dia anterior, e era um "benefício" bem comum oferecido pelos proprietários durante as negociações.

– Tá, mas sem você precisar pedir? – Isabella arqueou uma sobrancelha. – Suspeito.

– Concordo. – Vivian tirou seu exuberante casaco de pele sintética e o entregou ao atendente do guarda-volumes. – Principalmente porque ele tem a sua idade e é solteiro. Você não viu nenhuma aliança no dedo dele, certo?

Durante nossa caminhada até o restaurante, havia contado às minhas amigas o que acontecera com Aiden, mas já estava arrependida. Sloane era a única da gangue faltando, porque ainda estava na Europa.

– Vocês são ridículas. Nem todas as pessoas generosas têm segundas intenções. Além disso, ele ainda não mandou os documentos. Até que um advogado examine tudo, não tem nada certo.

Lancei um olhar breve para Dante e Kai, que tentavam ao máximo fingir que não estavam ouvindo. Os dois haviam ficado vários passos para trás durante o trajeto, mas eu sabia que eles tinham escutado tudo. Considerando que eram amigos próximos de Dominic, a conversa devia ser tão incômoda para eles quanto era para mim.

Felizmente, as suposições ridículas de minhas amigas sobre os motivos de Aiden se transformaram em conversa fiada quando outros convidados se aproximaram para nos cumprimentar.

O Le Boudoir era a última joia da coroa do Laurent Restaurant Group, e a maior parte da elite de Manhattan estava presente para sua inauguração exclusiva. Eu tinha ficado afastada dos eventos da alta sociedade nas últimas semanas, porque não queria encarar as inevitáveis perguntas sobre Dominic – ninguém fofocava mais do que os ricos e ociosos –, mas minhas amigas haviam me convencido a abrir uma exceção. Era um evento pequeno, organizado por Sebastian Laurent, e não havia chance de Dominic comparecer, já que, segundo Dante, ele devia estar a caminho de Londres naquele momento.

Frase-chave: *devia estar.*

Meu estômago gelou quando entrei no salão de jantar principal e imediatamente avistei uma familiar cabeleira loura-escura perto do bar. Nem precisei procurá-lo; sua presença era como a gravidade, me atraindo, eu querendo ou não.

– Você disse que ele estava indo para Londres – sussurrou Vivian, olhando para o marido.

– Eu disse que ele *devia* estar indo para Londres – corrigiu Dante. – Parece que ele, hã, mudou de planos.

Não ouvi o restante da conversa. Tudo – a música, os convidados, os garçons circulando com bandejas de champanhe – se transformou em um rugido abafado quando Dominic ergueu os olhos de sua conversa com Sebastian. Nossos olhares colidiram, azul-escuro contra azul-claro, e o impacto quase fez meus joelhos cederem.

Meu coração desacelerou para um ritmo doloroso. Estávamos casados havia uma década, mas vê-lo ali depois da noite anterior foi como colocar os olhos nele pela primeira vez novamente.

– *Você deve ser o Dominic. Meu nome é Alessandra, mas meus amigos me chamam de Ale. – Sorri, tentando esconder a centelha inesperada de atração.*

Mesmo com seu olhar e sua expressão frios e estoicos, Dominic era incrivelmente lindo. Mas além da estrutura óssea esculpida e da constituição física musculosa, havia algo nele que tocava meu coração.

Reconheci a desconfiança escondida em seus olhos. Era do tipo que surge quando uma pessoa é decepcionada muitas vezes por todos ao redor. Meu irmão passara anos com essa mesma postura antes de encontrar sua turma. Talvez por isso eu sentisse afeto por ele, apesar de termos acabado de nos conhecer; sua cautela me lembrava a de Marcelo, que costumava ser confundida com arrogância.

– Oi, Alessandra.

A cuidadosa enunciação do meu nome (em vez do apelido) deixou claro que derrubar suas muralhas seria um desafio. Felizmente, eu sempre me dava bem em desafios.

Mas quando ele se sentou à minha frente e eu senti um leve frio na barriga no momento em que sua calça jeans roçou na minha perna, percebi que talvez já estivesse perdida.

O Dominic do presente engoliu em seco. Ele não estava prestando a mínima atenção em Sebastian, e eu queria desviar o olhar, agir como se estivesse tudo bem e eu não fosse afetada por sua presença, mas seu olhar me manteve presa.

Eu odiava o efeito que ele exercia sobre mim. Odiava como meus olhos sempre se voltavam na direção dele em um salão cheio de gente, e como eu não conseguia parar de pensar nele, por mais que tentasse. Acima de tudo, eu odiava não conseguir odiá-lo, nem um pouco. Não importava quantas vezes Dominic tinha partido meu coração, sempre haveria um pedaço que pertenceria a ele.

Uma dor familiar surgiu em meu peito.

Dominic se mexeu, como se fosse caminhar na minha direção, mas alguém esbarrou em mim e finalmente desviou minha atenção do bar. Uma mão forte se fechou no meu braço, me firmando.

– Desculpe.

A voz baixa e fria soou como o equivalente auditivo de uma lâmina de barbear envolta em seda.

– Não tem... – Parei a frase no meio quando ergui os olhos.

Um homem absurdamente lindo, olhos verdes, pele clara e a mandíbula mais bem marcada que eu já tinha visto olhava para mim. Apesar de sua bela aparência, algo nele imediatamente me acendeu um alerta vermelho.

Ele tirou a mão do meu braço e me ofereceu um sorriso de desculpas que não alcançou seus olhos frios e inexpressivos.

Os pelos da minha nuca se arrepiaram. Antes que eu pudesse dizer qualquer outra coisa, ele desapareceu em meio à multidão e me deixou com um inquietante mau pressentimento, que se intensificou quando olhei para o bar e descobri que Dominic havia sumido, como se nunca tivesse estado lá.

CAPÍTULO 13

Dominic

- QUE *PORRA* VOCÊ está fazendo aqui?

Atirei Roman contra a parede, minhas palavras cheias de veneno no corredor escuro.

Encontrá-lo na noite anterior podia ter sido um acaso, mas duas noites seguidas? Aquilo não era coincidência. Não quando se trata de Roman.

No instante em que saí do bar, eu havia contratado um cara com quem já trabalhara antes para investigá-lo, mas ainda não tinham descoberto nada. Isso por si só era preocupante; geralmente me traziam um relatório completo dentro de doze horas, o que significava que Roman era muito bom em não deixar rastros.

E o único motivo para alguém não deixar rastros era ter algo a esconder.

– Participando da inauguração de um restaurante, assim como você e sua *adorável* esposa – disse ele, irônico, parecendo não ter se abalado com a minha saudação hostil. – Meu convite para o casamento se perdeu no correio, mas ela é linda. Entendo por que você não consegue tirar os olhos dela.

Agulhas geladas de medo perfuraram minha coluna, seguidas por um lento fervor de raiva.

– Se você tocar num único fio de cabelo dela, eu vou até o fim do mundo pra te encontrar, e vou te torturar tão lentamente que você vai implorar pelo fim – sussurrei.

Apertei o pescoço dele com força. Ele não se encolheu, mas algo brilhou em seus olhos antes de submergir naquelas profundezas verdes e geladas.

– Você não me encontrou esses anos todos. Não até eu aparecer bem na sua frente.

– Eu não estava procurando.

– Não. Estava ocupado demais construindo seu império para se lembrar do seu querido irmão. – Os lábios dele se curvaram em um sorriso sem humor. – Qual é o gostinho do dinheiro, Dom? É tão bom quanto você sempre sonhou?

Merda. Destilei um xingamento baixo e o soltei, mas me mantive entre ele e a sala de jantar.

– Vou perguntar mais uma vez. O que você veio fazer aqui, e como é que você conhece o Sebastian?

Eu o havia interceptado enquanto ele saía do banheiro, depois de esbarrar em Alessandra. Uma inversão de papéis em relação à noite anterior, quando ele foi embora sem responder a nenhuma das minhas perguntas sobre por onde andara, como me encontrara e por que reaparecera depois de mais de dez anos em silêncio.

– Você não é o único que tem seus contatos. – Roman ajeitou o terno. Ele estava vestido para a inauguração, mas, mesmo com roupas de grife, exalava desordem. – Avançamos muito desde Whittlesburg, não é?

Travei a mandíbula, a presença dele e a menção à nossa cidade natal trazendo à tona lembranças que seria melhor deixar enterradas.

– *Nós dois vamos dar um jeito de sair daqui um dia.* – *Os olhos de Roman brilhavam com uma determinação inflexível, que não combinava com alguém de apenas 14 anos. Um hematoma escuro marcava seu rosto no local onde nossa mãe adotiva havia batido nele.* – *E, quando isso acontecer, todo mundo vai pagar caro.*

Roman e eu tínhamos vivido com a mesma família adotiva, na quarta casa onde morei. Ele era apenas um ano mais novo que eu, e a coisa mais próxima que eu tinha de um aliado naquele inferno, até que se envolveu com as pessoas erradas e foi parar no reformatório por provocar um incêndio, quando eu estava no último ano do ensino médio. Eu me recusei a fornecer um álibi falso para ele; tinha acabado de ser aceito na Thayer e não podia arriscar meu futuro por conta de um crime cometido por outra pessoa. Desde então, não o vi mais, nem sequer ouvi falar dele.

Até a noite anterior.

– Não se preocupe, não vou tocar na sua preciosa esposa. Eu só queria dar um oi, mesmo que não devesse. – O lampejo da emoção anterior ressurgiu e desapareceu tão depressa quanto antes. – Se você não quer ser encontrado, não deveria deixar sua cara estampada no *Wall Street Journal* nem nas colunas sociais. – Roman passou por mim. – Agora, se me dá licença, tenho que voltar para o jantar.

Só quando ele chegou ao final do corredor, eu disse:

– Não me diga que está metido em confusão outra vez.

Eu não deveria me importar. Tínhamos cortado relações há muito tempo, mas uma pequena parte de mim não conseguia se livrar da culpa por tê-lo deixado em Ohio. Ele tinha feito suas escolhas e eu, as minhas, mas em algum momento ele fora a minha única família de verdade.

Roman parou, seu corpo tão imóvel que parecia uma estátua iluminada pelas luzes do restaurante.

– Não precisa agir como se você se importasse – disse ele. – Não combina com você.

A primeira metade do jantar transcorreu sem incidentes, mas mal toquei na comida. Estava distraído demais, tanto por Alessandra, sentada junto à cabeceira da mesa, quanto por Roman, sentado na outra ponta.

Ele estava tramando alguma coisa. Só podia estar, e minhas suspeitas apenas aumentaram depois que Sebastian admitiu que não o conhecia pessoalmente. Alguém de sua equipe havia enviado o convite.

Enquanto isso, Alessandra fazia o possível para fingir que eu não existia, embora eu a tivesse flagrado olhando para mim algumas vezes. Isso deveria ter feito com que eu me sentisse melhor, mas, em vez disso, sua proximidade com Roman, que era inteligente o suficiente para detectar a tensão entre nós e se aproveitar disso, me fez querer abandonar o jantar e arrastá-la comigo para um lugar seguro, mandando a etiqueta para os infernos.

– Para de olhar – disse Dante, sem se virar para mim. – Você está sendo tão sutil quanto uma marreta.

– Olha quem fala.

Ele era famoso por se utilizar de táticas pesadas para punir pessoas que traíam sua confiança. Ossos fraturados, comas, o pacote completo. Mesmo assim, desviei os olhos de onde Alessandra ria com Vivian e Isabella. Precisávamos conversar sobre o que tinha acontecido no bar, o que seria mais fácil se eu conseguisse ficar a sós com ela. Só tinha ido até ali para vê-la, mas suas amigas pareciam duas guarda-costas. Eu deveria...

Um barulho alto rompeu o burburinho da conversa, seguido por um ataque de asfixia e respirações ofegantes. A conversa foi interrompida abruptamente e o salão ficou em silêncio, e me virei na direção do movimento.

Um dos convidados tinha caído de cara no prato. Terno azul, o cabelo grisalho característico. Martin Wellgrew, CEO do Orion Bank.

Sebastian levantou da cadeira de um salto.

– O que aconteceu? – perguntou ele.

– Não sei. Estávamos conversando e de repente ele... simplesmente desmaiou – gaguejou a mulher sentada ao lado de Martin. – Ele está bem? Ele não está se movendo. Ah, meu Deus... E se...

Daria para ouvir um alfinete caindo na sala enquanto Sebastian verificava o pulso de Martin. Ele respirou fundo e eu já sabia o que ele ia dizer antes mesmo que falasse.

– Ele está morto.

Houve um momento de silêncio atordoante antes que o caos se instaurasse. Metade dos convidados correu para a saída enquanto a outra metade correu para os banheiros, provavelmente para o caso de a comida ter causado a morte súbita de Martin. Com a pressa, quase atropelaram uns aos outros, e perdi meus amigos de vista em meio à confusão. No entanto, eu só estava interessado em encontrar uma pessoa.

Alessandra.

Atravessei a multidão, meu coração ricocheteando no peito. Um zumbido familiar abafou a gritaria crescente no restaurante. Eu não sabia o que tinha acontecido com Martin, mas precisava vê-la e garantir que ela estava bem. Ela poderia estar ferida, inconsciente, ou ter sido pisoteada...

O zumbido soava em minha cabeça com uma frequência estridente.

Porra, por que estava tão quente ali dentro?

O suor escorria pelas minhas mãos enquanto eu procurava por cabelos castanhos e um vestido vermelho. *Vamos lá, amor, cadê você?*

O restaurante era pequeno, e eu tentava afastar a multidão em meio ao caos.

Cabelo preto. Vestido preto. Cabelo grisalho. Terno azul-marinho. Os convidados se misturavam em uma entidade genérica. Alguém esbarrou em mim e eu estava prestes a dar um empurrão quando olhei para baixo e um par familiar de olhos azul-acinzentados encontrou os meus.

O alívio roubou o ar dos meus pulmões. *Ela está bem.*

Nós nos encaramos por um segundo, nossos peitos arfando de adrenalina, antes que outro convidado nos empurrasse e nos fizesse entrar em ação outra vez.

Ela não resistiu quando segurei seu pulso e abri caminho em direção à saída. A polícia tinha acabado de chegar ao local, mas conseguimos entrar em um táxi sem que nos parassem. Eu tinha certeza de que eles iam querer interrogar todos os convidados a respeito da morte de Martin, mas naquele momento eu não tinha nenhum interesse em ficar ali e bancar a testemunha preocupada.

Alessandra ficou em silêncio quando dei ao motorista o endereço da cobertura. Ela parecia em choque pela reviravolta daquela noite, e eu não a culpava. Eu tinha comparecido a centenas de reuniões da alta sociedade ao longo dos anos; nenhuma delas terminara em morte.

Por outro lado, nenhuma delas tivera Roman como convidado.

Eu não o vira desde o momento em que Martin caiu de cara na mesa. Nem durante a debandada em direção à saída e aos banheiros nem fora do restaurante.

Um nó de pavor se formou em meu estômago. Entre a investigação da CVM sobre o DBG e a morte de Martin, havia um número suspeito de crises envolvendo o setor bancário. Eu não sabia onde o súbito reaparecimento de Roman se encaixava, mas era uma peça de um quebra-cabeça maior. Era o que dizia meu instinto.

– Bem – disse Alessandra quando chegamos ao nosso prédio. Eu ainda o considerava nosso, mesmo não me sentindo em casa desde que ela fora embora. – Essa foi a sobremesa mais memorável que já comi.

Apesar da apreensão, abri um sorriso. Estava sentindo falta das piadas dela. Seu senso de humor foi um dos muitos motivos pelos quais me apaixonei por ela, mas ao longo dos anos ele vinha aparecendo cada vez menos.

O remorso extinguiu minha felicidade temporária.

– Isso vai ser um pesadelo para a assessoria de imprensa do Sebastian – comentei.

Eu não era fã do Martin, que fora um homem notoriamente corrupto e desleal, então não podia dizer que estava devastado com sua morte. No entanto, as circunstâncias e o momento teriam um enorme efeito cascata.

– Imagino. – Alessandra apertou a beirada do assento. – Meu Deus. Uma pessoa *morreu*. Ele estava sentado do outro lado... Ele...

Ela começou a hiperventilar. *Merda*.

Rapidamente paguei ao motorista e a conduzi para dentro do prédio e até a cobertura antes que ela entrasse em choque novamente.

– Deve ter sido uma reação alérgica. – Eu duvidava, mas, se aquilo a deixasse mais calma, adotaria a teoria. – O momento foi infeliz, mas acontece. Não havia nada que você pudesse fazer a respeito.

Enrolei-a em uma manta e levei-lhe uma caneca de chá. Os funcionários já tinham encerrado o expediente, então a sala estava em silêncio enquanto ela segurava a bebida nas duas mãos.

– Você provavelmente acha que estou exagerando.

Ela olhou para a caneca, seu rosto impassível. Se sentia alguma coisa por estar em casa pela primeira vez em semanas, não demonstrou.

Senti um emaranhado de emoções na garganta.

– Não acho. Ver alguém sucumbir na nossa frente é muito traumático.

Alessandra arqueou a sobrancelha.

– Sucumbir?

– Na minha cabeça, soou melhor do que *morrer*. – Esfreguei a mão na boca. – Acho que não é, né?

– Não muito, não.

Sua risada suave aqueceu a sala. Ficamos nos encarando por um bom tempo, e o sorriso dela desapareceu devagar enquanto o silêncio se instalava novamente. Daquela vez, foi um silêncio pungente, cheio de lembranças e arrependimentos e, talvez, um pouquinho de esperança.

– Posso confessar uma coisa? – A voz dela soou quase inaudível. – Quando o caos começou e todo mundo saiu correndo, você foi a primeira pessoa que eu procurei. Eu não queria, mas foi.

Meu coração bateu forte, como se finalmente estivesse vivo.

– Que bom – respondi calmamente. – Porque eu também estava procurando você.

O restante das palavras não ditas se espalhou ao nosso redor, a uma faísca de pegar fogo.

Os olhos de Alessandra escureceram e a faísca ganhou vida. Chamas de emoção surgiram no ar, incinerando quaisquer inibições ou pensamentos racionais. A única coisa que restou foi um desejo persistente e insaciável de beijá-la, antes que eu acabasse morrendo de privação.

Ela deve ter lido as intenções evidentes em meu rosto, porque sua respiração se tornou irregular. Ela entreabriu os lábios, e foi o convite de que eu precisava.

Em um segundo, estávamos sentados em lados opostos do sofá. No seguinte, minha boca estava na dela, seu corpo estava contra o meu, e estávamos tropeçando para dentro do elevador em um emaranhado de desejo reprimido e alta adrenalina. Fiquei grato pelo elevador privado da cobertura, porque não havia a menor chance de conseguirmos subir as escadas sem nos machucarmos. Não quando meu sangue pegava fogo e Alessandra agarrava meu cabelo com desespero.

De alguma forma, chegamos ao quarto inteiros. Fechei a porta com um chute e nossas roupas foram jogadas no chão sem nenhum cuidado.

Vestido. Sapatos. Camisa. Roupa de baixo.

Deixaram um rastro amarrotado atrás de nós quando caímos na cama. Beijei o pescoço e o peito dela enquanto meus dedos encontravam o calor entre suas pernas.

Tão molhada. Tão perfeita. Tão *minha*.

Alessandra soltou um gemido baixo quando fechei a boca em torno de seu mamilo, lambendo e chupando até ela puxar meu cabelo com força suficiente para machucar.

– Por favor – disse ela, ofegante, arqueada contra minha mão em uma busca infrutífera por mais fricção. – Mais. Eu preciso de mais.

– Mais o quê?

Passei os dentes por seus mamilos e os acalmei com lambidas suaves e lentas. Uma das mãos segurava seus quadris trêmulos enquanto a outra brincava com seu clitóris, demorando-se nos pontos que a deixavam louca.

– Me fala o que você quer, amor.

– Eu quero… *ai, meu Deus.*

Ela agarrou os lençóis enquanto eu continuava minha jornada por seu corpo. Fui passando os lábios pelo espaço entre seus seios, descendo pela barriga e pela leve elevação de sua pelve. A pele dela estava quente ao toque, e pequenos tremores faziam seu corpo sacudir quanto mais eu me aproximava de seu clitóris.

Parei na junção de suas coxas e olhei para cima, absorvendo a visão de seu rosto corado e de seus olhos vidrados.

– Eu te fiz uma pergunta – falei calmamente. Mergulhei um dedo nela, provocando outro gemido. – Me fala o que você quer ou vamos passar a noite inteira aqui.

– Eu quero você dentro de mim – respondeu Alessandra, sem fôlego, e se contorceu, apertando meu dedo com um desejo evidente.

– Eu estou dentro de você.

Acrescentei um segundo dedo, tirei, depois meti outra vez com uma lentidão agoniante. Meu corpo praticamente tremia com a necessidade de meter nela e me deleitar com seus gemidos enquanto ela gozava, mas eu queria prolongar aquilo o máximo possível e aproveitar cada segundo.

– Seja mais específica.

– Me come. – O apelo escapou como um suspiro. – Eu quero seu pau dentro de mim. Por favor.

Suas palavras quase acabaram comigo. Dei um gemido, o suor escorrendo pela minha testa enquanto eu afastava os dedos e enterrava o rosto entre as pernas dela.

– Ainda não. – Circulei seu clitóris com a língua, deixando que o gosto e o cheiro dela me distraíssem da ânsia em meu pau. – Eu quero que você goze na minha boca primeiro. Mostra pra mim quanto você quer que eu te coma.

Os apelos de Alessandra se transformaram em soluços ininteligíveis enquanto eu me deliciava com cada centímetro dela. Eu amava o jeito como ela arqueava o corpo na minha direção, ávida, com urgência. Amava quando ela dizia o meu nome, ofegante, e puxava meu cabelo. Eu *a amava*, e sentia tanta falta de tê-la em meus braços que abriria mão de todos os meus bens apenas para congelar aquele instante no tempo.

Agarrei suas coxas e pousei suas pernas em meus ombros para poder enfiar a língua dentro dela. Prendi impiedosamente seu corpo enquanto a fodia com a língua, deixando que seus gemidos de prazer me fizessem ir mais rápido e mais forte até ela finalmente gozar, tremendo.

Seu clímax inundou os meus sentidos, e eu não aguentei mais.

Uma rápida mudança de posição e eu estava dentro dela, mergulhando lentamente, para o meu prazer e o dela. Dela, por estar hipersensível com o orgasmo recente, meu, porque ela estava tão molhada que precisei cerrar os dentes e repassar mentalmente a escalação dos Yankees para não passar vergonha.

Eu soltava o ar de forma profunda e irregular a cada vez que metia e tirava, me certificando de atingir seus pontos mais sensíveis, em vez de apertá-la contra o colchão e fodê-la com toda a força, como meus instintos mais primitivos ordenavam que eu fizesse.

Minha esposa tinha voltado para casa, e eu jamais desperdiçaria aquela noite em uma rapidinha.

Ofegante, Alessandra se agarrou a mim enquanto eu metia nela, mais forte e mais rápido. Pressionei o colchão com força; minha respiração ficou mais acelerada. A cabeceira da cama batia contra a parede a cada estocada e, embora eu devesse ser mais esperto, cometi o erro de olhar para baixo, para o ponto onde estávamos unidos.

Aquilo foi o meu fim, porque ver meu pau deslizando para dentro e para fora de Alessandra, ver como nos encaixávamos perfeitamente e ela me recebia, foi tão sensual e primitivo que meu orgasmo chegou sem aviso. Subiu pela minha coluna, rompendo todas as minhas amarras e me levando a fodê-la mais profundamente, com estocadas longas e selvagens, até que ela desmoronou com outro grito.

O som mal tinha desvanecido quando eu também atingi o clímax, que me deixou em carne viva, com músculos contraídos e sentidos aguçados, prestes a morrer com todo aquele estímulo. Alessandra cravou as unhas nas minhas costas, prolongando nossas ondas de prazer, e, enquanto as aproveitávamos juntos, tive o vago pensamento de que, se eu morresse naquele momento, morreria feliz, porque estava exatamente onde deveria estar: com ela.

CAPÍTULO 14

Dominic

O CHEIRO ERA DE lírios e chuva, misturado a um calor dourado. Era o cheiro *dela*, tão inebriante que não consegui abrir os olhos, embora a força do sol na minha pele me dissesse que já era fim da manhã.

Geralmente, eu chegava ao escritório às seis, mas não queria acordar e descobrir que a noite anterior tinha sido um sonho. Foram muitos os sonhos, e muitos os banhos subsequentes, nos quais lavei minha decepção pela ausência de Alessandra na vida real.

Fragmentos da noite anterior passaram pela minha mente. Vê-la no restaurante, levá-la para casa, nosso beijo e o que veio depois...

Uma sensação incômoda me dizia que eu estava esquecendo uma peça importante do quebra-cabeça, mas lidaria com isso mais tarde. Ela estava em casa, onde era seu lugar, e eu...

O suave farfalhar de roupas me despertou de meu êxtase sonolento.

Abri os olhos e meu estômago se revirou quando vi que o outro lado da cama estava vazio. Outro farfalhar chamou minha atenção para o canto, onde Alessandra estava puxando o vestido pela cabeça. A luz do sol a banhava com um brilho etéreo: cabelos com mechas douradas, pele de um bronzeado intenso contra a seda vermelha. Ela estava de costas para mim, mas estava tão gravada em meu cérebro que eu conseguia imaginar cada traço em sua expressão. Sentir cada curva, mapear cada declive e cada vale que havia passado horas venerando, na noite anterior.

O vestido desceu por suas coxas e ela fechou o zíper nas costas com um enorme cuidado. Ela não queria me acordar, o que significava...

Meu estômago se revirou ainda mais.

– Aonde você está indo?

Minha pergunta ecoou como um tiro no silêncio. Alessandra congelou por um segundo antes de voltar a se vestir.

– Para a casa da Sloane. Estou cheia de trabalho.

– Entendi. – Saí da cama, meus movimentos lentos e precisos. Controlado, embora pavor e raiva queimassem em meu peito. – Você planejava se despedir ou ia fugir, como se tivesse sido só uma noite de sexo casual de que você se arrependeu?

Nenhuma resposta.

Merda. Pensei que estivéssemos progredindo, mas podia senti-la escorrendo pelos meus dedos antes de realmente ter a oportunidade de voltar a tê-la.

– O que aconteceu ontem à noite…

– Foi um erro. – Os dedos dela tremiam ao alisarem a frente do vestido. – E o que aconteceu no bar também.

– Não parecia um erro quando você estava gritando o meu nome e me implorando para deixar você gozar.

Minha resposta tranquila não combinava com os espinhos à espreita. Quanto mais segundos se passavam, mais fundo eles se cravavam no meu peito.

Alessandra ficou ruborizada.

– Foi só sexo. – Sua voz vacilou ao pronunciar a palavra *sexo*, mas seu corpo permaneceu rígido e inflexível enquanto eu cruzava o cômodo e parava na frente dela. – Não significou nada.

– Mentira.

Eu tinha visto o jeito como ela olhara para mim, e ouvira bem a maneira como sussurrara meu nome. Nenhum de nós fazia "só sexo", muito menos um com o outro.

– Nossa vida sexual nunca foi um problema, mas não podemos *resolver* todos os nossos problemas na cama. – Alessandra finalmente me encarou, sua expressão camuflada atrás de uma parede de aço. – Eu estava bêbada no bar, e ontem à noite fomos tomados pela adrenalina do que aconteceu no Le Boudoir. Foram muitas emoções, que não tiveram nada a ver com *isso* – disse Alessandra, apontando de mim para ela.

Le Boudoir. Roman. *Merda.* Aquilo era um problema totalmente diferente, mas lidaria com ele depois. Por enquanto, concentraria toda a minha energia em respirar através do nó estrangulador no fundo da minha garganta. Por trás dele, uma nova brasa de raiva se acendeu, e eu me agarrei a ela como um homem se afogando se agarrava a uma corda.

– E daí? Você vai sair e fingir que nada aconteceu? O que você vai fazer, Alessandra? – perguntei, irritado. – Correr pro seu advogado caro e pedir que ele faça o trabalho sujo pra você outra vez, porque você está com medo de me encarar?

Uma inspiração audível.

– Vai se foder.

– Você já fez isso por mim.

Eu previ o gesto, mas o tapa na cara que levei doeu mais do que o esperado. O fogo se espalhou do meu rosto até o peito, onde corroeu pedaços do meu coração enquanto Alessandra e eu nos encarávamos, nossas respirações entrecortadas.

– Eu… Eu não queria… – Ela hesitou, parecendo atordoada.

Minha raiva desapareceu tão rapidamente que não tive tempo de registrar sua perda, e o choque frio do remorso tomou seu lugar.

Não era para ser assim. Relacionamentos problemáticos eram coisa do passado, do antigo Dominic, que não tinha nada para manter as pessoas por perto. Ninguém havia se importado comigo até eu me tornar alguém importante. Quanto mais dinheiro eu acumulava, mais as pessoas gravitavam ao meu redor. Era uma lei da natureza humana. Eu não deveria perder a única pessoa que queria manter por perto, não agora, quando estava mais rico do que nunca.

– *Saia da minha sala de aula.*

– *Você é muito burro, garoto. Não é de admirar que até sua mãe tenha abandonado você…*

– *Seus atuais pais adotivos solicitaram que você fosse transferido para outra casa…*

Afastei as memórias à força. Não vivia mais naquele mundo, e preferia morrer a voltar para ele.

Toquei minha bochecha. O efeito do tapa de Alessandra doía menos do que o abismo entre nós. Ela estava a menos de trinta centímetros, mas parecíamos estar em continentes distintos.

O som de um aspirador começou ao longe, quebrando o feitiço que nos mantinha congelados. Alessandra se virou e eu segurei seu pulso antes que ela pudesse sair.

– Não vai. – Meu coração lutava com golpes violentos para sair do peito. – Me desculpa, amor.

Eu tinha sido um idiota, mas quando minhas únicas escolhas eram a dor ou a raiva, meu instinto era procurar abrigo na raiva.

Ela soltou um suspiro trêmulo.

– Me deixa ir embora.

Segurei mais forte. Ela não se referia apenas àquele momento, e nós dois sabíamos disso.

– Se eu conseguisse…

Seria mais fácil se eu nunca tivesse me apaixonado por ela. Fui à nossa primeira reunião determinado a odiá-la, sem saber que seria ela a me mostrar o que era amor verdadeiro. Posso não ter expressado isso com a frequência que deveria, mas ela sempre foi o sol que mantinha o meu mundo em órbita.

Alessandra balançou a cabeça, as bochechas brilhando com lágrimas.

– Dominic, acabou. Aceita. Você só está adiando o inevitável.

Aceita porra nenhuma. Não podia ser. Não com a gente, não depois da noite anterior.

– Então por que você não consegue olhar para mim? – perguntei.

Ela balançou a cabeça novamente, os ombros tremendo com soluços silenciosos.

– Porra, Ale. – Uma pequena e humilhante falha dividiu o nome dela ao meio. Eu estava sendo partido em um milhão de pedaços, e ela nem se dava ao trabalho de olhar para mim. – Você consegue me olhar nos olhos e dizer sinceramente que não me ama mais?

– Amar você *nunca* foi o problema! – Ela finalmente me encarou, sua expressão um misto de raiva e angústia. – Eu te amo há onze anos, Dom. Eu te amei tanto que me perdi. Tudo que eu fiz, tudo de que abri mão e que aguentei foi por *você*. As madrugadas, os encontros perdidos, as viagens canceladas. Eu acreditava em você e queria que tivesse sucesso, não porque me importava com o dinheiro, mas porque *você* se importa. Pensei que um dia seria o suficiente, e você ficaria contente com o que tínhamos. Mas você nunca vai ficar satisfeito, e eu nunca serei o suficiente.

Uma risada amargurada se misturou com um soluço dela.

– Sabia que houve momentos em que eu *desejei* que você tivesse uma amante? Pelo menos assim eu teria algo concreto contra o que lutar. Mas eu não posso lutar contra forças invisíveis, então ia dormir toda noite em uma cama vazia e acordava toda manhã em uma casa vazia. Forcei sorrisos por tanto tempo que não conseguia me lembrar de como era sorrir de verdade, e tenho raiva de mim mesma porque, apesar de tudo isso, não conseguia esquecer o que tivemos um dia. – A voz de Alessandra falhou. – Você tem razão. Eu ainda te amo. Parte de mim sempre vai te amar. Mas você não é mais a pessoa por quem eu me apaixonei, e todo esse tempo que passei tentando fingir que ainda é… está acabando comigo.

O quarto ficou turvo e um rugido doloroso encheu meus ouvidos quando soltei o braço dela.

Não conseguia puxar oxigênio suficiente para meus pulmões. Não conseguia pensar com clareza. Não conseguia *respirar*.

Até então, mesmo depois das longas semanas, das ligações ignoradas, até mesmo do maldito pedido oficial de divórcio, eu achava que superaríamos. Afinal, a perseverança tinha me levado até onde eu estava. A criança indesejada de Ohio tinha se tornado o Rei de Wall Street. O pobre virou bilionário. O rejeitado virou marido.

Mas a perseverança desmoronou diante da verdade, e a verdade de Alessandra despedaçou todas as justificativas que eu podia dar. Então falei minha própria verdade, a única que permanecia indiscutível desde o dia em que ela entrara em minha vida.

– Você é a única pessoa que eu já amei na vida. – Não reconheci a minha voz. Estava muito crua, muito tomada de emoções que jurei jamais sentir. – Mesmo que eu não tenha conseguido demonstrar. Sempre foi você.

Uma nova lágrima deslizou pelo rosto dela.

– Eu sei.

Mas não é o suficiente.

Eu a conhecia bem o bastante para ouvir as palavras implícitas, e, se fosse possível morrer várias vezes, eu teria visitado o inferno mil vezes naquele único segundo.

– Se você realmente me ama, me deixa ir embora – sussurrou Alessandra. – Por favor.

O silêncio ecoou, intenso e triste. Não havia mais nada a dizer.

Uma película estranha e aquosa obstruía minha visão, então confiei na memória muscular para ir até a mesa de cabeceira. Cacos de vidro se cravavam entre minhas costelas a cada passo, e uma dormência gelada me envolveu quando abri a primeira gaveta.

Peguei uma caneta, tirei um maço de documentos do envelope pardo que me aguardava e, depois de um último e angustiante segundo, assinei o divórcio.

CAPÍTULO 15

Alessandra

ERA OFICIAL: EU ESTAVA divorciada.

O processo foi concluído exatamente seis semanas depois que Dominic assinou a papelada. Em Nova York, a maioria dos divórcios levava de três a seis meses, mas Cole conseguira mexer os pauzinhos e agilizar o andamento.

Eu achava que me sentiria diferente. Mais leve, mais livre, *mais feliz*, mas só me sentia entorpecida enquanto passava pelo processo de montar a minha loja.

Tinha pedido a um advogado que analisasse o contrato de aluguel que Aiden enviara, e parecia tudo certo, então as coisas caminharam tão depressa quanto o divórcio.

– Ale. Ale!

Dei um pulo ao ouvir meu nome. O café que eu estava servindo transbordava da caneca e se derramava na minha mesa provisória.

– Merda! – esbravejei, tentando tirar os papéis do caminho antes que ficassem encharcados.

Minhas amigas ajudaram, embora eu suspeitasse que a preocupação explícita delas tivesse menos a ver com os pedidos arruinados e mais comigo.

Isabella estava na loja, trabalhando no manuscrito de seu próximo romance, já que o barulho da obra "me ajuda a me concentrar", e Vivian e Sloane tinham aparecido na hora do almoço. A loja ficava fora de mão para as duas, mas elas vinham sendo extremamente solícitas desde o divórcio.

– Aqui. – Vivian arrancou uma toalha de papel de um rolo próximo e

me entregou para que eu pudesse enxugar o café que tinha caído em mim.
– Você está bem? Precisa de gelo?

– Estou bem. – Felizmente, o líquido já estava morno quando o derramei. – Só estava perdida em pensamentos.

Ela trocou olhares com Isabella e Sloane. Os sons de brocas e batidas vindos do banheiro preencheram o silêncio. Os trabalhadores haviam passado as últimas duas semanas de um lado para outro, reformando o interior antigo e instalando novos azulejos. A loja só ficaria pronta dali a uns três ou quatro meses, mas pelo menos a reforma me manteria ocupada durante as festas de fim de ano.

A primeira vez em uma década que passaria as festas sem Dominic.

– Estava pensando nele de novo? – perguntou Isabella baixinho durante uma pausa no barulho.

– É inevitável. – Forcei um sorriso. – Fomos casados por muito tempo. Vai levar um tempo até eu me acostumar.

Minhas amigas faziam o possível para me distrair. Saímos para dançar, fizemos uma viagem de fim de semana para ver as cores do outono em New Hampshire e nos empanturramos de pipoca com pimenta jalapeño enquanto assistíamos às tão odiadas e amadas comédias românticas de Sloane. Funcionava na hora, mas, quando eu ficava sozinha, o vazio em meu peito voltava com força total.

– Exatamente. Você precisa se acostumar. – Sloane jogou sua tigela de salada vazia no lixo. – É exatamente por isso que deveria voltar a ter uns encontros. A melhor maneira de esquecer o velho é seguir em frente com o novo.

Vivian balançou a cabeça.

– Ainda é cedo demais. Deixa ela aproveitar a solteirice.

– Encontros *fazem parte* da experiência de estar solteira – rebateu Sloane. – Não estou dizendo que ela deveria entrar em outro relacionamento, mas pelo menos ter uma noção do que mais existe por aí. Vai ajudar a tirar a cabeça dela do…

– *Ela* está bem aqui – interrompi antes que Sloane pudesse dizer o nome de Dominic. Fazia tanto tempo que eu não saía para conhecer alguém que só de pensar nisso sentia um nó no estômago de ansiedade. – A minha opinião não conta?

– É claro que conta. – O celular de Sloane apitou. Ela olhou para o aparelho e ficou deslizando os dedos na tela freneticamente enquanto lidava com alguma nova crise de relações públicas que acabara de surgir. – Mas você passou *onze anos* com o mesmo cara. Está na hora de expandir seus horizontes. Pensa nisso.

A contragosto, as palavras dela passaram o restante da tarde ecoando na minha cabeça. Antes de Dominic, eu tive alguns encontros que nunca deram em nada, mas nunca fui de sexo casual. Eu precisava ter alguma conexão emocional para transar com alguém. Por outro lado, eu não tinha mais 21 anos. Talvez Sloane estivesse certa e eu *devesse* expandir meus horizontes. Não havia mal nenhum em tentar, certo?

Os pedreiros foram embora e eu estava me preparando para trancar a loja quando a porta se abriu e Aiden entrou. Ele usava as roupas de sempre, camisa de flanela e calça jeans, e seu sorriso branco e caloroso brilhava em contraste com a barba.

– Eu estava por perto e pensei em dar uma passada aqui – explicou ele, me entregando um copo descartável da cafeteria da rua. – Matchá. Acho que você não precisa de um expresso a esta hora.

– Obrigada.

Tomei um gole, agradecida, e o examinei por cima da borda de papel.

Aiden não estava brincando quando disse que era próximo de seus inquilinos. Ele fazia contato com frequência, não de um jeito bizarro ou autoritário, mas de uma forma prestativa (provavelmente porque sabia que eu não tinha experiência em abrir uma loja), e me indicara pessoas de confiança quando tive dificuldade em encontrar quem pudesse executar os serviços.

– Como vão as coisas? – perguntou ele. – Espero que os rapazes não estejam te dando trabalho.

– Não, eles têm sido ótimos. Disseram que tudo deve estar pronto logo depois do Ano-Novo.

Seria antes, se as festas não atrasassem tudo. Eu não estava reclamando: por mais que eu investisse na loja, a perspectiva de realmente *abri-la* me dava vontade de vomitar. E se eu não conseguisse clientes presenciais? E se acidentalmente colocasse fogo no local? E se a loja fosse vandalizada, ou um cano estourasse, ou… ou eu me enrolasse e fechasse muito tarde? Era um bairro seguro, mas mesmo assim. Administrar uma loja física era muito diferente de administrar um negócio on-line, e eu havia mergulhado de cabeça naquilo sem muito planejamento ou premeditação.

– Que bom – disse Aiden. – Tenho certeza de que será um sucesso. Incluir o café foi uma boa ideia.

Como eu tinha dúvidas sobre conseguir ou não um bom fluxo de pessoas apenas vendendo flores, acrescentara alguns elementos ao meu plano de negócios original. Depois de concluído, o espaço seria parte galeria, parte floricultura e parte café.

– Sim. Nada atrai mais os nova-iorquinos do que um bom… – Parei de falar ao ver um cabelo louro do lado de fora da vitrine.

Alto. Terno sob medida. *Caro.*

Meu coração foi parar na garganta. Então o homem se virou e voltei à realidade.

Não era Dominic. Apenas alguém levemente parecido com ele.

Queria poder dizer que foi a primeira vez que confundi um estranho com meu ex-marido. Eu não o via desde que ele assinara os papéis, mas o espectro de sua presença me assombrava em cada esquina.

Será que havia um grupo de apoio para esse tipo de situação? Um Divorciados Anônimos, onde poderíamos exorcizar os fantasmas dos casamentos passados? Minha mãe era a única pessoa divorciada que eu conhecia, e seus conselhos eram menos úteis do que um guarda-chuva de papel durante uma tempestade.

– Alessandra? – chamou Aiden, trazendo minha atenção de volta.

– Desculpa. Eu achei que… Achei que tinha visto um conhecido.

Tomei outro gole da bebida e me consolei com seu calor terroso.

Trazer um matchá em vez de um expresso fora um gesto atencioso, mas não me surpreendia. Aiden *sempre* era atencioso. Eu não podia ter me casado com alguém como ele? Ele era legal, atento e parecia satisfeito com sua vida. Era verdade que nossas interações até o momento tinham se limitado a discussões sobre encanamento e o melhor restaurante da região, mas talvez pudessem ir além disso.

Você passou onze anos com o mesmo cara. Está na hora de expandir seus horizontes.

O conselho de Sloane passou pela minha cabeça outra vez, e dei o primeiro passo antes de perder a coragem.

– A propósito, você tem planos para amanhã à noite? – perguntei, torcendo para conseguir parecer casual em vez de nervosa.

Respire. Você consegue.

Aiden arqueou as sobrancelhas.

– Nada de concreto. Normalmente vejo algum jogo com amigos em algum bar, mas nada fixo.

Podia fazer anos que eu não estava solteira, mas até eu reconhecia uma abertura quando estava diante de uma.

– Quer sair para jantar? Como amigos – falei, apressada.

Eu ainda não estava pronta para um encontro de verdade. Aquilo era o mais próximo que eu conseguiria chegar por enquanto. Continuei:

– Queria agradecer por me indicar o pessoal da obra. Eu teria passado semanas tentando encontrar bons funcionários se não fosse por você.

Notei um brilho de surpresa nos olhos dele, e em seguida ele abriu um sorriso satisfeito.

– Eu adoraria jantar com você.

Aquilo era um erro.

Fazia menos de 24 horas desde que convidara Aiden para jantar, e eu já queria chutar a Alessandra do passado por tamanha tolice.

Combinamos que seria um encontro descompromissado, mas eu tinha ido ao salão arrumar o cabelo e ele vestia uma camisa social e calças que não eram jeans.

Ele estava bonito, *muito* bonito, mas tudo parecia errado. O cheiro de seu perfume, a maneira como ele me guiou pelo restaurante com a mão no meu braço, em vez de nas minhas costas... Era como tentar forçar uma peça de quebra-cabeça no lugar errado.

Pare de pensar tanto. Você ficava à vontade com Dominic porque passou anos com ele, e mal conhece Aiden. Claro que vai parecer estranho no começo.

– Eu nunca vim nesse restaurante – disse Aiden enquanto nos sentávamos à nossa mesa. – Mas ouvi falar muito bem.

– Eu também.

Um silêncio constrangedor se instaurou. Conversávamos com muita facilidade na loja, mas, fora do nosso contexto previamente definido, não conseguia pensar em nada interessante para dizer.

Deveria falar sobre o tempo? Os feriados que se aproximam? A matéria que tinha lido sobre uma infestação de ratos em uma das linhas do metrô? Provavelmente não. Era Nova York. Sempre havia uma infestação de ratos.

Felizmente, nosso garçom chegou logo em seguida e nos salvou de nos afogarmos em tensão.

– Vamos querer o merlot. Obrigado – disse Aiden quando o garçom apresentou a carta de vinhos e eu disse a ele para escolher.

Afinal, eu estava oferecendo o jantar em agradecimento.

– Você não… – Engoli o restante da minha frase.

Dominic sempre pedia cabernet, nosso favorito, mas eu não estava em um encontro com ele. Nunca mais teria outro encontro com ele.

A queimação que se espalhou por trás dos meus olhos foi tão forte e repentina que não tive tempo de me preparar. Em um segundo, estava pensando em massa e sobremesa; no outro, estava prestes a cair no choro em cima de uma cesta de pão de alho de cortesia.

Controle-se.

Eu estava tendo um jantar perfeitamente agradável com um homem bonito e legal. *Não deveria* estar pensando no meu ex-marido. Mas, apesar de eu ter saído de casa, de Dominic ter assinado os papéis e de Cole ter me informado que tudo tinha se concluído sem obstáculos na semana anterior, até aquele momento não tinha caído a ficha de que eu estava *divorciada*.

Sem aliança. Sem casamento. Sem Dominic.

Peguei minha água e bebi, esperando que levasse embora o sabor do meu relacionamento fracassado. Não deu certo.

– Você está bem? – perguntou Aiden gentilmente.

Nosso garçom havia se retirado, e Aiden me observava com uma expressão cautelosa que me fez querer chorar de novo.

– Podemos deixar para outro dia, se não estiver se sentindo bem.

Ele foi delicado o suficiente para me dar uma saída que não envolvia mencionar meu colapso. *Sou a pior companhia do mundo.*

– Não. Estou bem. – Dei um pigarro. – Caiu alguma coisa no meu olho. – Eu podia aguentar uma refeição. Era comida e conversa, não tortura. – Você voltou recentemente do interior do estado, não foi? Como foi a viagem?

Não sabia se fora o vinho, a massa impecável ou minha absoluta determinação de salvar a noite, mas Aiden e eu finalmente acertamos o passo durante o prato principal.

– Para ser sincero, meu sonho é me aposentar e ir para o interior – disse ele. – Não sou uma pessoa de cidades grandes. Se não fosse pelos negócios, eu estaria em um chalé em algum lugar, tomando cerveja e aproveitando o ar fresco. Pescaria, trilhas no fim de semana. O melhor dos mundos.

– Parece incrível.

Havia algum tempo que eu não fazia trilhas, mas meu irmão e eu estávamos sempre em alguma durante nossos verões no Brasil. Eu sentia falta.

– Espero que você não me leve a mal, mas, quando te vi pela primeira vez, achei você parecido com, bem... – Tossi, me perguntando se eu deveria ou não falar. – Um lenhador.

A risada ruidosa de Aiden virou todas as cabeças da pequena trattoria na nossa direção e esfriou o rubor que aquecia minhas bochechas.

– Não. É um elogio. E se estamos sendo sinceros quanto a primeiras impressões... – Ele se inclinou para a frente, seu rosto relaxando. – Quando eu te vi pela primeira vez, pensei que você era a mulher mais linda que eu já tinha conhecido.

Em tese, sua confissão deveria ter me dado um frio na barriga. Na prática, me fez sentir... nada. Foi como ter um robô lendo para mim os ingredientes de uma lata de sopa.

Tomei um gole de vinho, tentando pensar em uma resposta apropriada que não lhe desse falsas esperanças.

– Aiden, eu...

– Alessandra.

Aquela voz grave e fria me causou arrepios.

Minha taça congelou a meio caminho da mesa. *Não.* Depois de seis semanas de silêncio, não era possível que eu o reencontrasse justamente naquela noite. O universo não teria um senso de humor tão perverso.

Mas, quando ergui os olhos, lá estava ele. Meu ex-marido, em toda a sua irritante glória loura e esculpida. Ele usava uma camisa de botão impecável, um relógio caro, e exibia uma expressão inflexível, sua mão pousada nas costas da minha cadeira com uma intimidade à qual ele não tinha mais direito.

– Dominic – falei, sem me dar ao trabalho de esconder o desagrado.

Do outro lado da mesa, Aiden olhou de mim para ele com uma compreensão crescente. Eu havia mencionado por alto o divórcio, e praticamente pude vê-lo encaixando as peças.

– Que coincidência encontrar você aqui – comentei, tensa. – Estamos

103

no meio do jantar, então, se tiver algum assunto a discutir, podemos fazer isso em outro momento.

– Percebi. – Vi a mandíbula de Dominic latejando. – A Camila encontrou alguns livros seus na biblioteca outro dia. Você poderia buscar.

– Vou mandar alguém ir lá na semana que vem.

Não havia a menor possibilidade de eu entrar na cobertura novamente. Da última vez que fui para casa com ele, nós...

Um rubor surgiu sob minha pele. Ansiava por outro gole de vinho, para ganhar coragem, mas me recusava a deixar que ele visse o efeito que tinha sobre mim, então mantive as mãos plantadas na mesa, onde meu dedo sem aliança parecia especialmente nu contra a toalha branca.

– Tem também as obras de arte e os utensílios de cozinha – continuou Dominic. – Você precisa escolher o que vai querer.

– Eu não quero nada.

– Não foi isso que o seu advogado disse.

– O meu advogado era zeloso demais.

Abri um sorriso forçado. Ele obviamente estava querendo assunto; se aqueles bens fossem tão importantes, Dominic teria feito contato *antes* daquela noite.

– Você pode ficar com tudo. Vou comprar coisas novas. Um recomeço, sabe?

A mandíbula dele se contraiu novamente.

– Sebastian está te esperando.

Meneei a cabeça na direção de onde o amigo estava sentado, algumas mesas adiante, nos observando com uma expressão curiosa. O bilionário francês, normalmente gentil, parecia um pouco acabado. A marca Laurent tinha sofrido um baque por conta da morte de Martin Wellgrew no Le Boudoir. Ele era alérgico a amendoim, e o legista havia oficialmente declarado morte por anafilaxia devido a vestígios de amendoim no prato supostamente seguro de Wellgrew, o que não foi bom para o restaurante onde o evento aconteceu.

– Como eu disse, podemos conversar outra hora.

Eu me obriguei a sustentar o olhar de Dominic enquanto ele me encarava com uma expressão indecifrável. Então, justamente quando achei que ele se recusaria a ir embora, ele soltou minha cadeira e saiu sem dizer mais nada.

Minha respiração escapou em uma arfada dolorosa.

– Me desculpe por isso. – Voltei a olhar para Aiden e tentei sorrir. – Ele pode ser um pouco... sério.

– Tudo bem. – Preocupação e uma pitada de diversão brilharam nos olhos dele. – Imagino que seja seu infame ex-marido.

– Como será que você adivinhou? Será que foi a interrupção grosseira ou a estranha fixação por acessórios de cozinha?

– Não acho que seja nisso que ele está fixado.

Odiei o pequeno choque causado por suas palavras. Eu havia implorado a Dominic que me deixasse ir embora, e ele deixara. No longo prazo, era uma coisa boa, mas, no curto prazo, parte de mim se contorcia, incomodada, com a perspectiva de ele me superar. Era hipocrisia, considerando que eu estava em um quase encontro, mas emoções não eram racionais.

Aiden passou a mão pela boca.

– Espero que meu comentário de antes não tenha te deixado desconfortável. Eu falei sério, mas também não espero nada deste jantar além de uma noite agradável com uma boa companhia. Você acabou de se divorciar e eu, bem, também não estou em condições de começar um relacionamento. Talvez as coisas mudem no futuro, mas, por enquanto, vamos levar as coisas sem nenhuma expectativa. Pode ser?

Ele tinha um talento incrível para dizer exatamente o que eu precisava ouvir.

– Perfeito.

Sem a tensão que havia maculado a primeira metade do jantar, finalmente relaxei. A conversa fluiu com facilidade, e, quando a sobremesa chegou, eu quase conseguia ignorar o olhar azul-escuro abrindo um buraco em mim.

Aiden pediu licença para ir ao banheiro enquanto eu terminava meu tiramisù. Fazia menos de trinta segundos que ele tinha se levantado quando um cheiro familiar, fresco e amadeirado preencheu meus sentidos.

Fiquei tensa novamente, meus olhos fixando-se nos de Dominic enquanto ele tomava o lugar vago. Aiden preenchia o assento com naturalidade, mas Dominic tomava conta de tudo. Ombros largos, olhos frios, mandíbula bem definida. Cada centímetro dele exalava arrogância e intensidade.

– Esse lugar está ocupado.

– É o seu novo senhorio? – perguntou Dominic, ignorando meu aviso incisivo.

– Como… Deixa pra lá.

Claro que ele sabia que Aiden era o dono da loja. Ele provavelmente sabia o número do registro do sujeito no Seguro Social, seu endereço residencial e também o que ele gostava de tomar no café da manhã. Dominic era meticuloso ao investigar as pessoas, por mais periféricas que fossem.

– Isso não é da sua conta. Não somos mais casados. Eu posso sair com quem eu quiser.

– É isso, então? – Seus olhos cintilaram levemente. – Você está saindo com ele?

– Estou.

Era puramente platônico, mas Dominic não precisava saber disso. Ergui o queixo, desafiando-o a replicar.

– Ele não faz o seu tipo.

– Estou experimentando novos tipos. O último não deu muito certo.

Ele tentou esconder, mas eu notei a falha em sua expressão fria, que deixou vazar um fio de mágoa.

Não se sinta mal por ele. Ele merece. Apertei a borda da cadeira com tanta força que doeu.

– Você pode sair com quem quiser, *amor* – disse Dominic baixinho. – Mas ninguém vai te amar como eu te amo. *Você e eu. Não tem comparação* – completou ele em português.

As palavras me atravessaram, quentes, dolorosas e cheias de nostalgia por dias passados.

Meu sorriso escondeu o latejar doloroso no peito.

– Tudo bem, continuamos assim.

– Algum problema? – Aiden voltou, sua expressão decididamente menos amigável ao ver Dominic em seu lugar.

– Problema nenhum – respondi, sem tirar os olhos do meu ex-marido. – Ele já estava de saída. Não é, Dominic?

Os lábios curvados dele não demonstravam nenhum senso de humor. Dominic se levantou, seu corpo se aprumando com uma beleza letal que atraiu vários olhares de admiração, tanto masculinos quanto femininos.

– Aproveitem o restante do jantar. – Dominic bateu o dedo ao lado da minha taça de vinho ao passar. – Ele devia ter pedido o cabernet.

O cochicho cheio de intimidade provocou um arrepio nas minhas costas. Prendi a respiração até Dominic voltar para seu assento em frente a Sebastian, que não parecia se importar com o fato de seu companheiro de jantar o ter abandonado no meio da refeição.

– Você está bem? – Aiden tocou meu ombro.

– Estou. – Forcei outro sorriso. – Já terminei, podemos ir embora?

Como esperado, ele tentou pagar pelo jantar, mas eu tomara o cuidado de pagar antecipadamente. Eu precisava mesmo agradecer pela ajuda com a obra e, depois de tantos anos dependendo financeiramente de Dominic, era empoderador pagar minhas próprias despesas.

Aiden e eu nos despedimos de forma amigável e um pouco constrangedora, e consegui me controlar durante todo o trajeto até o apartamento de Sloane. Tinha encontrado um lugar para morar perto dela, mas eu só poderia me mudar em janeiro, então ficaria com ela durante as festas de fim de ano.

Foi só depois que o táxi me deixou na frente do prédio dela que desabei. Apoiei-me no muro e respirei fundo o ar frio enquanto tentava livrar meus sentidos de todas as coisas relacionadas a Dominic. O som de sua voz, o cheiro de seu perfume, o roçar suave de seu terno contra minha pele.

Estava tentando superá-lo, mas era difícil quando tudo me fazia lembrar dele. A cidade era um monumento ao nosso relacionamento: nosso primeiro refúgio, nossa casa, nosso fim.

Você e eu. Não tem comparação.

As luzes da rua lançavam um brilho quente sobre a calçada. As pessoas passavam apressadas, vestidas para a noite ou ansiosas para chegar em casa. Do outro lado da rua, uma fila se estendia em frente a uma nova churrascaria brasileira. Aquilo me fez pensar no meu irmão, que estava ocupado se divertindo em São Paulo. Senti inveja dele. Não era casado, não estava namorando, não estava sofrendo por amor. Estava livre, aproveitando a vida do jeito que merecia. Se eu…

Eu me empertiguei, a pele formigando com uma súbita inspiração.

Se tudo na cidade me lembrava Dominic, talvez fosse hora de sair dela.

Corri para o saguão do prédio e liguei para uma pessoa muito familiar.

– Ei – falei quando meu irmão atendeu. – Eu tive uma ideia.

CAPÍTULO 16

Dominic

PLAC!

Bati a raquete contra a bola de tênis, que passou por cima da rede e chegou a centímetros do rosto de Dante.

Ele a rebateu com uma cara feia.

– Você está jogando tênis ou tentando me mandar para o hospital? É a terceira vez que quase quebra meu nariz. Estou começando a levar isso para o lado pessoal.

– Se não aguenta, desiste. – Dei outra raquetada, minha respiração estável, apesar do suor escorrendo pelas minhas costas. – Não vou te julgar por isso.

Dante respondeu com um poderoso *backhand* que ecoou pela quadra. Ele e Kai extravasavam suas frustrações com o boxe, mas nossas partidas de tênis eram quase igualmente terapêuticas.

O sol aquecia as quadras de tênis ao ar livre do Valhalla. Era um dia excepcionalmente quente para meados de novembro, e estávamos aproveitando ao máximo antes que chegasse o cinza deprimente e característico dos invernos de Nova York.

Por um milagre, eu não tinha nenhum almoço de trabalho marcado para aquele dia, mas abandonei a ideia de "descansar um pouco", como sugerira meu chefe de equipe, e arrastara Dante para o clube. Eu precisava me manter ocupado porque toda vez que fechava os olhos, via Alessandra.

Alessandra com o rosto manchado de lágrimas.

Alessandra em um encontro com aquele babaca do Aiden e sua barba ridícula.

Alessandra rindo e conversando com ele como se já tivesse me esquecido, enquanto eu vinha morrendo lentamente por dentro ao longo das últimas seis semanas, cinco dias e quatro horas.

Parte de mim esperara que ela voltasse atrás depois de eu ter assinado a papelada do divórcio. Tinha sido uma esperança tola, mas real, e houve um momento – um breve momento – em que ela hesitou. Depois, pegou os papéis e foi embora.

Eu já havia assinado inúmeros contratos que me trouxeram riquezas inimagináveis, mas, pela primeira vez, tive que assinar um que formalizou minha separação da pessoa mais importante da minha vida.

Senti um aperto no peito quando a bola voou na minha direção. Acertei-a com tanta força que o impacto reverberou por todo o meu corpo. A bola se desviou e acertou o jarro de água na lateral da quadra. O vidro se estilhaçou, seguido pelo barulho da raquete de Dante no chão.

– Pronto – disse ele. – Já chega por hoje.

– Estou feliz por você finalmente admitir que é um frouxo, Russo.

O rosto de Alessandra cintilou nas ondas de calor que dançavam pela quadra antes que eu piscasse para fazê-lo sumir.

Desde o divórcio, eu vinha me dedicando ainda mais ao trabalho, mas não importava de quantas reuniões participasse ou quanto dinheiro ganhasse, não conseguia tirá-la da cabeça. Ela estava sempre lá, me provocando. Me torturando. Me fazendo desejar poder voltar no tempo, quando o tempo era a única coisa sobre a qual eu não tinha controle.

Parte de mim ansiava por qualquer vislumbre dela, enquanto outra temia vê-la, porque me lembrava demais do que eu havia perdido. Encontrá-la inesperadamente já era ruim o suficiente; encontrá-la com aquele maldito Aiden quase acabou comigo. Foi necessária toda a minha força de vontade para não dar um soco naquela cara presunçosa e barbuda.

– Não sou frouxo. Sou pragmático. Tenho um jantar com a Vivian e, se eu não puder aparecer por causa da sua pontaria ruim, nós *dois* ficaremos chateados – disse Dante, trazendo minha atenção de volta para o presente. Ele deu uma olhada para onde um funcionário do clube já estava limpando o vidro quebrado. – Você passou a porcaria da partida inteira tenso. É semana de Ação de Graças, cara. Relaxa.

Era irônico que Dante, notoriamente mal-humorado, estivesse me dizendo para relaxar, mas eu achava que o casamento mudava todo mundo mesmo.

– Foda-se o Dia de Ação de Graças.

Não havia muito pelo que agradecer. Além de esbarrar com Alessandra no meio do seu encontro, na semana anterior tive que lidar com o sumiço de meu irmão adotivo. Roman estava desaparecido desde o desastre no restaurante, em outubro, e mesmo meus contatos mais sombrios não tinham conseguido encontrá-lo. Mas ele ainda estava em Nova York. Eu podia sentir. Em vez de me tranquilizar, seu silêncio espreitava como a calmaria ameaçadora antes de uma tempestade.

Enquanto isso, a alta sociedade fervilhava com a notícia do meu divórcio. Eu não me importava com a opinião de outras pessoas sobre assunto nenhum que não fosse relacionado a negócios, mas as fofocas incessantes me irritavam profundamente. Meu relacionamento com Alessandra não era da conta de ninguém.

– Achei que você e Vivian fossem para Paris hoje à noite. – Mudei de assunto antes que acabasse mergulhando outra vez no show de merda que era a minha vida pessoal. – Ou vão passar o fim de semana na cidade?

– A despedida da Alessandra é amanhã, então adiamos…

Dante se interrompeu, mas já era tarde demais.

Fiquei imóvel.

– Que despedida?

As palavras calmas ecoaram nas quadras de saibro. Dante fechou a cara.

– *Que despedida?* – repeti, estrangulando o cabo da raquete de tênis.

Um zumbido perfurou minha cabeça, e meu coração acelerou a um ritmo que deixaria meu médico apavorado.

– A Alessandra está indo para o Brasil – disse Dante por fim.

Relaxei um pouco.

– Para as festas de fim de ano.

Ela sempre visitava a mãe e o irmão no Natal. Nem sempre no Dia de Ação de Graças, já que não era feriado no Brasil, mas talvez ela precisasse de mais de uma escapadela aquele ano.

– Não exatamente. – Dante parecia preferir estar em qualquer lugar menos ali. – A passagem é só de ida. A Vivian não sabe quando ela volta.

A passagem é só de ida... não sabe quando ela volta.

As palavras de Dante me assombraram a noite inteira, até a manhã seguinte, quando me sentei à mesa do escritório e olhei para os números em meu computador sem realmente vê-los.

O escritório parecia uma cidade fantasma na véspera do Dia de Ação de Graças, o que tornava aquele um dos meus dias favoritos para trabalhar. No entanto, eu não conseguia me concentrar na investigação da CVM contra o DBG nem em nenhuma das contas do meu portfólio.

A Alessandra não podia estar *se mudando* para o Brasil. Meu investigador particular havia confirmado que ela estava indo para Búzios, onde sua mãe tem uma casa, mas ela acabara de alugar uma loja em Manhattan, caramba. Ninguém quebrava um contrato de aluguel comercial em um bairro daqueles sem precisar pagar um rim. Ainda assim, a ideia de ela estar a milhares de quilômetros de distância, sem data de retorno, me dava um nó na garganta.

Como eu tinha sido capaz de espontaneamente passar tantas horas longe dela, quando abriria mão até da porra do meu rim por mais um momento a sós com Alessandra? Por que meu medo de perder todo o resto fora maior do que o de perdê-la?

Desde o divórcio, eu havia respeitado o espaço de Alessandra, porque era muito cedo para entrar em contato. As emoções de ambos estavam muito afloradas, e eu precisava de tempo para descobrir como reconquistá-la. Assinei os papéis, mas isso não significava que havia desistido de nós. Nem perto disso.

Todo fim trazia um novo começo. Eu só precisava garantir que recomeçássemos juntos.

Meu celular tocou, me tirando dos meus pensamentos. Xinguei ao olhar para o identificador de chamadas. *Aquele maldito número desconhecido de novo.* Eu deveria parar de atender, mas a curiosidade sempre vencia.

Mais uma vez, fui recebido pelo silêncio.

Explodi, irritado, e dei um aviso.

– Se você não parar de ligar, eu...

– Fica de olho no seu irmão. – A voz estava tão distorcida que não consegui dizer se era um homem ou uma mulher. – Ou você vai ser o próximo.

O suave clique do final da ligação preencheu a linha antes que eu pudesse responder. Xinguei outra vez e atirei o celular na mesa.

Tinha pedido para o meu investigador rastrear aquelas ligações, mas quem estava por trás delas era habilidoso o suficiente para torná-las indetectáveis.

Maldito Roman. Só podia ser ele. Vivia armando truques como esses, até que nossa mãe adotiva lhe deu uma baita surra por ele fazer as contas de telefone virem altíssimas. Também não ficaria surpreso se ele tivesse aprendido alguns truques de tecnologia duvidosos ao longo dos anos. Ele aprendia rápido. Era uma pena que a maior parte do que aprendia estivesse relacionada a algum tipo de mentira, trapaça ou manipulação.

Eu não sabia qual era a jogada que ele estava armando naquele momento, mas estava de saco cheio.

Uma batida soou na porta.

– Senhor? – Martha entrou com uma expressão hesitante. Ela andava muito mais calada desde que eu a repreendera pela forma como tratara Alessandra. – Está na hora da sua reunião das onze.

– Vou lá em cinco minutos.

Tinha me esquecido da reunião daquela manhã. A ideia de ficar sentado, sorrindo, durante uma hora de papo furado de repente me fez querer sumir.

Eu adorava a cidade. O barulho e as pessoas abafavam as vozes na minha cabeça; o ritmo alucinante me impedia de dar ouvidos a qualquer uma delas por muito tempo. Encontrava segurança no caos, mas a ausência de Alessandra e a presença de Roman haviam subvertido meu mundo organizado e alinhado. A única razão pela qual eu não vivia constantemente em pânico era porque eu tinha uma equipe de segurança discreta vigiando Alessandra na cidade e outra em alerta sobre Roman.

É semana de Ação de Graças. Relaxa. O conselho de Dante ecoou na minha cabeça. O desgraçado era um pé no saco metade do tempo, mas de vez em quando dava bons conselhos. Afinal, foi ele quem inspirou parte do meu plano Reconquistar Alessandra.

Esperei até que a porta se fechasse atrás de Martha para abrir uma nova aba no meu navegador.

Não conseguia acreditar que estava pensando em fazer aquilo. Era tão exagerado, tão fora do comum, que senti como se alguém estivesse controlando meus movimentos enquanto eu navegava para um site conhecido.

Mas, caramba, eu queria minha esposa de volta, e se isso significava tomar medidas drásticas, que assim fosse.

Pela primeira vez na vida, não pensei demais nem me demorei no fato de nunca ter perdido uma única reunião de trabalho. Simplesmente cliquei no botão azul, inseri meus dados de pagamento e comprei uma passagem só de ida para o Brasil.

CAPÍTULO 17

Alessandra

- SE A GENTE morrer aqui, a culpa vai ser su…!

A onda que se aproximava quebrou em cima de mim e engoliu minha última palavra. O mundo ficou em silêncio e, por um momento interminável, fiquei submersa.

Então voltei à superfície, tossindo, em meio à risada estridente de Marcelo.

– Você está desacostumada, irmã. – Ele estava deitado na prancha, a expressão iluminada pela implicância clássica entre irmãos. – Você surfava melhor do que eu.

– Sim, *anos* atrás. – Inspirei uma lufada de ar doce, meu corpo doendo da força do caixote. – Manhattan não é exatamente conhecida por suas ondas.

Apesar do vexame que passei na frente da praia inteira, meu sangue fervilhava de adrenalina. A água, o sol, a maresia… era bom estar em casa.

Marcelo e eu crescemos em Nova York, onde nossa mãe morou durante a maior parte de sua carreira de modelo, mas passamos todos os verões e férias no Brasil quando crianças. Foi só depois que me casei que passei a viajar apenas uma vez por ano.

Mesmo assim, sempre considerei o Brasil minha segunda casa, e fiquei feliz por ter convencido meu irmão a se juntar a mim em Búzios para umas férias de última hora, mas há muito esperadas. Chegamos na quarta-feira e passamos os dois dias seguintes comendo, nadando e colocando o papo em dia. Nova York parecia estar a mundos de distância.

Marcelo me observava, a diversão se transformando em algo mais suave.

– Você parece muito mais feliz do que quando chegou. Essas férias estão te fazendo bem.

– Aham. – Deslizei os dedos pela água, contemplando a luz do sol brilhando na superfície. – Eu já devia ter feito isso há muito tempo.

Eu não sabia por que tinha a sensação de que não podia ir ao Brasil sem Dominic. Só Deus sabia quantas viagens ele já tinha feito sem mim. Talvez, se eu tivesse feito isso, tivesse ganhado clareza para me posicionar antes.

Será que as coisas seriam diferentes se eu tivesse batido o pé na primeira vez que Dominic perdeu um encontro importante? Talvez. Mas eu não podia mudar o passado, então não adiantava ficar pensando em nenhum "e se".

– Acho que sim – disse Marcelo. – Você parecia triste nas últimas vezes que falamos ao telefone.

O que eu deixava transparecer não se comparava à tristeza que sentia, mas guardei isso para mim.

– É um período de adaptação, por isso estou aqui. Me adaptando.

Estava funcionando. Mais ou menos. Eu só tinha pensado em Dominic umas dez vezes por dia desde que chegara, em vez das habituais duzentas ou trezentas.

Vai devagar.

– Humm. – Meu irmão não parecia convencido. – E como vai ser quando você voltar para casa?

– Vou pensar nisso quando chegar a hora.

Eu ainda não tinha reservado o voo de volta para Nova York. Felizmente, as festas de fim de ano estavam chegando, portanto o ritmo das obras na loja estava diminuindo, e eu havia feito uma pausa nas vendas on-line. Isabella se oferecera para ficar de olho em tudo enquanto eu estivesse fora. Ela havia trabalhado para a Floria Designs antes de ter seu livro publicado e às vezes ainda dava uma força quando eu precisava de ajuda extra. Ela era uma das poucas pessoas em quem eu confiava para gerenciar a equipe da obra na minha ausência.

– Não quero te pressionar, mas em algum momento vamos ter que conversar sobre o elefante na sala – disse Marcelo gentilmente. – Quando foi a última vez que você falou com Dominic?

Eu me retraí com a menção ao nome dele. Desde que chegáramos, meu irmão e eu havíamos evitado o assunto do divórcio como se fosse uma praga, mas ele estava certo. Tínhamos que conversar, e acho que ele estava esperando o momento certo para tocar no assunto – ou seja, um momento em que estivéssemos tranquilos e em público, de modo que eu não pudesse correr para me trancar no quarto nem usar nossas atividades como um desvio.

– Semana passada – admiti. – Antes de eu ligar para você. Estávamos no mesmo restaurante e ele me viu em um... Ele me viu quando eu estava jantando com um amigo. – Retribuí o olhar inquisidor de Marcelo com um olhar hesitante. – Desculpa. Eu sei que vocês são próximos.

Marcelo e Dominic tinham se dado bem logo de cara, em parte porque compartilhavam histórias semelhantes de luta contra a dislexia durante a infância, e em parte porque meu sociável irmão conseguia encantar até uma pedra, se precisasse.

Eu era muito protetora em relação ao Marcelo, que havia sofrido um bullying implacável durante a juventude, e, embora eu já amasse Dominic quando eles se conheceram, a amizade fácil entre eles fez com que eu me apaixonasse ainda mais.

– Não precisa se desculpar. É o *seu* relacionamento – disse Marcelo, sua voz ainda mais gentil. – Eu gosto muito do Dom, mas nunca seremos tão próximos quanto eu e você. Você é minha irmã. Eu vou estar sempre do seu lado.

Senti um nó na garganta.

– Não vem com esse sentimentalismo pra cima de mim, Marcelo. Ainda é sua vez de tirar o lixo essa noite.

A risada dele voltou depressa.

– Está bem. Eu deveria ter imaginado que bajulação não ia funcionar – brincou ele. – Mas, falando sério, não se preocupa comigo. Faz o que é melhor para você, e isso aqui... – Ele fez um gesto com o braço, apontando a praia. – Isso aqui é bom pra você. Você pulou direto de cuidar de mim para cuidar do seu casamento. Está na hora de você aproveitar a vida sem se preocupar com os outros.

– Nunca foi um problema cuidar de você.

– Eu sei. Mas isso não torna o que eu disse menos verdadeiro. Você faltou à sua viagem de formatura para me ajudar a estudar para uma *prova de inglês*. Passou a vida se dedicando aos outros. Agora pode finalmente se dedicar a si mesma.

Fiquei olhando para os banhistas ao nosso redor enquanto as palavras de Marcelo se repetiam na minha cabeça.

Eu nunca tinha pensado daquela maneira, mas ele tinha razão. Nossa mãe havia passado nossa infância inteira trabalhando, festejando e namorando homens cada vez mais ricos e duvidosos. Eu era o resultado de uma noite com alguém de quem ela não lembrava porque estava bêbada demais; Marcelo era filho de um empresário brasileiro casado, que ameaçara agredir nossa mãe se ela contasse a respeito do caso deles.

Éramos meios-irmãos, mas, apesar de termos nascido com apenas dois anos de diferença, eu atuara mais como mãe dele do que como irmã, até virarmos adultos. Não dava para confiar que nossa mãe cuidaria direito dele, então eu mesma assumia essa função.

Talvez por isso me encaixei tão facilmente no papel de esposa de Dominic. Eu estava acostumada a ser a figurante, em vez da protagonista da minha própria vida.

Estava tentando mudar isso com a Floria Designs e o divórcio, mas todas as grandes mudanças levavam tempo para acontecer.

– Chega de sentimentalismo. – Engoli a emoção que comprimia minha garganta e balancei a cabeça em direção ao horizonte. – Que tal falar sobre aproveitar a vida? O que acha daquela onda gigante vindo na nossa direção?

Marcelo praguejou e logo todos os pensamentos sobre Dominic, mães negligentes e pais ausentes foram afogados pela alegria de *viver*. Nova York sempre estaria lá; aquele momento, não.

Quando nos cansamos de surfar, fomos para a areia tomar sol e beber alguma coisa. Ficamos na praia por mais duas horas até a *golden hour* pintar o céu de laranja e amarelo, e a exaustão pesar minhas pálpebras.

– Acho que está na hora de encerrar o dia. – Um bocejo tomou o rosto de Marcelo. – Vamos repetir a dose amanhã. Ou não. Pode ser que eu simplesmente apague e durma até tarde.

– Nada de dormir. Nós estamos de férias – respondi enquanto guardava nossas toalhas e ele cuidava do cooler.

– O objetivo das férias não é dormir? – resmungou ele, parecendo um pré-adolescente outra vez.

– Não quando você está comigo.

– Está bem. – Marcelo revirou os olhos. – É só uma garota sair de um relacionamento pra de repente virar uma festeira.

– Ei, eu estou me redescobrindo, tá? É tipo em *Comer, rezar, amar*, mas sem rezar nem amar.

Isso me rendeu uma risada irônica.

Olhei para um casal se beijando na beira do mar, no caminho de volta para casa. O cabelo ruivo da mulher brilhava como fogo contra o pôr do sol, e o homem tinha o físico magro e musculoso de um atleta ou de um entusiasta de atividades ao ar livre.

Observei quando ele interrompeu o beijo, jogou a namorada por cima do ombro e foi andando em direção ao fundo com uma facilidade admirável.

– Josh, não se atreva! Eu vou te matar! – gritou ela, um segundo antes de ele atirá-la na água.

Ela o agarrou no último minuto e ele caiu junto, seus xingamentos e risadas ecoando pela praia vazia.

Um sorriso melancólico reverberou a dor em meu peito. Meu Deus, como eu sentia falta daqueles dias inebriantes de um amor jovem… Tinha apenas 31 anos, mas sentia como se tivesse vivido uma vida inteira, no que dizia respeito a relacionamentos. Cansada, desgastada, com o coração partido. Belo prêmio depois de dez anos.

Como quer que fosse o casal, eu esperava que tivesse um final mais feliz do que o meu.

Marcelo e eu chegamos à nossa rua bem na hora em que o crepúsculo se transformava em anoitecer. Nossa mãe tinha uma casa de veraneio em Búzios, além de um apartamento no Rio, para onde se mudara depois de se aposentar como modelo, mas raramente usava aquela casa ali. Eu estava convencida de que ela havia esquecido que o lugar existia.

– O que vai ter para o jantar? – perguntei.

Marcelo e eu havíamos passado o dia inteiro à base de álcool e petiscos, e, como minhas habilidades culinárias eram, na melhor das hipóteses, abaixo da média, ele ficou encarregado da comida enquanto eu cuidava da limpeza.

– Feijoada. Estou cansado demais para pensar em algo mais criativo.

Por ser um prato pesado, a maioria das pessoas comia feijoada no almoço e não no jantar, mas eu jamais recusaria a feijoada do meu irmão, independentemente do horário.

– Bom, você sabe que eu nunca vou recusar…

Minha frase foi interrompida quando um táxi parou a poucos metros de nós. Um homem saiu do banco de trás e pegou a bagagem no porta-malas. Estava escuro demais para ver seu rosto com clareza, mas sua altura e sua constituição física pareciam alarmantemente familiares.

Para. Não é ele. Você está no Brasil, *pelo amor de Deus. Não em Nova York.*

Marcelo semicerrou os olhos para tentar ver melhor no escuro.

– É impressão minha ou aquele cara parece muito com o Dominic?

Minhas mãos começaram a suar. *Respira.*

– Não seja ridículo. Nem todo cara alto…

Parei de falar quando o táxi foi embora e os faróis iluminaram o rosto do homem.

Olhos azuis. Rosto esculpido. Uma expressão casual enquanto ele se aproximava de nós, como se não tivesse aparecido do nada, no meio de Búzios, vestindo… aquilo era um *short*? Havia anos que eu não via Dominic em nada mais casual do que jeans e camiseta, e mesmo isso era raro.

– Oi. – Ele parou na nossa frente, parecendo relaxado e devastadoramente bonito. – Noite linda, né?

– O que você está fazendo aqui? – Não era para aquilo estar acontecendo. Eu devia estar tendo alucinações depois de sofrer uma insolação por conta do dia na praia. – Você está me *seguindo*?

– Estou de férias – disse Dominic calmamente. – Estava mesmo precisando de uma pausa e, como é Dia de Ação de Graças, resolvi vir para um lugar ensolarado. Nova York está muito triste esta semana.

– O Dia de Ação de Graças foi há dois dias.

– Sim, mas ainda estamos no meio do feriadão. – Seu sorriso, embora breve, me atingiu com mais força do que eu gostaria de admitir. – Ainda vale.

Cruzei os braços, grata por qualquer barreira que nos separasse.

– E, de todos os lugares do mundo, *coincidiu* de você vir *passar férias* aqui?

Ele deu de ombros.

– Eu amo o Brasil.

Sua resposta simples não escondeu a intimidade do significado.

Eu amo o Brasil. *Eu amo você.*

As palavras não ditas me envolveram, me mantendo imóvel por tempo suficiente para que Marcelo desse um pigarro. Alto.

Eu me assustei e desviei os olhos de Dominic. Tinha esquecido que meu irmão estava ali.

– Então, onde você está hospedado?

O olhar dele disparou entre mim e seu ex-cunhado.

Dessa vez, o sorriso de Dominic continha uma pitada de malícia.

– Na Villa Luz.

A Villa Luz pertencia a uma socialite brasileira que ocasionalmente a alugava para convidados VIP quando não a estava usando. Era famosa por ser grande, luxuosa e decorada com requinte.

Além disso, ficava bem ao lado da nossa casa.

CAPÍTULO 18

Alessandra

MERDA.

CAPÍTULO 19

Alessandra

- ELE PARECE SOLITÁRIO.

– Isso não é da nossa conta. – Fitei minha bebida e me forcei a não olhar para a casa ao lado. – Ele que quis sair de férias sozinho.

Marcelo e eu estávamos tomando caipirinhas no deque do terraço enquanto a feijoada cozinhava. Eu não deveria ingerir mais álcool depois do dia de bebedeira na praia, mas precisava relaxar após o encontro com Dominic.

– É verdade – disse Marcelo. – Mas ainda é meio triste.

A curiosidade disputava um cabo de guerra com meus instintos. Ela venceu, e olhei para a direita, onde Dominic estava sentado à beira da piscina de sua villa. Cercas vivas de quase dois metros separavam as casas, mas minha posição privilegiada no alto me dava uma visão direta de seu quintal.

Ele estava mexendo no celular e comendo o sanduíche mais triste que eu já vira. As lâmpadas decorativas balançavam nas árvores, lançando um brilho suave sobre suas feições.

Meu lado cínico se perguntou se ele estava comendo à beira da piscina porque nos ouviu no terraço e quis ganhar nossa compaixão. Meu lado empático não pôde deixar de sentir uma pontada no peito.

Marcelo tinha razão. Ele *parecia* solitário.

Meu irmão seguiu meu olhar.

– A cidade está parecendo bem menor agora, né?

– É grande o suficiente. Ele faz as coisas dele, nós fazemos as nossas.

Eu falei baixo, mas Dominic olhou para cima naquele exato momento, como se tivesse me ouvido. Nossos olhares se encontraram e uma descarga elétrica percorreu minha pele.

Desviei o olhar antes que o arrepio se intensificasse, tornando-se algo mais perigoso.

– Você está com pena dele, né? – perguntei quando Marcelo franziu a testa. – E aquele papo de sempre ficar do meu lado?

Eu não estava falando cem por cento sério. Meu irmão devia muito a Dominic, que havia conseguido para ele seu primeiro emprego como chef júnior em um dos restaurantes dos Laurents, antes de subir ao seu cargo atual, como *sous chef* executivo. Eu não esperava que ele o evitasse só porque estávamos divorciados, mas seu óbvio carinho por Dominic me deixava inquieta, simplesmente porque eu me via escorregando rumo aos mesmos sentimentos.

Eu era muito suscetível à opinião alheia. Não queria ser, mas não conseguia evitar.

– Ainda é verdade, mas também tenho pena dele – respondeu Marcelo. – Nós dois sabemos o motivo de ele estar aqui, e não são as férias. – Ele acenou com a cabeça para o homem em questão. – Quando foi a última vez que Dominic tirou uma folga do trabalho *voluntariamente?*

Nunca. Mesmo quando éramos casados, eu tinha que forçá-lo a ficar no Brasil mais do que alguns dias entre o Natal e o Ano-Novo.

De repente, percebi como a vinda dele era algo significativo. Não era uma noite de folga ou uma reunião remarcada; ele havia saído do escritório, pegado um avião para outro continente e, a julgar pela sua forma de ocupar a Villa Luz, pretendia ficar por um tempo.

Meu estômago ficou se revirando. *Não deixe ele te enrolar.* Dominic faria qualquer coisa para ganhar, mas o prêmio só importava antes de ser obtido.

– Vamos – chamei, fugindo da pergunta de Marcelo. – A comida vai ficar pronta em breve e eu preciso tomar um banho.

– Faz uma hora que você tomou banho.

– Preciso tomar outro – menti. – Está um calor horrível.

Marcelo me lançou um olhar astuto, mas não discutiu. Enquanto ele verificava a feijoada, tomei um banho sem entusiasmo, deixando a água lavar minha compaixão por Dominic.

Depois de me secar, fui até a sala de jantar e, quando cheguei, Marcelo já estava arrumando a mesa.

– Aqui. Deixa eu te ajudar. – Peguei os pratos das mãos dele. – Por que está olhando pra mim desse jeito? Eu não demorei *tanto assim* dessa vez.

Ele sempre implicava comigo por causa dos banhos longos, mas eu tinha passado no máximo trinta minutos lá dentro.

– Sim, eu sei. – Ele coçou a nuca, sua expressão mostrando doses iguais de medo e apreensão. – Então, é… o negócio é o seguinte. Enquanto você estava…

Alguém apareceu por trás dele e o interrompeu.

– Onde você colocou os copos? Não achei em…

Dominic parou abruptamente ao me notar. Ele vestia camisa e calça de linho, e segurava uma garrafa de cachaça em uma mão e o celular na outra.

O calor inundou minha pele, apagando os efeitos do banho. Só havia um motivo para ele estar em nossa casa, segurando aquela garrafa e procurando *nossos* copos.

Marcelo o convidara para jantar.

As férias entre irmãos que fossem para o espaço. A partir do dia seguinte, eu seria filha única, porque ia *matar* meu irmão.

Meu irmão que logo estaria morto deu um pigarro.

– Dominic passou aqui e perguntou se podia pegar um pouco de açúcar. Parece que a Luz não abasteceu a casa, e os mercados estão fechados, então perguntei se ele não queria se juntar a nós. Eu fiz muita comida mesmo.

– Se você ficar incomodada, eu posso ir embora – disse Dominic quando permaneci em silêncio. – Não estou com tanta fome, de qualquer maneira. Eu comi um sanduíche.

– Tudo bem.

Forcei um sorriso. Eu me recusava a deixar que ele visse como me afetava. Mais um segundo constrangedor se passou antes que Marcelo desse outro pigarro.

– Os copos estão no armário de baixo, segunda porta da esquerda. Olha com atenção que você encontra.

Dominic assentiu e desapareceu na cozinha novamente. Assim que ele saiu do campo de visão, olhei feio para Marcelo, que recuou com as mãos para cima.

– *O que você tem na cabeça?* – murmurei entre os dentes. – Açúcar? Sério? Você caiu nessa?

– Eu entrei em pânico, ok? – sibilou ele. – O que eu deveria fazer? Mandar o coitado embora?

– *Sim*. – Balancei a mão na direção da cozinha. – Você convidou meu ex-marido pra jantar! Faz dois meses que nos divorciamos e ele *me seguiu até o Brasil*!

– Você sabe que não lido bem com esse tipo de pressão! Ele sentiu o cheiro da feijoada e... merda, ele está voltando.

Nós nos calamos quando Dominic reapareceu com os copos. Ele ergueu uma sobrancelha quando peguei um e preparei outra caipirinha às pressas antes de nos sentarmos, mas sabiamente se absteve de fazer comentários.

O jantar foi, como esperado, incômodo e silencioso. Marcelo conduziu a conversa enquanto Dominic e eu comíamos sem dar um pio. Eu sentia como se estivesse protagonizando um filme absurdo sobre casamento e divórcio. Tudo, desde o local até a presença de Dominic e a música que Marcelo colocou para "melhorar o clima", parecia surreal.

Não era possível que aquela fosse a minha vida.

– Como anda sua loja? – perguntou Marcelo depois que terminou de divagar sobre o último jogo de futebol da seleção brasileira. – Tudo caminhando para inaugurar no ano que vem?

– Sim. – Bati os nós dos dedos contra a mesa de carvalho para espantar o azar. – Não recebi nenhuma mensagem urgente da Isabella, então imagino que não tenha pegado fogo por lá.

– Uma vez você disse que jamais teria uma loja física. – O comentário de Dominic deixou meus ombros tensos. – Que seria estressante demais.

– Isso foi na faculdade. – Não tirei os olhos da comida. – Muita coisa mudou desde então.

Eu havia me formado em administração, na Thayer, com foco em comércio digital. Em vez de começar minha própria empresa, após a formatura, como planejara originalmente, ajudara Dominic a construir a dele. No entanto, saí de cena depois que ele contratou uma equipe permanente, e o cenário do varejo havia mudado tanto desde a faculdade que criar a Floria Designs foi como começar do zero. A maior parte dos conhecimentos que adquirira na faculdade já estava desatualizada, e os últimos dois anos tinham sido um processo de aprendizagem sem fim.

Abrir uma loja física me assustava muito, mas eu precisava de algo sólido. Algo que eu pudesse olhar, tocar e chamar de meu, que provasse, sem sombra de dúvida, que ainda havia alguma força em mim.

– E você? – perguntou Marcelo quando Dominic permaneceu em silêncio após minha resposta. – Como anda, hã, o trabalho?

– Bem. Os mercados mudam, mas Wall Street não.

Outro longo silêncio.

– Quanto tempo você vai ficar no Brasil? – prosseguiu meu irmão, ainda tentando puxar assunto.

– Não sei ao certo. – Dominic tomou um gole casual de sua bebida. – Não comprei passagem de volta.

Quase me engasguei com a boca cheia de feijoada. À minha frente, Marcelo ficou de queixo caído, revelando um pedaço de carne meio mastigado. Foi profundamente mal-educado, e Dominic teria criticado qualquer outra pessoa por isso, mas sua indiferença nos deixara confusos.

Ele aparecer no Brasil já era bem chocante; sem data para voltar era tão impensável que quase estendi a mão para verificar se ele estava com febre ou se havia sofrido um transplante de personalidade.

– Como? – Marcelo finalmente conseguiu dizer. – E o trabalho?

Dominic lançou um olhar para mim. Baixei os olhos e fingi que minha refeição era a coisa mais fascinante que já tinha visto enquanto fiquei sem respirar em expectativa à resposta dele.

– O trabalho vai estar sempre lá – disse ele. – Outras coisas não.

Ninguém voltou a falar durante o restante da refeição.

Depois do jantar, Marcelo pediu licença para lavar a louça, embora fosse minha vez de cuidar disso. Ele ignorou meu olhar letal enquanto saía depressa em direção à cozinha, carregando pratos e talheres, e deixando Dominic e eu sozinhos na sala de jantar. Nós nos entreolhamos, ambos hesitantes. Era uma dinâmica nova para nós, e eu não sabia como lidar com aquilo.

Dominic era muitas coisas – implacável, irritante, ambicioso –, mas nunca fora inseguro. Desde o dia em que nos conhecemos, ele era puro propósito, impulsionado por objetivos fixos e ganância. Graduar-se. Começar a própria empresa. Tornar-se tão rico e bem-sucedido a ponto de calar todas as pessoas que duvidaram dele.

Mesmo quando era um estudante universitário completamente falido, Dominic exalava tanta confiança que era impossível não olhar para ele e ver alguém destinado a alcançar tudo que pretendia. O sucesso era seu verdadeiro norte, mas naquele momento ele parecia perdido, como se estivesse à deriva no mar, sem uma bússola.

– Ale...

– Está ficando tarde. Eu preciso dormir.

Fiquei de pé, meu coração batendo acelerado por motivos que eu não queria analisar, mas não dei dois passos antes que uma mão se fechasse em meu pulso.

– Por favor.

A vulnerabilidade daquelas simples palavras dissolveu um pouco da minha força de vontade. Parei e o encarei, odiando notar que seu toque me provocava um frio na barriga e que sua voz fazia meu coração bater um pouco mais rápido. Queria poder me livrar de meus sentimentos tão facilmente quanto me livrei do nosso casamento, mas nosso relacionamento no papel era muito diferente da realidade.

– Você não deveria estar aqui. – Uma estranha mistura de cansaço e adrenalina percorreu minhas veias. – Não é saudável para nenhum de nós. Acabamos de nos divorciar. Se você insistir em me seguir por todo lado, não vamos conseguir seguir em frente.

Os olhos de Dominic brilharam sob as luzes.

– É essa a questão – disse ele baixinho. – É *impossível* seguir em frente. Pelo menos para mim.

Todo o meu corpo ficou tenso, mas nenhum preparo seria capaz de atenuar o impacto de suas palavras.

– Você não tentou.

– Você quer que eu tente?

Sim. Talvez. Em algum momento. Pisquei para afastar a imagem de Dominic participando de alguma festa de gala chique de braço dado com uma loura glamourosa ou, pior, aninhado ao lado dela no sofá. Eram os momentos íntimos que eu desejava, e invejava as partes de sua vida que ele acabaria compartilhando com outra pessoa.

Não fique pensando nessas coisas. Isso é o que você queria. Lembra?

– Você assinou os papéis.

Eu me soltei de sua mão. A marca de seu toque queimava e precisei de toda a minha força de vontade para não acariciar meu pulso.

– Eu assinei os papéis porque você me pediu, não porque eu queria.

– E ainda assim você está aqui contra a minha vontade.

Um pequeno sorriso surgiu em seus lábios enquanto seus olhos permaneciam solenes.

– Você nunca disse que *não* me queria aqui, então, tecnicamente, não estou fazendo nada contra a sua vontade.

Suspirei, a exaustão superando a adrenalina.

– O que você quer, Dominic?

– Eu quero você de volta.

Minha pulsação disparou. Graças a Deus ele não estava mais me segurando, ou teria sentido o momento exato em que suas palavras foram assimiladas.

– Você não pode me ter de volta.

Talvez, se eu dissesse isso várias vezes, ele acreditasse e eu não sentisse aquela dor surda dentro do peito.

– Eu sei.

– Então o que...

– Especificamente, eu quero um novo começo para nós dois. – Dominic não tirava os olhos dos meus. – Você disse que a gente não se conhecia mais, e estava certa. Você disse que eu negligenciei você e não te dei valor durante o nosso casamento, e estava certa. Eu perdi a noção do que era mais importante. Não posso mudar o que fiz no passado, mas posso fazer as coisas de maneira diferente no futuro. Me dá uma chance de provar.

– Como?

A pergunta saiu em um sussurro. Não consegui evitar. Estava curiosa demais, enredada demais pela íntima franqueza refletida no rosto dele. Franqueza essa que ficou anos sem aparecer em nosso relacionamento, e, naquele momento, ele não era Dominic Davenport, o Rei de Wall Street. Era simplesmente Dominic, o cara lindo, inteligente e sofrido por quem eu havia me apaixonado muito tempo antes.

– Só não me afasta. – Ele engoliu em seco. – É tudo que eu peço. Uma chance para conversarmos e nos conhecermos, do jeito que somos agora. Quero saber o que te faz rir, o que te faz chorar, com o que você sonha quando dorme e o que te mantém acordada quando perde o sono. Vou passar quantas vidas forem necessárias redescobrindo essas partes suas, porque você é tudo pra mim. Todas as vezes, em todas as vidas. As coisas podem ter mudado desde que nos casamos, mas você e eu? Sempre fomos feitos para durar para sempre.

CAPÍTULO 20

Dominic

VER ALESSANDRA E NÃO poder abraçá-la era um tipo cruel de tortura. Já haviam se passado dois dias, treze horas e 33 minutos desde o nosso jantar, e durante todo o tempo que passei acordado revivi cada instante. Ela estava na casa ao lado, mas eu tinha medo de que, se não a gravasse em minha mente de maneira profunda o bastante, ela escapasse como grãos de areia por entre meus dedos.

Felizmente, Búzios era pequena e nos esbarrávamos o tempo todo. Na praia. Na rua das Pedras. No supermercado, comprando frutas e legumes. Infelizmente, nossas interações nesses locais eram, na melhor das hipóteses, limitadas.

Alessandra ainda estava desconfiada de mim. Na noite de segunda-feira, sua resposta ao meu apelo fora um mero "Preciso ir", e toda vez que me encontrava ela me olhava como se eu fosse uma cobra esperando para dar o bote. Isso fez eu me sentir um merda, porque eu sabia que ela tinha todo o direito de não acreditar em mim, mas, ao mesmo tempo, adorava observá-la nos breves momentos antes de ela perceber que eu estava por perto. O lampejo de seu sorriso, o brilho de seu rosto, aquela *coisa* intocável e intangível que remetia à garota que me colocara debaixo de sua asa na época da faculdade e não me soltara até que eu fosse capaz voar sozinho.

– *Aqui está seu café. Puro, sem açúcar nem creme. Do jeito que você gosta, seja lá qual for o motivo.*

Alessandra foi a primeira pessoa que vi quando saí da sala da professora Ruth. Ela me entregou o copo de papel, sua expressão uma mistura de expectativa e receio.

– Então, como foi?

– Bem. – Tomei um gole, saboreando o amargor para o qual ela sempre torcia o nariz. – A professora Ruth não prendeu a gente aqui até que aprendêssemos a recitar de cor toda a obra de Shakespeare, o que considero uma vitória.

– Rá, rá. Muito engraçado. – Ela me lançou um olhar irônico enquanto franzia os lábios. – Estou falando da prova final, espertinho. Você... você passou?

Alessandra parecia tão nervosa que abandonei meu plano original de prolongar o momento e sacaneá-la um pouco mais.

– Tirei 78. – Não consegui impedir o surgir lento de um sorriso. – Eu passei.

Não tinha sido a melhor nota da turma, mas foda-se, era uma nota muito melhor do que a que tirara na última prova de inglês. Graças a Alessandra, eu tinha ido muito bem nas provas do meio do período e precisava de pelo menos 75 na final para passar na matéria.

– Você passou? Ah, meu Deus, você passou! – gritou Alessandra.

Ela me abraçou, quase me derrubando. Joguei o café às pressas em uma lata de lixo próxima antes que acabasse derramando em cima da gente.

– Você conseguiu! Nunca duvidei, nem por um segundo.

– Foi por isso que parecia que você ia vomitar quando perguntou como eu tinha me saído, né?

– Bem, minha reputação como tutora estava em jogo. Eu não podia arruinar minha taxa de sucesso de cem por cento, sabe como é.

Ela se afastou, seus olhos brilhando de orgulho. Meu estômago se revirou. Ela era a única pessoa que se importava com minhas conquistas. Caramba, ela provavelmente se importava mais do que eu, e eu não fazia ideia de como lidar com isso.

– Mas, falando sério, eu sabia que você ia conseguir. Você é uma das pessoas mais inteligentes que conheço, Dominic. Só expressa isso de um jeito diferente.

Um calor tomou minhas bochechas e meu pescoço.

– Obrigado.

Dei um pigarro e me afastei dela. Era alarmantemente bom ter Alessan-

dra em meus braços, e eu tinha medo de que, se não me libertasse naquele momento, jamais a soltasse.

– Estou feliz por você não ter desistido de mim nem quando agi como um babaca, porque eu não teria conseguido sem você.

A frase saiu com mais facilidade do que o esperado. Sempre tive dificuldade em agradecer, mas talvez fosse porque ninguém realmente havia merecido até então.

Alessandra ficou mais tranquila.

– Você conseguiu, não eu. Eu só apontei o caminho.

– Está bem. – Passei a mão pela nuca, o calor aumentando. – Bom, acho que é isso. Obrigado por tudo mais uma vez. Quem sabe a gente se vê na formatura.

Não havia motivo para nos vermos novamente. No semestre seguinte, minhas disciplinas seriam todas de finanças e economia, nas quais eu conseguia passar de olhos fechados, e, apesar de nossas muitas sessões de estudo noturnas, eu não era ingênuo de achar que entre nós havia apenas amizade.

Alessandra hesitou, aparentemente pega de surpresa pela despedida abrupta.

– Ah. Quer dizer, de nada. – Ela colocou uma mecha de cabelo atrás da orelha e olhou ao redor, em direção ao fluxo de estudantes que passavam por nós. – Humm, acho que nos vemos na formatura, então.

Se eu não a conhecesse, pensaria que estava decepcionada.

– Está bem.

Eu parecia um disco arranhado. Por que não consegui pensar em mais nada para dizer?

Ela hesitou, como se estivesse esperando que eu falasse mais alguma coisa. Como não falei, ela acenou constrangida e se virou para ir embora.

Meu coração batia contra a caixa torácica. Ela estava no final do corredor. Logo estaria perdida na multidão, e quem saberia dizer se nos veríamos outra vez? Era verdade que o campus era pequeno e eu tinha o número dela, mas meu instinto me disse que eu deixaria algo especial escapar por entre meus dedos se não fosse atrás dela imediatamente.

Alessandra estava quase fora de vista.

O pânico me estimulou a agir. Comecei a correr e a alcancei quando ela dobrou a esquina.

– Espera! Alessandra.

Ela parou, a testa franzida de confusão diante do meu rosto corado.

– O que houve?

– Nada. Quer dizer... – Fala logo. – Quando você vai pra casa, pra passar as férias?

As aulas só terminavam oficialmente na semana seguinte, mas muitos alunos voltavam para casa mais cedo, se não tivessem provas presenciais obrigatórias.

A confusão aumentou visivelmente no rosto dela.

– Terça-feira. Por quê?

– Eu estava pensando... quer dizer...

Merda. Eu parecia um garoto inexperiente convidando a garota de quem gostava para sair pela primeira vez. O que havia de errado comigo?

– Quer jantar no sábado? Só nós dois.

A confusão de Alessandra desapareceu, substituída por um sorriso provocador e familiar que fez minha frequência cardíaca passar de um trote para um galope.

– Dominic Davenport, você está me convidando para um encontro?

Merda, se eu ia mesmo fazer aquilo, era melhor apostar tudo. Nada de hesitação.

– Estou.

O sorriso dela se alargou.

– Nesse caso, eu adoraria jantar com você.

A lembrança de nosso primeiro passo oficial rumo a um relacionamento me deixou tão distraído que quase passei do centro de mergulho. Dei meia-volta, tentando me livrar da pontada na barriga.

Embora eu estivesse em Búzios por causa de Alessandra, precisava mesmo de férias. Não podia passar o dia inteiro andando deprimido pela cidade; seria patético demais, mesmo diante das circunstâncias. Eu fazia reuniões on-line e trabalhava de manhã cedo, mas confiava na minha equipe para manter as coisas funcionando enquanto eu estivesse fora.

Dei-lhes folga no Dia de Ação de Graças, mas, no dia seguinte, tive que prepará-los para minha ausência prolongada. Essa foi a única razão de eu não ter ido para o Brasil na mesma manhã que Alessandra.

O problema era que eu nunca tinha tirado férias sozinho antes. Agora que estava ali, não sabia o que fazer, então reservara todas as atividades que me pareceram interessantes. Mergulho naquele dia, passeio de barco no seguinte.

E se por acaso eu tivesse reservado a mesma aula de mergulho que Alessandra, depois de Marcelo deixar escapar essa informação durante nosso encontro fortuito no supermercado no dia anterior... bem, era uma cidade pequena. As opções eram limitadas.

Fiz o check-in na recepção e me juntei ao pequeno grupo de mergulhadores inexperientes nos fundos. Meu olhar passou pelo homem de cabelos grisalhos, pelos dois estudantes dando risada e pelo casal cochichando loucamente entre si. Por fim, parei em um rabo de cavalo castanho e brilhante na ponta do grupo... e fiquei lá.

Quando foi a última vez que Alessandra tinha prendido o cabelo em um rabo de cavalo? Eu não conseguia lembrar. Um detalhe tão pequeno e mais um sinal de quanto nos distanciamos ao longo dos anos. Costumávamos jogar tênis juntos; foi ela quem me apresentou ao esporte, e sempre usava o mesmo rabo de cavalo e uma roupa toda branca.

Ela estava mexendo no celular, mas devia ter sentido o calor do meu olhar, pois ergueu os olhos e congelou. Não pronunciou uma única palavra, embora não fosse necessário: sua expressão dizia tudo.

– Mundo pequeno. – Parei em frente a ela. – Bom dia, Alessandra.

– Bom dia. – Ela não retribuiu meu sorriso. – Que coincidência estarmos inscritos para a *mesma* excursão de mergulho *exatamente* no mesmo horário.

– Como eu disse, mundo pequeno – respondi, ignorando seu tom incisivo. Meu olhar passou pela curva de seu ombro, subindo pelo pescoço e chegando ao seu rosto. – Você está linda.

Seu cabelo tinha clareado para um castanho dourado pelo sol, e sua pele havia ganhado um bronzeado saudável por conta da praia. Havia uma pequena constelação de sardas espalhadas por seu nariz e suas bochechas, tão tênues que teriam passado despercebidas se eu não estivesse familiarizado com suas feições a ponto de mesmo a menor mudança chamar minha atenção. Acima de tudo, a rigidez que havia tomado conta dela em Nova York se dissipara, revelando uma descontração que dava mais resultados do que qualquer maquiagem ou vestido chique seria capaz.

Alessandra sempre foi deslumbrante, mas ali ela brilhava de uma maneira que fazia meu peito doer – em parte por ela ser tão linda que eu não conseguia acreditar que fosse real, e em parte por ela ter precisado deixar Nova York, *me deixar*, para reencontrar a felicidade. De tudo, isso era o que mais doía.

O arrependimento formou uma pedra irregular em meu estômago, e uma centelha de emoção perpassou seu rosto antes que ela desviasse o olhar.

Foi só então que percebi que o restante do grupo havia ficado em silêncio. O homem de cabelos grisalhos estava ao telefone, mas os estudantes e o casal nos observavam com ávido interesse.

– *Bom dia!*

Nosso instrutor de mergulho interrompeu a tensão incômoda e se aproximou com um sorriso cheio de dentes. Ele parecia um daqueles jovens de 20 e poucos anos que passam os dias chapados ou surfando, o que já me irritou. Então seu olhar se demorou em Alessandra por um segundo a mais, e a irritação se transformou em uma possessividade repentina e feroz. Precisei de toda a minha força de vontade para não dar um soco na cara dele.

– Meu nome é Inácio, o instrutor de vocês hoje. Esse é o nosso curso para iniciantes, então vai ser fácil e agradável.

Ele falou primeiro em português, depois em inglês. Ficou parado perto demais de Alessandra enquanto falava sobre nosso itinerário e os protocolos de segurança. Em seguida, fez uma piada idiota sobre baleias que arrancou uma risada dela, e minha fantasia evoluiu de um soco para arrancar sua língua.

Depois de uma eternidade, embarcamos e seguimos para o local onde seria realizada a sessão de mergulho. Talvez eu tivesse sorte e Inácio caísse do barco e fosse comido por um tubarão. Coisas mais estranhas já aconteceram.

– Você está bem? Parece que quer matar o instrutor – brincou Josh, o homem do casal que fazia parte do grupo. – Se for fazer isso, espere até retornarmos à praia. Jules tem medo de tubarão.

Havíamos nos apresentado mais cedo. Josh e Jules, o casal, eram um médico e uma advogada de Washington. O homem mais velho era um empresário argentino, e os estudantes da Universidade de São Paulo tiravam um fim de semana prolongado de folga.

– Eu não tenho *medo*. – Jules ergueu o queixo. – Apenas não tenho interesse em conhecê-los.

– Não foi isso que você disse quando estávamos vendo *Shark Week*.

– Perdão por não gostar de criaturas com tantos dentes. Pelo menos eu não choro vendo filmes da Disney...

Ignorei a implicância bem-humorada dos dois e voltei a me concentrar em Alessandra, que olhava para o mar com uma expressão pensativa.

– Nervosa? – perguntei baixinho.

Ela gostava de atividades realizadas na superfície, como natação e surfe, mas tinha medo de submergir. Havia se recusado a mergulhar durante nossa lua de mel, e foi por isso que fiquei surpreso quando Marcelo me contou dos planos dela para aquele dia.

– Vou ficar bem. Já mergulhei antes – disse ela, sem desviar os olhos da água.

Uma nova onda de surpresa percorreu meu corpo.

– Quando?

– No ano passado, quando fui para as Bahamas.

Eu me lembrava vagamente da viagem dela com as amigas ao Caribe. Foi no mesmo fim de semana em que fui para Londres fechar um negócio, e não me recordava de termos conversado sobre nossas respectivas viagens depois que voltamos. Eu não tinha perguntado; ela não tinha contado nada.

O arrependimento se expandiu e encheu meus pulmões.

– E como foi?

Ela devia ter ficado apavorada.

Fui tomado pela vergonha. Se não tivesse sido tão insensível durante nosso casamento, teria sido eu a mergulhar com ela pela primeira vez. Para segurar sua mão durante o passeio de barco, distraí-la com piadas e simplesmente me mostrar presente.

Tínhamos ido para o altar e jurado compartilhar nossas conquistas, mas quantas eu havia perdido desde que fiz essa promessa?

Muitas.

Alessandra deu de ombros.

– Correu tão bem que estou fazendo de novo.

– Que bom.

Tamborilei no assento. O nervosismo fez meu estômago se revirar; eu me sentia um moleque tentando (sem conseguir) conversar com a garota mais popular da escola.

– O que fez você mergulhar nessa ideia?

Ah, pelo amor de Deus. A frase foi tão brega que desejei que voltasse para minha boca antes de ter saído completamente dela, mas pelo menos fez com que Alessandra me olhasse. Uma sombra de diversão cruzou seu rosto, e decidi que faria quantas piadas idiotas ela quisesse, se isso significasse que ela olharia para mim com algo que não fosse tristeza ou cautela.

– Eu quis tentar algo novo. Estava na hora. Além disso, há algum tempo deixei de ter tanto medo do mar. Não pretendo quebrar nenhum recorde de mergulho, mas o básico... não deve ser tão ruim. Todos nós temos que enfrentar nossos medos em algum momento, né?

Alguns deles, sim. Mas outros era melhor deixar intactos.

– Me desculpe por não ter estado lá para ver – disse baixinho.

Eu deveria ter estado. Deveria ter estado em muitos lugares, em muitas ocasiões ao longo dos anos.

Tudo dentro de mim se agitou junto com o motor atrás de nós.

– Tudo bem. Eu já estava acostumada.

O tom de Alessandra foi pragmático, o que machucou mais do que se ela tivesse falado com raiva. Eu seria capaz de enfrentar seu ódio. Mas indiferença? Era a sentença de morte para qualquer relacionamento.

O barco parou no local de mergulho. Tentei falar com Alessandra novamente, mas ela não me ouviu ou estava me ignorando enquanto nos preparávamos para entrar na água.

A frustração me consumia. Nas águas dos arredores de Búzios encontrava-se uma vida marinha incrível, mas eu estava tão concentrado em Alessandra que mal prestei atenção no ambiente subaquático.

Era difícil acreditar que ela era a mesma mulher que havia ficado completamente pálida quando sugeri que mergulhássemos durante nossa lua de mel na Jamaica. Agora, ela se aproximou dos corais, maravilhou-se com uma tartaruga marinha que passava e nadou ao lado de um cardume de peixes amarelos. O único momento em que se assustou foi quando uma enguia roçou sua canela, mas, no geral, se portou com tanta elegância que não pude deixar de sorrir.

Odiava o fato de termos nos distanciado, mas adorava ver que ela estava muito mais à vontade com algo que antes a aterrorizava. Estava muito orgulhoso.

A excursão durou quatro horas, incluindo o transporte saindo e voltando do centro de mergulho. Quando voltamos à terra firme, o grupo estava igualmente exausto e entusiasmado.

O empresário foi embora assim que chegamos, enquanto os estudantes se amontoavam em torno de seus celulares, rindo das fotos que haviam tirado. O casal, Josh e Jules, anunciou que ia tomar alguma coisa em um bar próximo à beira da praia e disse para ficarmos à vontade para nos juntarmos a eles, então partiram.

– Está com fome? – perguntei, seguindo ao lado de Alessandra enquanto entrávamos no prédio principal. – Tem um restaurante muito bom nessa rua, podemos almoçar.

Ela balançou a cabeça.

– Vou comer em casa, com o Marcelo.

– Por que ele não veio mergulhar também?

– Estava dormindo.

– Clássico.

Alessandra era uma pessoa matutina, mas seu irmão era uma coruja. Uma vez, ele nos visitou em Nova York e, nos primeiros três dias, não acordou antes do meio-dia.

Continuamos em silêncio ao entrarmos no centro de mergulho.

– E jantar? – Tentei novamente. – Posso conseguir uma mesa para nós naquele restaurante novo perto da Praia da Tartaruga. E para o Marcelo também, claro.

O restaurante vivia lotado durante a alta temporada, mas eu poderia facilmente mexer alguns pauzinhos.

Alessandra olhou para o chão.

– Ainda não sei. Acho que vamos comer em casa à noite também.

– Tá bem. – Passei a mão pelo rosto. – Bom, se você mudar de ideia, me avisa. Você tem meu número, ou pode… quer dizer, eu estou na casa ao lado.

Senti o calor familiar da vergonha se espalhar pela minha pele.

Eu não tropeçava tanto nas palavras desde que meu professor de inglês do ensino médio forçara a turma a se revezar na leitura de *Hamlet* em voz alta. Levei uma eternidade para terminar uma frase enquanto todos os outros riam por trás das mãos.

– Eu sei. – A voz de Alessandra se suavizou um pouco. Não muito, mas eu aceitava qualquer coisa. – Preciso ir. Hã… A gente se vê.

Desanimado, observei enquanto ela se afastava. Eu não esperava que ela voltasse para meus braços simplesmente porque estávamos na mesma excursão, mas esperava... porra, sei lá. *Mais.* Mais conversa, mais progresso.

Por outro lado, talvez eu não merecesse mais.

Em vez de ficar na cidade, voltei para casa e acompanhei as notícias à beira da piscina. Os dados mais recentes sobre mercado de trabalho e flutuação da Bolsa, além da coletiva de imprensa realizada pelo novo líder do Sunfolk Bank, cujo CEO anterior morrera de câncer meses antes. Tirando pelo Sunfolk e o Orion, aparentemente muitos CEOs de bancos andavam morrendo ultimamente, mas nenhuma das notícias era interessante o suficiente para capturar minha atenção ou me distrair da mulher na casa ao lado, até que avistei um nome que me atingiu como um soco no estômago.

A reitoria da Universidade Thayer aprovou a nomeação de uma ala do Carter Hall em homenagem ao ex-professor David Ehrlich, falecido em 2017. A Ala David Ehrlich abriga o Departamento de Economia da universidade, que serviu como sede acadêmica de Ehrlich por mais de vinte anos.

Li o trecho duas vezes, em parte para ter certeza de que estava entendendo corretamente, e em parte porque não conseguia acreditar que o nome de Ehrlich estava ressurgindo depois de tanto tempo.

Já era hora. Ele tinha sido um dos melhores professores da Thayer, e o único que me tratara como se eu fosse um aluno normal, em vez de um aborrecimento que eles (mal) toleravam. Havíamos mantido contato após a formatura, e a morte dele me devastara.

– Você precisa comer. – *Alessandra chegou por trás de mim, sua voz gentil.* – Não pode sobreviver apenas à base de álcool.

– Não estou com fome.

Olhei pela janela, onde a chuva caía em um rio implacável de mágoas. Era fim de tarde. Chovia sem parar desde de manhã, e parecia apropriado que o enterro de Ehrlich tivesse ocorrido no dia mais triste do ano.

O velório, o caixão, o discurso. Tudo tinha passado feito um borrão. Eu só me lembrava do frio cortante e incessante em meus ossos.

– Duas mordidas. – Alessandra me entregou um sanduíche. – Só isso. Você mal comeu desde...

Desde que recebi a notícia de que Ehrlich havia morrido de derrame, duas semanas antes. Se não fosse por ela, eu já teria me afogado no fundo de uma garrafa.

Algumas pessoas poderiam questionar por que eu estava tão arrasado com a morte de um ex-professor, mas dava para contar em uma mão a quantidade de pessoas com quem eu me importava e que também se importavam comigo.

Se Ehrlich não tivesse me incentivado a fazer a tutoria, eu jamais teria conhecido Alessandra, e se ele não tivesse aproveitado suas conexões para me ajudar, nos últimos anos, eu não estaria abrindo minha própria empresa no mês seguinte.

Ele tinha sido um amigo, um mentor e o mais próximo que tive de uma figura paterna. Tinha trabalhado duro junto comigo na Davenport Capital e nunca veria os frutos.

Uma pedra se alojou em meu peito e bloqueou o fluxo de oxigênio para meus pulmões.

– Uma mordida. – Alessandra passou os dedos pelo meu cabelo. – Última oferta.

Eu estava sem apetite, mas dei uma mordida por ela. Andava tão mal-humorado e irritado nas últimas duas semanas que estava surpreso por ela não ter ido embora, mas Alessandra ficara ao meu lado durante as mudanças de humor, as madrugadas insones e as manhãs inquietas.

Eu não sabia o que tinha feito em uma vida passada para merecê-la. Queria saber, para poder repetir os feitos para sempre, garantindo que nossos caminhos se encontrariam em todas as nossas vidas.

– Viu? Não foi tão ruim – brincou ela, pegando a embalagem vazia da minha mão e jogando-a no lixo.

Olhei para baixo, surpreso ao ver que tinha comido o sanduíche inteiro.

– Você me enganou.

– Não coloque a culpa em mim. Eu disse uma mordida. Você que continuou comendo.

Alessandra riu, sua expressão gentil ao se sentar no meu colo e passar os braços em volta do meu pescoço. Minha mão pousou em seu quadril, saboreando seu calor.

– Nós vamos superar isso – disse ela. – Eu prometo.

– *Eu sei.*

A dor ia e voltava. Eu não ficaria afogado para sempre, mas a morte de Ehrlich sempre reverberaria.

– *Na verdade, eu tenho uma coisa pra você.*

Ela enfiou a mão no bolso, pegou um pequeno objeto prateado e o colocou em minha mão livre, seus olhos tão ternos que senti um aperto no peito.

– *Um lembrete. Não importa quanto fique escuro, você sempre pode encontrar uma luz.*

O sol havia se posto, cobrindo a cidade em sombras. A casa de Alessandra e de Marcelo estava escura e silenciosa; eles tinham saído para jantar, no fim das contas.

O clique do meu isqueiro era o único som que interrompia a quietude. Olhei para a chama enquanto ela dançava na noite e iluminava as palavras gravadas na prata.

Para Dom
Com amor, Ale

CAPÍTULO 21

Alessandra

ÁGUA MOLE EM PEDRA dura tanto bate até que fura. É uma lei da natureza, irrefreável e inevitável.

Eu temia que o mesmo fenômeno estivesse acontecendo entre mim e Dominic. Cada encontro atingia minhas defesas; cada conversa, por mais curta que fosse, afetava minha força de vontade.

Eu não estava nem perto de perdoá-lo, mas também não fugia às pressas quando o via. Não sabia dizer se isso significava que eu estava aceitando nosso divórcio ou que eu corria o risco de voltar à órbita dele.

De todo modo, eu precisava me reestruturar e descobrir como lidar com sua onipresença. Mesmo que eu fosse embora de Búzios, ele estaria em Nova York. Tínhamos amigos em comum e as chances de nos encontrarmos eram altas. Eu não teria como manter distância para sempre. Seria estressante demais.

– Um drinque pelos seus pensamentos – brincou Marcelo, entregando-me uma minicasca de coco.

– Isso é um perigo. Já tomei três.

Mesmo assim, aceitei a oferta. Batidas de coco eram simplesmente gostosas demais para resistir.

Além disso, era o último dia de Marcelo em Búzios antes de ele voltar ao trabalho, então estávamos brindando uma última vez em nosso bar favorito à beira-mar. Estava triste por ele ir embora tão cedo, mas não podia contar que meu irmão ficasse comigo para sempre. Uma das razões pelas quais deixei Dominic e Nova York foi reencontrar minha autonomia, e isso significava ser independente de *todo mundo*, não apenas do meu marido.

Ex-marido, corrigiu uma voz que soava estranhamente como a de Sloane. Dei um gole na bebida.

– Tem certeza de que vai ficar bem aqui sozinha? – perguntou Marcelo. – O apartamento da mamãe no Rio está vazio, se você quiser ir pra lá. Ela está em Tulum. Ou no Havaí. Ou em Los Angeles. – Ele balançou a cabeça. – Na verdade, não sei onde é que ela está.

– Ei, quem é a irmã mais velha aqui? – Cutuquei o tornozelo dele com o pé. – Eu vou ficar bem. Ainda não estou pronta para abrir mão da vida na praia.

Tirando a incerteza provocada pela chegada de Dominic, Búzios era o paraíso. Eu estava bronzeada e tonificada por conta das horas surfando, nadando e velejando. Eu estava cheia de pulseiras de contas nos pulsos, que havia criado em uma oficina de joalheria, e minha tensão física havia gradualmente diminuído graças à ioga diária na praia.

Havia passado as últimas duas semanas aprendendo novos hobbies nos quais não era necessariamente boa, mas de que gostava – como desenho, por exemplo –, e reafirmando as coisas de que *não gostava*, como tentar conversar com jovens de 20 anos num bar.

Pela primeira vez, eu estava vivendo para mim mesma, no meu próprio ritmo, e adorava a sensação.

– Entendo. Parece que tem outra pessoa que também não está pronta para ver você indo embora. – Marcelo acenou com a cabeça para alguém atrás de mim. – Chegando.

Eu me virei, meu coração já disparado antes de ver o cabelo castanho e os dentes clareados.

– Oi. Alessandra, né? – Inácio, meu instrutor de mergulho de quinta-feira, se aproximou com um sorriso largo. – Tudo bom? Como está?

– Bem. E você? – respondi em português.

Atribuí o aperto no peito ao álcool, não à decepção.

– Não tenho do que reclamar.

Ele lançou um olhar curioso para Marcelo, que estendeu a mão.

– Marcelo. Sou irmão da Alessandra.

Conversamos um pouco antes de Marcelo pedir licença para usar o banheiro. Ele ignorou meu olhar irritado ao passar por mim.

– Ele não é nada mau – sussurrou meu irmão. – Divirta-se.

Ótimo. Agora meu próprio irmão estava tentando me empurrar para um semiconhecido.

– Então, quanto tempo você vai ficar em Búzios? – perguntou Inácio.

– Mais uma semana, provavelmente. Ainda não decidi.

Tirei uma mecha de cabelo do olho. Ele assentiu e lançou um olhar para minha mão esquerda. Eu esperei que ele recuasse ao ver a aliança, até que me lembrei que não havia mais aliança.

Senti um novo aperto no peito.

– Se precisar de alguém para te mostrar os melhores lugares da cidade, eu sou o cara. – Inácio se aproximou e baixou a voz para um sussurro conspiratório. – Eu venho para cá desde criança. Tenho tudo mapeado.

Não mencionei que eu também visitava Búzios todo ano, desde criança.

– Ah, é? Tipo o quê? – provoquei.

Ele era jovem demais para mim, mas um pouco de flerte inofensivo nunca fez mal a ninguém. Além disso, eu precisava lembrar que outros homens além de Dominic podiam ser potenciais pares românticos. Ele não era a última bolacha do pacote. Nem de longe.

O sorriso de Inácio se alargou.

– Bom, aqui tem uma praia secreta...

Flertamos um pouco, sem mencionar a ausência prolongada de Marcelo. Foi leve, sem pressão, e exatamente o que eu precisava. Não estávamos interessados em começar um relacionamento, nem mesmo em ficar, embora eu suspeitasse fortemente de que Inácio não recusaria sexo. Estávamos só *nos divertindo*.

A música mudou de um pop suave para um samba animado. Os outros clientes do bar explodiram em aplausos. Cadeiras e mesas foram afastadas para dar lugar a uma pista de dança, e a preguiçosa animação da tarde transformou-se em devassidão estridente.

Balancei a cabeça quando Inácio estendeu a mão.

– Estou bêbada demais para dançar. Vou passar vergonha.

– Fala sério! Dançar bêbado é a melhor coisa! – Ele apontou ao redor do bar. – Olha pra todo mundo aqui. Você acha que alguém vai te julgar?

Ah, que se dane. Se era para fazer papel de boba, poderia muito bem fazer isso nas férias.

Eu ri quando Inácio me arrastou para a pista de dança e me girou até eu ficar tonta. Não estávamos exatamente sambando, mas não me importei. Eu estava me divertindo demais.

– Ui! – Dei de cara com ele no último giro.

– Cuidado. – Inácio me firmou, sua risada misturando-se à música. – Chega de batidas por hoje.

– Eu não... – Interrompi a frase abruptamente quando vislumbrei um distinto cabelo louro.

No segundo entre meu coração parar e voltar, Dominic abriu caminho entre mim e Inácio e lançou ao outro homem um olhar tão frio que senti arrepios na coluna.

Para seu crédito, Inácio não recuou.

– Ei, cara, qual foi? – Seu tom era amigável, mas sua expressão estava cheia de cautela. – Nós estávamos dançando.

– Não estão mais – disse Dominic, seu tom mortalmente calmo.

Inácio estreitou os olhos.

– Algum problema?

– Não – respondi pelo meu ex-marido. – Dominic já estava de saída. Não é?

Ele não recuou.

A raiva lavou o restante da minha empolgação.

– Se você não deixar a gente em paz agora, eu nunca mais falo com você – falei baixinho.

Foi o primeiro ultimato que dei a ele, e cada palavra foi sincera. Eu normalmente não era tão dramática, mas me recusava a permitir que Dominic aparecesse do nada, feito um rinoceronte ciumento, toda vez que me via com outro homem. Ele havia perdido o direito de expressar *qualquer* opinião sobre minha vida pessoal semanas antes.

Os olhos dele se voltaram para os meus, chocados por um momento, e então com um rápido lampejo de traição e de mágoa.

Eu estaria mentindo se dissesse que a reação dele não me tocou nem um pouco. Apesar de tudo o que acontecera entre nós, eu não queria ativamente feri-lo, mas também não podia deixar que ele passasse por cima de mim.

Minha convicção devia estar evidente em meu rosto, porque, depois do que pareceu uma eternidade, Dominic se virou e foi embora sem dizer uma palavra.

Entretanto, o momento já havia sido arruinado. Não importava quanto eu tentasse rir, dançar e focar em Inácio outra vez, minha mente estava presa ao homem que atraía mais a minha atenção do que deveria. Ele tinha ido embora, mas ainda estava *ali*, seu olhar um peso quente na minha pele, sua presença um buraco negro que atraía cada centímetro de minha consciência para ele.

Eu não aguentei. Fiquei mais uma música antes de dar uma desculpa dizendo que precisava de outra bebida e largar Inácio na pista de dança.

Fui em direção ao bar, onde Dominic estava sentado como um rei examinando seu império. Parei a centímetros de distância dele e apontei um dedo para seu peito.

– Chega.

Ele ergueu as sobrancelhas.

– Eu não fiz nada.

– Você está *aqui*.

– O bar é público, amor. Eu tenho tanto direito de estar aqui quanto você.

– Você sabe o que eu quero dizer. E para de me chamar de amor. – Meu coração ameaçava sair do peito. – Isso não é... Eu não sou...

– Você não é o quê? – A voz de Dominic caiu um decibel.

– Eu não sou mais sua esposa.

Eu não deveria ter bebido tanto. Minha cabeça girava e minhas mãos estavam úmidas de suor.

– Não. – Ele não tirou os olhos dos meus. – Mas ainda é meu amor. Isso não mudou.

Desgraçado. Desgraçado maldito.

Ele sempre dizia a coisa certa... quando se importava o suficiente para isso. Sua confissão depois do jantar de segunda-feira tinha ficado entranhada na minha cabeça durante toda a semana.

É tudo que eu peço. Uma chance para conversarmos e nos conhecermos, do jeito que somos agora.

Eu sabia que não deveria cair nessa, mas às vezes resistir a ele era como ser uma pedra caindo e tentando resistir à força da gravidade.

Meu celular vibrou contra meu quadril. Afastei o olhar do dele, ávida por uma distração, enquanto meu coração batia três vezes mais rápido do que o normal. Acelerou ainda mais quando vi quem estava ligando, mas atendi mesmo assim. Qualquer coisa era melhor do que ficar sozinha com

Dominic. Podíamos estar rodeados de pessoas, mas, quando ele estava presente, não existia mais ninguém.

Me afastei dele e pressionei o celular com força contra a orelha.

– Mãe? Está tudo bem?

A última vez que minha mãe me ligara assim fora porque havia perdido o passaporte e um voo para Nova York depois de uma festança no castelo de algum bilionário na Europa. Ela era a convidada de honra em um grande evento de moda na cidade no dia seguinte, e eu movi o mundo para conseguir um passaporte de emergência *e outro* voo, para que ela pudesse comparecer ao evento. Se não fosse pelo sobrenome Davenport, talvez eu não tivesse conseguido.

– Está tudo ótimo – cantarolou ela. – Na verdade, tenho uma notícia *maravilhosa*, querida. Você está sentada?

A descrença tomou conta de mim quando ela soltou a bomba. Eu não deveria ter ficado surpresa, mas o timing foi surreal, até mesmo para ela.

– *Essa* terça? Você está brincando?

– Por que eu brincaria com uma coisa dessas? É muito importante! Claro, você e o Marcelo *precisam* estar presentes. Vocês são minha família, e família é inegociável.

– Sim, mas…

– Olha, eu tenho que ir. Bernard está me esperando na banheira de hidromassagem. – Ela deu uma risadinha, um som profundamente desconcertante vindo de sua mãe de 57 anos. – Nos vemos em breve! Não se esqueça de beber água e hidratar a pele. Tem que estar bonita para o grande dia.

– Mãe, você não pode…

Um silêncio súbito interrompeu meu protesto. Ela tinha desligado.

– O que foi? – perguntou Dominic quando o encarei novamente.

A testa dele estava franzida; o fim da conversa tinha sido suficiente para indicar que havia algo de errado.

Eu estava atordoada demais para me apegar à raiva que sentia dele antes ou fazer qualquer coisa exceto dizer a verdade.

– Minha mãe vai se casar outra vez. – Ergui os olhos, vendo meu espanto refletido nos olhos dele. – O casamento é daqui a três dias.

CAPÍTULO 22

Alessandra

EM SEU AUGE, FABIANA Ferreira fora conhecida por suas curvas, pelo cabelo louro e ondulado e pela cativante pintinha acima do lábio superior. Ela ganhava quase tanto dinheiro quanto Naomi Campbell, Linda Evangelista e Christy Turlington, a chamada Santíssima Trindade das supermodelos dos anos 1990, e estampou as capas de todas as publicações importantes, desde a *Vogue*, passando pela *Mode de Vie* e até a *Cosmopolitan*.

No entanto, para além de suas conquistas como modelo, era ainda *mais* famosa por sua série de relacionamentos fracassados, incluindo três casamentos (e divórcios) antes dos 40 anos.

Ela estava com quase 60 àquela altura, mas, quando o maquiador deu os últimos retoques em seu rosto, ficou parecendo alguém vinte anos mais jovem. Já haviam se passado 72 horas desde a ligação e lá estava eu, no Rio de Janeiro, ajudando-a a se preparar para seu quarto casamento.

– Obrigada, querida – disse minha mãe quando lhe entreguei uma garrafa de água de coco. – Estou *tão* feliz de esse vestido ter servido em você. A Lorena é um gênio.

Lorena era sua estilista de longa data e melhor amiga.

– Eu também – respondi secamente.

Considerando o prazo apertado, eu teria que me virar mesmo que o vestido não coubesse.

Depois do telefonema de minha mãe, Marcelo e eu corremos para fazer as malas e nos preparar para o casamento. Eu estava tão atordoada que tinha me esquecido das passagens de ônibus, até que Dominic entrou na jogada e se ofereceu para nos reservar um motorista particular. Seu jatinho estava no Rio, e era mais fácil ir de Búzios até lá pela estrada do que de avião.

Em qualquer outra circunstância, eu teria recusado, mas já tinha bastante coisa na cabeça para me estressar com passagens e possíveis atrasos. Aceitei, o que significava que ele estava presente na festa, já que teria sido grosseiro *não* o convidar depois de ele nos fazer um favor, mas eu pensaria naquilo mais tarde.

Naquele momento, estava mais preocupada com o iminente casamento de minha mãe com alguém de quem nunca tinha ouvido falar até três dias antes.

– Como você e Bernard se conheceram?

Em meio às provas de roupas, sessões de fotos e degustações de bolos de última hora, não tivéramos a oportunidade de falar sobre o relacionamento dela até então.

Aparentemente, Bernard era um figurão do setor de telecomunicações, o que explicava como ele tinha dinheiro e recursos para organizar um casamento de luxo com menos de uma semana de antecedência. De acordo com mamãe, ele havia feito o pedido de casamento um dia antes de ela me ligar.

– Em uma boutique na Avenue Montaigne. Não é simplesmente perfeito? – Minha mãe suspirou. – Eu estava comprando um novo par de sapatos e ele estava comprando joias para dar de aniversário à mãe. Foi amor à primeira vista. Ele me convidou para jantar naquela noite... fomos a um restaurante com um foie gras *fabuloso*... e o resto, como dizem, é história.

Comprando joias de presente para a mãe? Aham. Apostava que as joias eram para a namorada da época, mas fiquei calada. Fazia tempo que eu havia aprendido que não adiantava discutir com minha mãe quando se tratava de sua vida amorosa.

– E quando esse encontro tão lindo e perfeito aconteceu? – perguntei.

– Durante a Semana de Moda de Paris. – Minha mãe examinou seu reflexo no espelho com olhar crítico. – Precisa de mais pó aqui, aqui e aqui. – Ela apontou para alguns pontos perfeitos em seu rosto. – Não quero parecer uma casquinha de sorvete derretendo nas fotos.

A maquiadora obedeceu, mesmo a base já estando perfeita. Minha mente se deteve em "Semana de Moda de Paris".

– A de setembro agora? – Olhei para ela. – Você não acha que é... – *To-*

lice. Idiotice. Maluquice. – Imprudente se casar com um homem que você conhece há *dois meses*?

– A gente sabe quando é para ser. Não dá para definir um cronograma para o amor – completou ela, afofando o cabelo. – Você e o Dominic, por exemplo. Vocês se casaram um ano depois de se conhecerem.

Senti um aperto no peito com a lembrança.

– Tem uma diferença entre dois meses e um ano. Além disso, não estamos mais casados.

A maioria das pessoas teria tato suficiente para não mencionar o casamento de alguém logo após o divórcio, mas minha mãe e "tato" eram, na melhor das hipóteses, conhecidos distantes. Não era por maldade, apenas por falta de noção, o que, de alguma maneira, era pior.

– É, não estão. Uma pena. Não existem muitos outros homens tão ricos e bonitos quanto ele.

Minha mãe franziu os lábios. Ela nunca tinha dado muito crédito a Dominic até ele ganhar seu primeiro milhão. Ela amoleceu um pouco mais depois dos primeiros cem milhões e o aceitou completamente quando ele atingiu seu primeiro bilhão, com apenas 26 anos.

– Mas ele não veio com você hoje? As coisas não devem estar tão ruins assim, se você o trouxe junto.

-- Mãe, nós nos divorciamos. Não dá pra ficar pior do que isso.

– Então por que ele está aqui?

– Porque ele deu um jeito de trazer eu e Marcelo para cá *em cima da hora* – respondi, lançando a ela um olhar ostensivo.

Ela me ignorou e me encarou de um jeito sabido incomum.

– Alessandra, querida. Um bom presente teria sido um agradecimento perfeitamente aceitável. Você não precisava tê-lo convidado para o casamento.

Olhei para a variedade de cremes e batons sobre a mesa.

Pela primeira vez, ela estava certa. A presença de Dominic em um evento familiar tão íntimo tinha sido uma das piores ideias na história das más ideias, mas eu não suportava a sensação de comparecer ao casamento sozinha. Eu tinha Marcelo, mas ele estava ocupado bancando o padrinho e sondando nosso futuro padrasto. Ele não era tão resignado quanto eu com as terríveis escolhas de nossa mãe em relação aos homens.

A perspectiva de assistir a mais um casamento de Fabiana Ferreira sozinha havia acabado com a irritação que eu sentira por conta do ciúme e da teimosa persistência de Dominic. Ele era uma das poucas pessoas que entendia meu complicado relacionamento com minha mãe, e, apesar do que havia acontecido entre nós dois, meu primeiro instinto foi recorrer a ele em busca de conforto.

A cerimônia começaria dali a uma hora. Discutir com minha mãe era como discutir com uma criança – tive que confiscar o cantil que ela carregava escondido, acalmá-la durante um acesso de raiva, depois que a pobre maquiadora finalmente bateu o pé sobre mudar seu contorno, e enchê-la de elogios e palavras de afirmação enquanto a tirava da frente do espelho –, mas no final consegui que ela chegasse inteira ao altar.

Felizmente, ao contrário de seus dois primeiros casamentos luxuosos (o terceiro fora depois de uma bebedeira em uma capela em Las Vegas, onde a cerimônia fora celebrada por um Elvis), aquele foi relativamente curto e discreto. Havia cerca de trinta convidados presentes, o que foi bastante, considerando o convite de última hora. Além de Lorena, reconheci Ayana, uma supermodelo pupila de minha mãe, Lilah Amiri, uma estilista famosa, e meia dúzia de editores de revistas.

Dominic estava sentado junto aos convidados da noiva, com uma expressão solene e vestindo um lindo terno preto. O calor de seu olhar aqueceu minha pele quando passei por ele carregando um buquê de copos-de-leite.

Eu era a única dama de honra da minha mãe daquela vez, mas a entrada, as flores e a música traziam lembranças de outro casamento, ocorrido muito tempo antes.

As portas da capela se abriram. A "Marcha Nupcial" de Wagner soou e eu senti um frio na barriga.

Era o dia do meu casamento.

Eu, Alessandra Ferreira. Estava me casando.

Não conseguia internalizar aquilo. Quando era criança, de vez em quando fantasiava com meu príncipe encantado, e, já mais velha, passava tempos olhando fotos de belos vestidos de noiva que apareciam para mim no Pinterest, mas nunca havia imaginado que me casaria tão jovem. Eu tinha apenas

23 anos, havia acabado de me formar e tentava navegar aquele mundo pós--formatura. O que eu sabia sobre casamento?

A saia do meu vestido de cetim branco farfalhava a cada passo. Foi uma cerimônia simples, com uns cinquenta convidados presentes, para grande desgosto de minha mãe, mas nem Dominic nem eu quisemos nada extravagante.

Dominic. Ele estava no altar, as mãos cruzadas na frente do corpo e a postura ereta.

Paletó branco. Calça preta. Uma flor presa à lapela.

Devastador.

E quando seu olhar encontrou o meu, e não se desviou mais, meu nervosismo foi embora como folhas de outono ao vento. Ele estava visivelmente tenso, mas seu rosto irradiava tanto amor que eu podia sentir as ondas quentes me envolvendo do outro lado do salão.

As pessoas olhavam para ele e só viam as arestas afiadas e seu jeito frio. Passavam horas se perguntando por que a filha de uma supermodelo famosa estava namorando um "qualquer", e fofocavam sobre nos casarmos tão jovens, tão cedo e tão depressa.

Eu não me importava. Podiam falar o quanto quisessem; eu não precisava da validação delas nem de mais tempo para saber que ele era o homem certo.

– Perfeita – sussurrou Dominic quando cheguei ao altar.

Dei um sorriso tímido, meu peito cheio a ponto de explodir. Havia poucas certezas na vida, mas naquele momento eu soube que era a garota mais sortuda do mundo.

Parei no altar. Não conseguia respirar por causa do nó alojado em minha garganta, e foi preciso toda a minha força de vontade para afastar as memórias de volta para a caixa trancada que era o lugar delas.

Não olhe para ele.

Se eu olhasse, desabaria, e a última coisa de que precisava era passar vergonha no casamento da minha mãe.

Eu estava tão focada em não chorar que mal prestei atenção na cerimônia. Meu Deus, aquilo era uma péssima ideia. O que me fizera pensar que seria capaz de passar por aquilo logo depois de me divorciar?

Não olhe para ele. Não olhe para ele. Não. Olhe. Para. Ele. Eu teria sido uma péssima filha se tivesse faltado ao evento, mas deveria ter insistido em comparecer como uma mera convidada. Já havia feito o papel de dama de honra muitas vezes, e o casamento era tão discreto que minha mãe não precisava que ninguém ficasse ali segurando um buquê de copos-de-leite enquanto ela recitava seus votos em inglês e em português.

A cadência familiar das palavras quebrou o cadeado. As memórias escaparam novamente, inundando meu cérebro com ecos dos meus próprios votos a Dominic.

– Prometo te apoiar, te inspirar e, acima de tudo, te amar sempre; na alegria e na tristeza, na saúde e na doença, na riqueza e na pobreza. Você é meu único amor, hoje, amanhã e para sempre.

Eu nunca havia quebrado o último voto. Nem quando saí de casa, nem quando dei entrada no divórcio, nem quando o afastei. Havia prometido amar Dominic para sempre e ainda amava, mesmo quando não deveria.

Uma lágrima escorreu pela minha bochecha. Sequei, mas na pressa cometi o maior erro do dia.

Olhei para ele.

E, depois disso, não consegui mais desviar o olhar.

CAPÍTULO 23

Dominic

EU ESTAVA NO BRASIL, cercado de modelos de todas as gerações, mas só havia uma pessoa de quem eu não conseguia tirar os olhos.

Alessandra estava no altar, resplandecente em um vestido laranja-claro que a fazia brilhar, apesar do céu nublado. Mechas de cabelo emolduravam seu rosto e um delicado brilho dourado cintilava em seu pescoço.

Se eu fosse a noiva, jamais a deixaria entrar na minha festa de casamento, porque ela ofuscava todos ao seu redor. Toda vez, um milhão de vezes.

Laranja em vez de branco. Rio de Janeiro em vez de Washington. Dama de honra em vez de noiva.

Não era o nosso casamento, mas vê-la lá na frente, tão linda a ponto de eu não conseguir acreditar que fosse real... me remeteu a uma lembrança insuportável do que eu já possuíra.

E do que eu perdera.

– *Prometo ser seu melhor amigo, seu confidente e seu parceiro em todas as coisas, grandes e pequenas. Você jamais enfrentará o mundo sozinha, porque estarei ao seu lado, sempre e para sempre.*

Eu tinha sido sincero nos meus votos. Ainda estava sendo. Mas era impossível substituir atitudes por intenções e, em algum momento ao longo do caminho, confundi as duas coisas.

Amar alguém não era suficiente se eu não demonstrasse. Ser grato não era suficiente se eu não expressasse.

Eu estava tão acostumado com o apoio inquestionável de Alessandra que não havia percebido como era custoso para ela ser a âncora emocional do nosso relacionamento. Ela era forte, mas mesmo os mais fortes precisavam de um apoio. Eu havia prometido ser esse alguém e quebrara a promessa mais vezes do que era capaz de contar.

Senti um aperto no peito.

Alessandra olhava para a frente enquanto sua mãe subia o corredor e a verdadeira cerimônia começava. Pela tensão em seu rosto e pela força com que segurava as flores, dava para ver que ela estava contendo as lágrimas.

Eu não conhecia mais cada parte dela, mas conhecia intimamente as partes que tinham sido reveladas para mim. As lágrimas não eram pela mãe: eram por nós dois.

O aperto ficou mais intenso. Mesmo que ela me odiasse com a potência de mil sóis, jamais se compararia a quanto eu me odiava naquele momento.

Uma gota cristalina serpenteou pela bochecha dela, que rapidamente a secou, mas nossos olhares colidiram quando ela ergueu os olhos novamente. Eles brilhavam, repletos de dor, e, se eu não estivesse sentado, o impacto teria me derrubado no chão.

Eu havia passado a vida inteira construindo um império, mas, naquele momento, ficaria feliz em destruir a porra toda se isso fosse fazê-la sorrir em vez de chorar.

Passado e presente se confundiram enquanto nos olhávamos, presos na teia de mil lembranças e arrependimentos. O zumbido voltou aos meus ouvidos, abafando o restante da cerimônia. Só quando os outros convidados se levantaram e partiram para o salão da recepção foi que percebi que o casamento havia acabado.

Os olhos de Alessandra permaneceram nos meus por um último segundo antes de ela desviar o rosto. Foi um pequeno movimento, mas foi como se, de um jeito irracional, eu a estivesse perdendo outra vez.

Engoli em seco os cacos afiados na minha garganta.

Felizmente, o casamento era intimista, então foi fácil encontrá-la no meio da multidão depois que ela terminou suas obrigações de dama de honra. Estava na metade do caminho até ela quando Marcelo me interceptou.

– Ei! A gente pode conversar?

Uma desconfiança brotou em meu peito. Ele tinha sido bastante amigável em Búzios, apesar do divórcio, mas parecia estranhamente hesitante enquanto me levava para o canto mais silencioso do salão.

– Não sei o que você está pensando em fazer, mas não faça. – Marcelo foi direto ao assunto. – Não hoje.

Ergui as sobrancelhas.

– O que exatamente você acha que estou planejando fazer?

– Não faço ideia, mas sei que tem a ver com Alessandra. – Ele apontou com a cabeça para a irmã, que conversava com uma modelo que eu reconhecia vagamente dos outdoors da Times Square. – Não é a hora, Dom. Você sabe quanto a mamãe deixa ela estressada. Ela não precisa que você piore a situação.

– Eu só quero falar com ela. Não vou magoá-la.

– Mais do que já magoou, você quer dizer?

Eu me retraí. Aquilo não deveria ter doído tanto, considerando que era a verdade, mas foi precisamente por isso que as palavras dele machucaram. Eu não tinha como me defender.

Marcelo suspirou e passou a mão pelo rosto.

– Olha, eu gosto de você. Você sempre foi um bom cunhado e fez muita coisa por mim ao longo dos anos, mas a Ale é minha irmã. Eu sempre vou ficar do lado dela.

Disfarcei o incômodo ao ouvir a palavra *foi*. Jamais imaginei que haveria um dia em que um simples pretérito fosse me afetar, mas os últimos dois meses tinham sido reveladores em mais de um aspecto.

– Eu deveria ter mantido distância em Búzios. Eu fui muito... – Marcelo balançou a cabeça. – Porra, sei lá. Fomos praticamente irmãos por dez anos, e é difícil ignorar isso. Eu quero que vocês dois sejam felizes e achei que, se resolvessem seus problemas, todo mundo sairia ganhando.

– Isso ainda é possível.

Fechei a mão ao redor do isqueiro. Era a única coisa que me restava de Alessandra que eu podia segurar, e a compulsão de verificar se ele estava no bolso a cada dois minutos estava se tornando insuportável.

– Não – disse Marcelo suavemente. – Eu vi a cara dela durante a cerimônia, quando olhou para você. Você partiu o coração dela, Dominic. Seria preciso muito mais do que uma viagem ao Brasil para consertar isso.

As palavras de Marcelo ecoaram na minha mente durante a festa toda.

Ele estava certo. Tirar uma folga do trabalho e vir para o Brasil era uma gota no oceano de coisas que eu precisava fazer para conseguir o perdão de Alessandra, mas era difícil fazer qualquer avanço quando ela continuava a se afastar.

Depois que Marcelo se retirou para verificar o bufê, fui até Alessandra, perto do bar, onde ela observava a mãe e o novo padrasto dançarem, parecendo tanto exausta quanto alegre.

– Será que ela dá sorte na quarta tentativa? – Eu me aproximei dela, meus sentidos ganhando vida com o cheiro de lírios e chuva.

– Nossa, espero que sim. Acho que não consigo ir a mais nenhum casamento da minha mãe sem dar um sacolejo nela. – Alessandra olhou para a superfície cremosa de seu pisco sour de maracujá. – Eu não tive a chance de dizer antes, mas obrigada mais uma vez por cuidar da viagem pra cá. De verdade.

– Disponha.

Ficamos em silêncio. Eu geralmente evitava festas, a menos que fossem úteis para networking. Muita gente, muito barulho, pouca inibição. Eram um grande excesso de informação, mas sempre mais toleráveis quando Alessandra estava ao meu lado. Ela foi a única razão pela qual eu resisti a tantos eventos sociais ao longo dos anos.

– É melhor eu...

– Você quer...

Falamos ao mesmo tempo. Fiz um gesto para ela falar primeiro.

– É melhor eu ir ver como anda a comida – disse Alessandra. – O bolo é, hã, delicado.

– Seu irmão já está fazendo isso.

– Então eu vou repassar o setlist com o DJ. É difícil equilibrar uma mistura de música brasileira e americana. Não quero que ninguém se sinta...

– Ale – chamei, baixinho. – Se você quiser que eu vá embora, eu vou. Não precisa inventar desculpas para me evitar.

Ela sempre teve uma relação difícil com a mãe, que dava mais atenção à fila rápida de namorados e maridos do que aos filhos. Fabiana deveria ser a pessoa a zelar por Alessandra, mas, sempre que estavam juntas, Alessandra voltava ao papel de cuidadora. Mesmo naquele momento, eu podia vê-la calculando mentalmente quanto tempo levaria até ter que cortar o álcool de Fabiana, para que a mãe não passasse vergonha em seu próprio casamento.

Alessandra tinha bastante coisa com que se preocupar sem eu piorar a situação. Ela mexeu no copo sem olhar para mim.

Hesitei, um pequeno grão de esperança nascendo em meu estômago.

– Você quer que eu vá embora?

Uma eternidade se passou até ela fazer que não com a cabeça, de leve.

Eu não era ingênuo de achar que ela me queria ali porque estava pronta para uma reconciliação. Além de Marcelo, eu era a única pessoa na festa que entendia seu receio em relação à mãe, e que estava ali por *ela*, não por Fabiana.

Não importava. Ela poderia me pedir para ficar e limpar a porra do chão, e eu obedeceria.

– Vamos. – Estendi a mão. – A festa vai acabar em breve. Você não pode sair sem pelo menos uma dança.

Para minha surpresa, Alessandra não discutiu. Pousou o copo no balcão e me deu a mão.

Eu a guiei até a pista de dança, onde botei a mão livre em seu quadril enquanto nos movíamos ao som da música. Meu coração batia acelerado de nervosismo.

Não estrague tudo.

– Você se lembra do que aconteceu na nossa festa? – murmurei. – Alguém invadiu a cabine do DJ...

– E começou a tocar rap dos anos 1990 durante a nossa primeira dança – completou Alessandra, e soltou uma risadinha. – Eu nunca vi você tão apavorado.

– Tenho talento para muitas coisas, mas infelizmente freestyle não é uma delas.

Nosso DJ havia retomado o controle depressa, e nunca descobrimos quem foi o responsável pela surpresa musical. No entanto, era uma boa história, e eu jamais esqueceria como Alessandra pareceu disposta a entrar na brincadeira. Se eu já não a amasse mais do que poderia imaginar, teria ficado louco por ela naquele momento.

– Se eu pudesse voltar dez anos no tempo, faria muitas coisas de maneira diferente – comentei. – Incluindo reforçar a segurança do DJ.

E amar você do jeito que você merece.

A parte do DJ foi uma piada, mas todo o restante, não. Apesar dos bilhões em minhas contas bancárias, era impossível comprar a única coisa que queria.

Uma segunda chance com ela.

– Se você pudesse… – Alessandra me deu um sorriso triste. – Mas não dá para viver do passado.

– Não. Não dá. – Minha garganta se contraiu. Minha pulsação acelerou. – E se a gente saísse?

Ela suspirou.

– Dom…

– Nós nunca tivemos um encontro de verdade no Brasil. Toda vez que viemos visitar, passamos o tempo todo com a sua família.

– Isso não é motivo suficiente.

– Eu não preciso de um motivo para estar com você, *amor*. Mas vou te dar dez mil motivos se for para você aceitar.

Ela engoliu em seco.

– Você sempre sabe o que dizer.

– Nem sempre. – Eu queria saber. Queria ter dito mil coisas e feito mil perguntas em vez de mal ter prestado atenção. – Eu não espero que você volte para mim de uma vez nem mesmo que a gente tenha um segundo encontro. Só quero passar um tempo com você enquanto me permitir.

Alessandra continuou em silêncio.

– Não vai compensar as noites que não tivemos nem os encontros que perdi, mas eu… – Uma mistura de frustração e tristeza marcou minhas palavras. – Eu sinto muito mesmo. Por tudo.

A eloquência havia me abandonado, mas, tirando as firulas, aquelas eram as únicas palavras que me restavam. Cada grama de arrependimento, vergonha e culpa destilado em duas únicas palavras.

Sinto muito.

A música terminou. Tínhamos parado de dançar havia muito tempo, mas permanecemos fincados ali enquanto meu coração batia dolorosamente.

– Um encontro – disse Alessandra, por fim. Meu choque de alívio foi interrompido um segundo depois, quando ela acrescentou: – Mas é só isso. Não significa que estamos juntos, e estou livre para sair com outras pessoas. Se isso acontecer, você não pode me seguir, ameaçar os caras nem fazer mais nada que possa estragar o meu programa.

Todos os meus músculos se contraíram ao pensar nela saindo com outra pessoa, mas lutei contra a reação visceral. Era esperto o suficiente para reconhecer um teste e uma punição, e estava desesperado o suficiente para aceitá-los.

Abaixei a cabeça em concordância antes que ela acabasse voltando atrás em sua concessão. *Um encontro.* Eu me contentaria com aquilo.

– Combinado.

CAPÍTULO 24

Alessandra

- VOCÊ O *QUÊ*? – Sloane encheu minha tela com seu ar de reprovação. – Por que aceitou sair com seu ex-marido? Você está drogada? Preciso ir até aí para uma intervenção?

– Não é tão ruim quanto parece. Eu disse a ele que é só *um* encontro, e que isso não significa que estamos juntos. Ou seja, podemos sair com outras pessoas.

– E você está saindo com outras pessoas?

– Ainda não – admiti. – Mas vou fazer isso quando voltar para Nova York.

Já haviam se passado dois dias desde o casamento de minha mãe, e eu estava atualizando minhas amigas de tudo que acontecera na semana anterior. Minha mãe havia partido um dia antes em lua de mel, e Marcelo retornara para São Paulo naquela manhã, porque não podia mais faltar ao trabalho (ele só tinha conseguido mais um dia de folga por conta do casamento), o que significava que eu estava sozinha no apartamento da minha família no Rio.

Ainda não tinha decidido quando voltaria para Nova York. Já estávamos na segunda metade de dezembro, então era melhor ficar por lá para o Ano--Novo. Segundo Isabella, tudo caminhava bem com a loja física, e minha loja on-line ainda estava parada. Eu não *precisava* estar em Nova York.

– Você vai sair com alguém de quem se divorciou há dois meses – disse Vivian gentilmente. – Estamos só preocupadas de que você esteja…

– Voltando atrás – completou Isabella. – Um cara rico e gostoso indo até o Brasil para te reconquistar? Não te culpo por acabar cedendo, mas isso não resolve os principais problemas entre vocês. Concorda?

– Sim, e não estou cedendo. – Minha resposta soou como uma meia verdade. – Eu conheço o Dominic. Ele não vai desistir até conseguir o que quer. Assim, eu vou a um encontro com ele e encerro o assunto.

Fiz parecer muito mais simples do que era, mas Dominic era orgulhoso demais para ficar implorando atenção enquanto eu saía com outros caras. Eu dava no máximo um mês até ele desistir.

– Talvez. – Isabella não parecia convencida. – Espero que você saiba o que está fazendo, querida. A gente não quer que você se machuque outra vez.

– Pode deixar. Prometo que vai dar tudo certo.

Uma batida interrompeu nossa ligação. Não havia comida na geladeira, então eu tinha pedido café da manhã.

Prometi às minhas amigas que as atualizaria sobre a situação de Dominic e desliguei. Cruzei a sala e abri a porta, esperando encontrar o entregador com meu açaí.

Em vez disso, ombros largos e músculos definidos ornavam a porta. Meus olhos percorreram o algodão branco e a pele bronzeada de seu pescoço, para em seguida encontrarem um par de olhos azul-escuros.

– Já comeu? – perguntou Dominic, antes que eu pudesse questionar o que ele estava fazendo no apartamento da minha mãe às nove da manhã.

– Meu café da manhã está a caminho.

– Deixa eu adivinhar. Açaí do Mimi Sucos?

Cruzei os braços.

– Talvez.

Eu não era *tão* previsível assim. Ou era?

– Cancela – disse ele, com tanta autoconfiança que quase abri o aplicativo de entrega imediatamente. – Vamos a um lugar melhor.

– Onde?

O Mimi Sucos tinha o melhor açaí da cidade.

Uma pitada de malícia apareceu no rosto dele, e meu coração acelerou com uma expectativa relutante.

– Você vai ver.

Eu esperava que Dominic me levasse a algum local chique para um brunch, ou a uma bela praia para um piquenique particular... e ele me levou.

Em Florianópolis.

Localizada a uma hora e meia de avião a sul do Rio, Floripa (como era chamada pelos locais) era uma meca de enseadas escondidas, praias deslumbrantes e trilhas exuberantes para caminhadas. Metade da cidade ficava no continente, metade numa ilha, e era meu lugar preferido no Brasil, junto com a Bahia.

O jatinho de Dominic pousou duas horas depois de ele aparecer na minha porta. Um carro particular nos buscou na pista e nos levou até o resort mais luxuoso da cidade.

– Bem melhor que o Mimi, né? – disse ele enquanto dois garçons preparavam um verdadeiro banquete na mesa.

Nós nos sentamos na varanda da suíte presidencial com vista para o mar. Os banhistas pontilhavam a areia branca como formigas, e o vento carregava o ruído fraco das ondas e das risadas em nossa direção.

– Você é inacreditável.

Balancei a cabeça enquanto meu estômago roncava com o cheiro de ovos mexidos frescos e pães saídos do forno. Havia feito um lanche no avião, mas nada como uma cesta de pães de queijo para induzir uma garota a se afundar em carboidratos.

– Não precisava de tudo isso. Um simples brunch no Rio teria sido suficiente.

– Não para o nosso primeiro encontro.

Uma leve brisa passou, bagunçando o cabelo de Dominic. Ele pegara um bronzeado depois de chegar ao Brasil, e parecia descontraído e casual de camiseta branca e short.

– Você merece o melhor – disse ele simplesmente.

A tentação lutou contra a autopreservação. Eu deveria permanecer na defensiva, mas era difícil quando estava cercada pelas coisas que amava.

Comida. Mar. Sol. *Dominic.*

Afastei o último pensamento enquanto pegava um pão de queijo e o partia ao meio. *Lembre-se. Não vá ceder*, avisei ao frio em minha barriga. Eu aproveitaria a comida gratuita, a viagem gratuita, e iria embora. Ponto final.

– Era Florianópolis ou Bahia, mas fazia mais tempo que você não vinha aqui. – Dominic agradeceu aos garçons, que recuaram e fecharam as portas da varanda discretamente. – Então aqui estamos nós. Podemos transformar isso aqui em um fim de semana prolongado.

Afoguei o nervosismo com um gole de suco de laranja e mudei de assunto.

– Você não precisa voltar para Nova York? Faz tempo que está afastado.

Exceto pelas reuniões com clientes, Dominic podia trabalhar remotamente, mas ele gostava de saber exatamente o que estava acontecendo em sua empresa. A Davenport Capital era o seu reino, e ele o governava com mão de ferro. Eu duvidava muito que ele deixaria tudo a cargo de outras pessoas por tanto tempo.

– Estou acompanhando tudo daqui – disse ele, confirmando o que eu já imaginava.

– Entendi.

Comemos em silêncio por um tempo. Era um silêncio hesitante, do tipo que brotava da incerteza, não do desconforto. Como eu deveria agir durante o primeiro encontro com alguém com quem tinha passado dez anos casada?

Falar sobre o tempo era mundano demais; falar sobre qualquer outra coisa era perigoso demais. Cada vez que abria a boca para puxar conversa, algo sobre o assunto me lembrava de *nós*.

As trilhas em Florianópolis me lembraram da época em que fizemos caminhadas pelo interior do estado de Nova York.

O último blockbuster de ação me lembrou de nossas maratonas de *Velozes e Furiosos* regadas a pipoca, no começo do nosso relacionamento.

Os stories de minha mãe no Instagram, com imagens de sua lua de mel em Fiji, me lembraram da *nossa* lua de mel na Jamaica. Não podíamos pagar nada muito caro naquela época, então alugamos um chalé aconchegante e semiacabado à beira-mar, e passamos a semana nadando, comendo e transando. Foi uma das melhores semanas da minha vida.

Uma nostalgia dolorosa invadiu meu coração. Eu dissera a Dominic que não adiantava viver do passado, mas daria qualquer coisa para voltar no tempo e poder saborear novamente nossos dias felizes, segundo a segundo. Essa era a ironia da vida. As pessoas sempre relembravam os bons e velhos tempos, mas nunca apreciavam viver *aquele* momento até ele já ter passado.

– Encontrei com meu irmão recentemente – disse Dominic, a voz baixa.

Levantei a cabeça diante da mudança abrupta e inesperada em seu tom.

Ele teve muitos companheiros em lares adotivos, durante a infância, mas só havia um a quem se referia como irmão.

– Roman?

Dominic raramente falava sobre sua família. Eu sabia que seu pai havia falecido, que sua mãe o abandonara quando ele era bebê e que ele tinha odiado todos os lares adotivos em que fora colocado. Já havia mencionado que ele e Roman tinham sido próximos, antes de o irmão ir parar em um reformatório por conta de um incêndio criminoso, mas isso era tudo.

– Sim. Eu esbarrei com ele naquele bar, depois que você saiu do banheiro... – Minhas bochechas esquentaram com a lembrança do que tínhamos feito no tal banheiro. – E ele estava na inauguração do Le Boudoir.

Meu coração palpitou de surpresa. Eu conhecia praticamente todo mundo no Le Boudoir. A única pessoa que nunca tinha visto...

Uma imagem de olhos verdes frios e pele clara surgiu na minha mente.

– O cara que esbarrou em mim. – Gelei quando me dei conta. Eu o havia tirado da cabeça, mas poucas pessoas me desconcertaram tão rápida e completamente quanto ele. – *Aquele* era o Roman?

Com base nas descrições anteriores feitas por Dominic, eu imaginava um garoto esguio, com cabelo curto e expressão taciturna, e não um sujeito com cara de assassino de aluguel. Por outro lado, Dom não via o irmão desde que os dois eram adolescentes. Claro que Roman estava diferente.

Dominic deu um breve aceno de cabeça. Depois resumiu as interações que tiveram desde que se encontraram, o que não foi muita coisa.

– Desde o jantar eu não vejo nem ouço falar do Roman. Coloquei uma pessoa na cola dele, mas ainda não descobriram nada.

– Talvez ele tenha terminado o que foi fazer em Nova York e ido embora.

– Ele não saiu da cidade – disse Dominic categoricamente. – Se tivesse saído, não seria tão difícil de rastrear.

Verdade. Se alguém com o dinheiro e os recursos de Dominic não estava conseguindo encontrá-lo... Uma pontada de desconforto percorreu meu estômago.

– Ele não faria mal a você, né? Vocês eram próximos.

– Exatamente. *Éramos*. Acho que ele nunca me perdoou por não ter sido seu álibi quando ele foi preso. – Uma sombra cruzou o rosto de Dominic. – Eu procurei por ele algumas vezes ao longo dos anos, mas ele sumiu. Achei que tinha morrido.

Percebi uma leve culpa em seu tom.

Dominic não tinha muitos amigos próximos, mas era leal àqueles que eram leais a ele. Em uma ocasião, havia mencionado que por diversas vezes Roman tinha assumido a culpa em seu lugar quando eles eram jovens. Certa vez, Dominic roubou dinheiro de sua mãe adotiva para comprar uma passagem de ônibus para visitar uma universidade. Roman o acobertou e disse que pegou o dinheiro para um encontro. Em retaliação, a mãe adotiva bateu nele com um cinto com tanta força que ele passou dias sem conseguir dormir de barriga para cima.

Dominic nunca dissera isso, mas eu sabia que ele lamentava a maneira como as coisas com Roman haviam terminado.

– Você quer voltar a ter contato com ele? – perguntei gentilmente. – Já faz muito tempo desde que vocês foram irmãos. Não são mais as mesmas pessoas.

– Eu não confio nele – disse Dominic, fugindo de uma resposta direta. – Eu quero saber o que ele está fazendo em Nova York e o que aprontou desde que saiu do reformatório. Só isso.

Tive a sensação de que Dominic não estava me contando tudo. Ele tinha muitos problemas não resolvidos com o irmão, mas mesmo que ainda estivéssemos casados não cabia a mim ajudá-lo a curar essa parte de seu passado. Alguns percursos deviam ser feitos por conta própria.

Uma gargalhada ecoou de outra sacada e dissipou o ar taciturno da declaração de Dominic.

Ele passou a mão pelo rosto com uma risada triste.

– Desculpa. Essa não foi a conversa que eu planejei para o nosso primeiro encontro, mas você perguntou sobre Nova York e... – Ele engoliu em seco. – Você é a única pessoa com quem eu consigo conversar sobre essas coisas.

– Eu sei – respondi baixinho. – Não precisa se desculpar.

Aquele era o Dominic de que eu sentia falta. O que se abria e *falava* comigo, em vez de se esconder atrás de máscaras e dinheiro. Ele tinha medo de que as pessoas se afastassem se vissem o que havia por trás da cortina, mas as partes escondidas eram o que o tornava humano. Alguns queriam o mito e a lenda Dominic Davenport; eu queria o homem.

Queria. No passado, uma voz severa me lembrou. *Não se esqueça de que este não é um encontro de verdade.*

Eu não esqueci. Mas também não era coincidência que, em um dia repleto de jatinhos particulares, refeições e suítes luxuosas, minha parte favorita tivesse sido uma simples conversa sobre a família de Dominic.

A opulência não me fez baixar a guarda, mas a vulnerabilidade enfraqueceu minhas defesas até que uma pequena parte delas desmoronou.

CAPÍTULO 25

Alessandra

DOMINIC E EU PASSAMOS nosso primeiro dia em Floripa de preguiça pelo resort. Ele havia pedido que alguém me arrumasse roupas e maquiagem novas, já que eu não tinha feito as malas para passar a noite, e reservado uma suíte com dois quartos para o caso de eu não querer ficar na mesma cama que ele. Achei suficiente ficar em um quarto separado, até porque a suíte presidencial era tão grande que eu não o veria a menos que quisesse.

Eu esperava um itinerário completo de atividades durante a nossa estadia, mas ele me deixou surpreendentemente à vontade em relação ao que fazer. Além das refeições, que fazíamos juntos, ele mantinha uma distância respeitosa – até demais. Quando chegou a manhã seguinte, senti como se estivesse em uma viagem de trabalho com um colega, em vez de em um encontro.

– Isso não é bom? – perguntou Isabella. Eu havia ligado para ela para saber da loja, já que não tivéramos a oportunidade de falar de negócios durante a chamada em grupo do dia anterior. – Você pode se deitar à beira da piscina, ir para casa e dar o assunto por encerrado. Era isso que você queria.

– Talvez. Não é comum ele ser tão passivo.

Por que Dominic me levaria para outra cidade só para me deixar sozinha?

– Sei lá. As pessoas mudam. De qualquer maneira, divirta-se e não pense muito em trabalho, tá? – disse Isabella. – A Sloane está com a festa de inauguração sob controle e eu estou amando o barulho da obra enquanto escrevo. – Ela era a única pessoa que eu conhecia que diria isso de maneira sincera. Isabella prosperava no caos. – Eu não quero ouvir um pio seu esse fim de semana. Qualquer emergência, eu te ligo.

Dei risada.

– Está bem. Obrigada mais uma vez, Isa.

Tive sorte quando conheci Vivian, que me apresentou a Sloane e Isabella. Havia perdido contato com minhas amigas de faculdade anos antes e, embora tivesse conhecidos em Nova York, nunca me sentira parte de um grupo até que Vivian me pôs debaixo de sua asa.

Happy hours, compras, noites das garotas… Nossa amizade me fez perceber quanto eu havia perdido durante o casamento, não apenas em termos de confidentes próximos, mas também nas pequenas coisas que faziam parte de uma vida normal e saudável.

Abandonar meus objetivos em favor dos de outra pessoa não era saudável. Substituir meus hobbies por compromissos sociais, porque eram melhores para os negócios do meu marido, não era saudável. Assumir o papel de coadjuvante em vez de um papel principal no que deveria ter sido uma parceria igualitária não era saudável.

Dominic tinha seus defeitos, mas eu também poderia ter agido de outra forma. Eu deveria ter me defendido e defendido o que queria muito antes. Quando eu era mais jovem, achava que o amor era suficiente para dar conta de qualquer problema, mas crescer significava reconhecer a importância de amar a si mesmo tanto quanto a outra pessoa.

Desliguei e coloquei um vestido de verão antes de entrar na sala da suíte. A luz do sol se derramava através das janelas e encharcava o chão de carvalho claro com tons dourados. Meu estômago roncou de fome, mas eu não conseguia decidir se pedia serviço de quarto ou se esperava por Dominic.

Virei à esquerda em direção ao quarto dele. Levantei a mão para bater, mas a voz dele ecoou pela porta antes que eu o chamasse.

– … não tenho como voltar pra Nova York esse fim de semana. – Seu timbre grave provocou um arrepio de prazer nas minhas costas. – Não me importa. Fala pro Grossman que ele vai ter que esperar.

Uma pequena pausa. Eu não conseguia vê-lo, mas podia imaginar a irritação estampada em seu rosto.

– É para isso que eu pago você. Resolva o problema, Caroline, porque eu não vou embora do Brasil sem a Alessandra.

A menção do meu nome abriu um buraco em meu estômago. Eu sabia que Dominic estava abrindo mão de muitas oportunidades de negócios para estar ali, mas havia uma diferença entre entender algo na teoria e ouvir na prática.

Eu ainda estava me recuperando quando a porta se abriu e ele quase esbarrou em mim. A surpresa apagou as linhas de aborrecimento de sua testa.

– Alessandra? O que houve?

Uma pontada inesperada de tristeza tomou conta do meu coração quando ele supôs que eu só o estava procurando porque havia algo errado.

– Nada. – Brinquei com minhas pulseiras. – Você planejou algo para nós hoje, além das refeições?

– Eu tinha reservado umas canoas para hoje à tarde – respondeu Dominic, cauteloso. – Por quê?

– Então, nada de manhã? – rebati, ignorando sua pergunta.

Ele fez que não com a cabeça.

– Ótimo. – Tomei uma decisão ali na hora. – Porque nós vamos ao mercado.

Dominic

O MERCADO PÚBLICO DE Florianópolis ocupava um antigo prédio colonial bem no centro da cidade. Uma caminhada por qualquer um de seus corredores revelava dezenas de vendedores de roupas, alimentos, cerâmicas e artesanato local. O local reverberava vida, com vozes em inglês e português, enquanto os guias turísticos conduziam seus grupos pelo labirinto e os moradores locais barganhavam em sua língua nativa.

Alessandra e eu comemos coxinhas de café da manhã enquanto dávamos uma olhada nas barracas.

– De qual você gosta mais? – Ela ergueu dois lenços. – Não consigo escolher.

Olhei para eles. Pareciam exatamente idênticos.

– Aquele – respondi, apontando para o da direita.

– Perfeito. Obrigada. – Ela comprou o da esquerda. – Por que você está rindo?

– Nada.

Eu sabia que ela escolheria o da esquerda. Quando se tratava de compras, ela sempre escolhia a opção que eu descartava. Suspeitava de que ela não confiasse no meu gosto para moda feminina, e eu até teria ficado ofendido, se não concordasse com ela.

Dei uma olhadinha para ela enquanto seguíamos para a próxima barraca. Eu havia deliberadamente mantido nossa agenda aberta em Florianópolis. Não queria forçar a barra nem obrigar Alessandra a passar cada minuto comigo enquanto estivéssemos lá. Íamos ficar vários dias na cidade; achei que seria melhor irmos devagar e vermos o que ela queria fazer, e foi por isso que fiquei agradavelmente surpreso quando ela propôs a ida ao mercado.

Eu preferia chefs com estrelas Michelin e restaurantes gourmet, mas Alessandra adorava comida de rua.

– Você trabalhou hoje de manhã? – perguntou ela. – Eu ouvi... Hã, achei ter ouvido você conversando com Caroline.

– Recebi uma ligação, mas foi rápido.

Caroline era meus olhos e ouvidos enquanto eu estava fora, e ela me passava relatórios detalhados por telefone toda semana. Um de meus clientes estaria em Nova York naquele fim de semana, mas eu não voltaria para inflar o ego dele, pois preferia estar no Brasil com Alessandra.

– Falando em trabalho, como anda a loja? – perguntei. – Ouvi dizer que a Isabella está no comando enquanto você não volta.

Kai era muito meticuloso quando se tratava de transmitir informações.

– Sim, ela e a Monty. – Alessandra riu. – A cobra dela quase matou um funcionário do coração outro dia, mas parece que é uma ótima supervisora. Todo mundo morre de medo de relaxar com uma píton de olho.

As pítons-bola eram uma das espécies mais amigáveis, mas eu imaginava que a maioria das pessoas só atentava para o fato de ser uma *cobra*.

– Não sei muita coisa sobre flores prensadas, mas, se precisar de ajuda na parte comercial e financeira, me avisa.

Eu deveria ter oferecido quando ela abriu a loja on-line, dois anos antes, mas minha cabeça estava tão enfiada em um buraco que só me dei conta de que ela havia criado um maldito negócio inteiro semanas depois de seu lançamento. Ela não tinha dito uma palavra, provavelmente porque achou que eu estava ocupado demais para me importar. Foi Kai quem comentou da loja comigo.

Alessandra baixou o queixo.

– Obrigada.

– Eu devia ter estado presente no lançamento. – A vergonha me dominava. – Abrir uma empresa não é pouca coisa.

– Tudo bem. Na época, era só uma loja na Etsy. Não é como se eu estivesse entrando na Fortune 500.

Eu não ri do comentário. Não estava tudo bem, ou nosso relacionamento não teria chegado aonde chegou.

– É sério. Se precisar de alguma coisa, me liga. Se eu estiver em reunião, o pessoal do escritório já sabe que é para transferir sua chamada de qualquer jeito.

Considerando a boa performance da Floria Designs, ela não precisava da minha ajuda, mas a oferta estava de pé.

Uma brasa de orgulho ganhou vida. Eu odiava o fato de ter perdido uma conquista tão grande quanto o lançamento do primeiro negócio dela, mas estava muito orgulhoso do que Alessandra havia construído.

– Por que flores prensadas? – perguntei, desesperado para manter o fluxo da conversa.

Se parássemos, ela se fecharia novamente, e eu queria prolongar aquele momento o máximo possível.

– Sinceramente, eu estava entediada e precisava de um hobby. – Um tom de rosa tingiu as bochechas de Alessandra. – Sempre adorei flores e me deparei com um tutorial sobre como prensá-las. Experimentei, achei divertido, e aí… – Ela deu de ombros. – O restante você já sabe.

– O que fez você decidir transformar um hobby em um negócio?

– Não sei. – Seu rosto assumiu uma expressão distante. – Acho que queria algo que pudesse chamar de meu. Tudo o que tínhamos pertencia a você. Nossa casa, nossos carros, nossas roupas. Mesmo se eu comprasse, era você que pagava. Chegou a um ponto em que eu… – Ela engoliu em seco. – Em que eu sentia que não era mais eu mesma. Eu precisava de alguma coisa para me lembrar de que eu importava. Eu como indivíduo, não como esposa, filha ou irmã.

Estávamos parados. Não sabia quando havíamos parado de andar ou há quanto tempo estávamos ali, mas eu não conseguiria me mover, mesmo que quisesse.

Eu sabia que Alessandra estava infeliz no casamento. Afinal, estávamos divorciados. Mas eu não tinha percebido o tamanho da sua infelicidade, não apenas com o relacionamento, mas consigo mesma.

Eu achava que cobrir todas as nossas despesas e garantir que ela nunca precisasse de nada nos faria mais felizes. Passamos por muitas dificuldades em nossos primeiros anos juntos, e eu não queria que voltássemos àquele buraco nunca mais. O que eu não levei em conta foram as coisas que precisávamos e que não eram materiais.

Tempo. Atenção. Consideração.

Nada disso podia ser comprado e, na pressa de resolver qualquer possível problema com dinheiro, perdi esse fato de vista completamente.

– Você importa – falei. – Sempre.

Ela era a *única* pessoa que realmente importava. Mesmo que não me amasse mais, mesmo que todos os meus esforços para reconquistá-la fracassassem, ela sempre seria o sol ancorando meu universo.

Os olhos de Alessandra brilharam. Ela logo desviou o olhar, mas um tremor revelador ofuscou o tom alegre de sua voz.

– Bom, chega de assuntos pesados por hoje. Ainda não é nem meio-dia, mas temos muitas barracas para visitar antes do passeio de canoa.

Passamos o restante da manhã falando sobre temas seguros: esportes, alimentação, o clima. Mas em momento nenhum esqueci a expressão no rosto de Alessandra quando ela explicou por que abrira a Floria Designs.

Depois que vimos todo o mercado, almoçamos em um restaurante de ostras próximo (já que ela escolhera o café da manhã, eu escolhi o almoço) e seguimos para a loja onde alugavam as canoas. Alessandra e eu tínhamos feito canoagem durante nossa lua de mel e achei que seria um belo retorno a dias mais felizes. Fomos felizes juntos uma vez. Poderíamos ser felizes juntos novamente.

Infelizmente, fazia anos que nenhum de nós praticava canoagem e estávamos… enferrujados, para dizer o mínimo.

– Talvez não tenha sido uma boa ideia – disse Alessandra conforme a canoa balançava. Ela olhou ao redor, apreensiva. Os velejadores mais próximos eram meros pontinhos à distância. – Devíamos ter contratado um instrutor.

– Não precisamos de um instrutor. – Eu me ajeitei, a canoa balançando com o movimento. – Somos perfeitamente capazes de manobrar um barquinho de madeira.

Ela olhou para mim.

– Isso é mais uma dessas coisas de homem, né? Tipo quando vocês se recusam a pedir informação quando estão perdidos, mas nesse caso é se recusar a pedir ajuda quando se corre o risco de virar a canoa.

– Estamos no meio de uma laguna – comentei. – O momento de pedir um instrutor já passou.

Além disso, eu queria Alessandra só para mim; não queria que uma terceira pessoa aleatória arruinasse nosso encontro.

– Confia em mim. Vai ficar tudo bem.

– Se você diz… – Ela não parecia muito confiante.

Apesar da apreensão de Alessandra, nossa canoa ganhou ritmo à medida que fomos avançando. Minha tensão diminuiu e me acomodei para admirar a paisagem. Eu entendia por que Alessandra amava tanto Florianópolis. Era…

– Ai, meu Deus! – disse ela, arfando. – Aquilo é um golfinho?

– Eu não acho que tem… Ale, não!

Tarde demais. Ela virou o corpo para a direita e a canoa tombou, atirando-nos na água gelada.

O grito dela e meu xingamento macularam o ar pacífico. Então a água nos engoliu e tudo ficou em silêncio até que ressurgimos com um coro de tosses e engasgos. Felizmente, nos soltamos durante a queda e conseguimos não ficar presos embaixo da canoa, mas estar à deriva no meio de uma maldita laguna não fazia parte dos meus planos.

Soltei outro xingamento, ainda mais pesado.

Olhei para Alessandra, cujos ombros tremiam enquanto ela cobria o rosto.

A preocupação superou meu aborrecimento.

– O que foi? Você se machucou?

Será que ela batera a cabeça quando a canoa virou? Ia levar um tempo para consertar a embarcação e estávamos a pelo menos…

Um som familiar escapou por entre seus dedos. Ela estava… *rindo?*

Ela tirou as mãos do rosto. Não, ela não estava rindo. Ela estava *gargalhando* a ponto de não fazer mais barulho.

– Estou bem – disse ela, com lágrimas de alegria nos olhos. – Eu só… Você está parecendo…

Estreitei os olhos enquanto contraía os lábios. Eu não estava achando a situação particularmente engraçada, mas era impossível vê-la sorrir e não querer sorrir também.

– O quê? Um golfinho? – perguntei incisivamente.

– Não – respondeu ela, sem nenhum constrangimento. – Você está parecendo um rato afogado.

O choque me inundou mais completamente do que a água no momento em que tombamos.

– Ah, não estou, não.

– Desculpa, mas está, sim. – A risada de Alessandra finalmente diminuiu, mas seu rosto deixava claro que ela ainda estava achando graça. – Você não consegue se ver. Eu consigo, então a minha opinião tem mais…

Ela gritou quando um jato de água atingiu seu rosto, então afastou a água dos olhos e me encarou.

– Você acabou de *jogar água* em mim?

Dei de ombros.

– Foi um acidente.

As palavras mal tinham saído da minha boca quando ela revidou e acabamos travando uma guerra violenta. Risos e gritos encheram o ar. Estávamos agindo como crianças soltas na praia, e eu mal conseguia respirar em meio a seus ataques aquáticos, mas havia algo de revigorante em não dar a mínima. Não importava que estivéssemos sendo bobos e imaturos; era divertido.

O rímel de Alessandra formava marcas pretas em suas bochechas. Seu cabelo estava embolado e não restava nenhum vestígio de batom.

– Eu sei – disse ela quando me pegou olhando. – Você não é o único que está parecendo um rato afogado.

– Não era nisso que eu estava pensando.

– Então no que você estava pensando? – O volume de sua voz diminuiu conforme reduzi a distância entre nós.

Tirei uma gota de água de sua testa antes que alcançasse o olho dela.

– Eu estava pensando… – Minha mão baixou e pousou em sua bochecha. – Que você é a coisa mais linda que eu já vi.

Nós dois estávamos arfando, a respiração pesada, em meio às ondas suaves. Os últimos ecos de nossas risadas desapareceram e deram lugar a uma expectativa quente e densa.

Alessandra entreabriu os lábios. Ela não se afastou quando segurei gentilmente seu cabelo e abaixei a cabeça, centímetro por centímetro, de modo agoniante, até que nossas bocas se tocaram.

Alguns beijos eram fruto de paixão. Outros, um jorro de emoção. Mas aquele? Aquele foi a porra de uma revelação.

Porque quando Alessandra levantou o queixo e retribuiu o beijo, finalmente entendi, mesmo que apenas por um momento, o que era ser feliz de verdade.

Sem anseio, sem perseguição, sem preocupações. Só ela e nós. Era tudo de que eu precisava.

CAPÍTULO 26

Alessandra

EU BEIJEI MEU EX-MARIDO.

Beijei meu ex-marido e *gostei*. Qual era a porra do meu problema?

Enterrei o rosto no travesseiro, resmungando. Meu despertador já havia tocado três vezes, mas eu não conseguia sair da cama. Sair da cama significava enfrentar as consequências das escolhas do dia anterior, e eu estava feliz em ficar na minha bolha de ilusão.

Infelizmente, o universo não concordava comigo. Menos de um minuto depois de eu tomar a decisão de passar a manhã inteira debaixo das cobertas, meu telefone tocou. Ignorei. Tocou novamente.

Resmunguei de novo. Quase desejei não ter guardado o celular em um dos cofres da loja de canoas antes de sairmos para o passeio, porque naquele momento ele estaria no fundo da laguna e eu não teria que falar com ninguém às – espiei o despertador digital – 8h15 da manhã.

Atendi e coloquei a chamada no viva-voz sem levantar a cabeça ou verificar quem era.

– Alô?

– Bom dia! – cantarolou Isabella. – Entãããão, como estão as coisas? Se divertindo horrores, espero.

– Estão meio complicadas. – A resposta saiu abafada pelo travesseiro.

Nosso beijo havia durado muito e, ao mesmo tempo, não havia durado o suficiente. Na verdade, não devíamos ter ficado mais do que alguns minutos abraçados, mas o calor e o gosto dele estavam tão entranhados em mim que ainda podia senti-lo um dia depois.

A pressão suave e firme de seus lábios. O movimento experiente de sua língua contra a minha. Os deliciosos arrepios percorrendo meu corpo quando ele puxou meu cabelo.

Arrepios tomaram minha pele.

– Claro, claro. – Isabella parecia distraída. – Hum, só por curiosidade, você está no hotel agora?

– Sim. Eu estava dormindo – respondi bem deliberadamente o que era meio verdade.

Para ser sincera, fiquei surpresa por ela ter ligado tão cedo. Isabella não era uma pessoa muito matutina.

Espere um minuto. Por que ela está ligando tão cedo?

Dei um pulo, a adrenalina aumentando com um medo súbito.

– Por quê? Aconteceu alguma coisa?

– Bem… – Ela respirou fundo. – Um cano estourou durante a noite. A loja inteira está, é… inundada.

O choque atravessou o torpor. *Inundada.*

A palavra pulsou sob minha pele como um batimento cardíaco frenético.

– Foi muito grave?

Minha voz permaneceu surpreendentemente calma, apesar de o pânico estar causando um curto-circuito em meu cérebro.

Havia outras perguntas que eu deveria fazer – coisas que deveria fazer –, mas o medo me deixou imóvel enquanto esperava pela resposta de Isabella.

– Bastante. A água danificou a maior parte do estoque, e alguns dos equipamentos eletrônicos pifaram. Foi durante a noite, então ainda estamos avaliando a extensão total dos danos. O Kai chamou uma pessoa que está vendo a situação agora. – A culpa ecoou pela linha. – Eu sinto *muito*. Se eu tivesse aparecido mais cedo…

– Não foi culpa sua. Não havia nada que você pudesse ter feito.

Isabella já estava me fazendo um grande favor ao cuidar da loja enquanto eu viajava, e ela não era encanadora. Nem *eu* sabia o que fazer no caso de um cano estourar.

– Não se preocupe. Nós vamos cuidar de tudo – disse Isabella. Sua culpa ainda era palpável. – O Kai está à frente da situação, e o cano vai ser consertado nas próximas duas horas, mas achei que você gostaria de saber.

– Obrigada.

Senti minha própria culpa formar nós entre meus ombros. A inauguração da loja aconteceria em menos de dois meses. Sloane estava trabalhando duro na organização da festa e já tinha enviado convites para dezenas de pessoas importantes – de quem eu dependia para espalhar a notícia e manter o negócio funcionando. Gerenciar uma loja física exigia mais estratégia e publicidade do que uma loja on-line; eu não podia estragar tudo.

Sabia disso, mas havia passado as últimas duas semanas escondida no Brasil. Sim, eu estava precisando de uma folga, mas, àquela altura, vinha ativamente evitando retornar. O Brasil era uma fantasia; Nova York era a realidade, e já era hora de parar de fugir dos problemas. Não era justo nem certo fazer com que meus amigos arcassem com o fardo de administrar o *meu* negócio. Isabella tinha um livro para escrever e Kai tinha uma empresa multibilionária para administrar. Eles não deveriam estar resolvendo meus problemas de encanamento.

– Diga para o Kai que eu vou cuidar disso – falei, e olhei para minha mala, que estava aberta do outro lado do cômodo. – Vou voltar pra Nova York.

Pedi ajuda a Dominic. Não consegui encontrar nenhum voo direto de última hora para Nova York e, depois que contei a situação, ele fez o check-out no hotel e em duas horas estávamos voltando. Sem pedir nenhuma explicação adicional.

As vantagens de ter um jatinho particular.

– Estaremos lá no fim do dia – disse ele. – Não se preocupe. Vai ficar tudo bem.

Racionalmente, ele tinha razão. Um cano estourado não era o fim do mundo, mas me tirou de maneira violenta da minha bolha idílica no Brasil, e meu lado supersticioso não pôde deixar de ver significado no incidente. Parecia um mau presságio para uma loja que ainda nem tinha sido inaugurada.

No entanto, guardei minhas preocupações para mim. Dominic não acreditava em superstições, e eu já me sentia mal por tê-lo feito largar tudo para me levar de volta para Nova York.

Nós dois ainda tínhamos diversos assuntos pendentes, mas durante o voo não falamos sobre nosso beijo. O tempo que não passamos comendo ou dormindo, passamos trabalhando. Pesquisei sobre como lidar com canos rompidos, reabasteci o estoque e enviei um e-mail aos responsáveis pela obra, pois eles não poderiam retomar o trabalho até que a confusão fosse resolvida. Dominic ficou fazendo sabia-se lá o que CEOs de conglomerados financeiros faziam.

Ele tentou me ajudar, mas eu recusei. O voo era suficiente; eu odiava pedir favores a ele.

Quando desembarcamos em Nova York naquela noite, eu já me sentia um pouco melhor... até ver a loja.

– Ah, meu Deus.

Fiquei olhando, atordoada, para o desastre que me aguardava, e logo Dominic parou ao meu lado.

O lugar estava inundado. Um dos painéis de gesso tinha ficado tão encharcado que desabara, e vários pedaços de flores prensadas se transformaram em purê com a força da água. Felizmente, a máquina de café ainda não havia sido entregue, mas meu computador de trabalho, a impressora e vários outros dispositivos tinham sido inutilizados.

Todos os meus projetos e peças de exposição, arruinados. Todos os meus planos, destruídos. Seriam necessários milhares de dólares e sabia Deus quantas horas para garantir que o espaço estivesse pronto para a inauguração. Lágrimas embargaram minha garganta. O cano estourado não era culpa de ninguém, apenas azar, mas também parecia um presságio. Uma maneira de o universo me dizer que eu não estava preparada para aquilo, que eu servia mais para construir os sonhos dos outros em vez dos meus.

Olhei para o chão encharcado, onde cacos de vidro brilhavam como os cacos da minha vida.

Meu divórcio. Meu negócio. Meu relacionamento com minha mãe. Cada medo, dúvida e insegurança que eu havia reprimido durante os anos perdidos da minha vida, quando vivi sem viver. Tudo isso rompeu a barreira em meus olhos e as lágrimas escorreram, borrando aquele caos com tons de derrota.

Eu estava tão perdida em minha angústia que não resisti quando os braços de Dominic se fecharam ao meu redor e me puxaram contra seu peito. Ele havia insistido em me acompanhar até a loja, já que era muito tarde, e eu não discuti. Não tinha energia para isso.

Afundei o rosto contra seu peito, meus soluços baixos permeando o silêncio. Eu provavelmente estava estragando a camisa dele com as lágrimas, mas Dominic não reclamou. Na verdade, ele não tinha falado nada desde que chegamos; não precisava.

Ações falavam mais do que palavras e, naquele momento, não me importava com as coisas que ele tinha feito ou deixado de fazer durante nosso casamento.

Apenas me aconcheguei nele, respirei o conforto de seu perfume familiar e deixei que ele me abraçasse.

CAPÍTULO 27

Alessandra

EU ME PERMITI SENTIR pena de mim mesma por uma noite.

Depois de avaliar os danos da loja, fui para casa, tomei um banho e adormeci muito infeliz. Contudo, em algum momento entre a noite de sábado e a manhã de domingo, a autopiedade se cristalizou em determinação.

Eu tinha passado *anos* vivendo à margem. Agora que finalmente saíra da minha zona de conforto, será que realmente deixaria o primeiro obstáculo me derrubar?

Eram danos materiais, ninguém morreu nem houve nenhum rombo financeiro grave. Meu problema era totalmente solucionável. Na pior das hipóteses, eu adiaria a inauguração e teria prejuízo com as despesas não reembolsáveis, como o bufê.

Com isso em mente, passei o restante do fim de semana formulando um plano e pesquisando custos para a reposição de móveis e do inventário; a maioria me deixou com um peso no estômago. Eu precisava de entregas urgentes para reformar a loja a tempo da inauguração, e entregas urgentes (especialmente durante o fim do ano) eram caras. *Muito* caras. O seguro cobria parte dos custos, mas eu ainda teria que tirar uma bela quantia do bolso.

O lado positivo é que eu não era responsável por nenhum dano à propriedade. Aiden, sim, e ele passou na loja na segunda-feira seguinte para avaliar a situação.

– A boa notícia é que poderia ter sido pior – disse ele após dar uma olhada.

Aiden estava surpreendentemente calmo, mas eu imaginava que, enquanto proprietário, ele lidasse com canos estourados com alguma frequência.

– O sistema elétrico está praticamente intacto e o teto não desabou.

Uma risada fraca ecoou pela minha garganta. Era hora do almoço. Eu estava limpando escombros desde as seis da manhã, e provavelmente estava com uma aparência terrível, mas também exausta demais para me importar.

– Vamos agradecer pelos pequenos milagres. E a má notícia?

Eu preferia encarar tudo de uma vez só. Um golpe potente era melhor que mil pequenos cortes.

– A má notícia é que seus dedos vão ficar em carne viva por conta da quantidade de flores que vai ter que prensar antes da inauguração. – Aiden bateu suavemente com os nós dos dedos na mesa onde eu tinha jogado os projetos arruinados. – Qual o tamanho do dano?

– Mais de vinte – respondi, desanimada.

Levava pelo menos uma semana para deixar cada projeto exatamente do jeito que eu queria. Recriar mais de vinte nos dois meses seguintes seria impossível, a menos que eu passasse todas as horas do dia trabalhando naquilo. Eu não podia me dar ao luxo de fazer isso. Mesmo com a ajuda de minhas assistentes virtuais, as tarefas administrativas dominavam metade do meu tempo de trabalho.

– Vamos fazer assim: eu cuido…

O toque dos sinos acima da porta da frente interrompeu Aiden no meio da frase.

Maxilar bem marcado. Barba dourada por fazer. Músculos definidos e uma autoridade implacável envoltos em um terno cinza-escuro feito sob medida. *Dominic.*

Uma onda fria de choque me inundou. Estávamos no meio do primeiro dia dele de volta ao trabalho. O que ele estava fazendo *ali*?

Seu olhar encontrou o meu, caloroso de preocupação, antes de se dirigir a Aiden. Foi como assistir a um interruptor sendo acionado. A preocupação desapareceu sob uma camada de gelo, e um silêncio cheio de tensão tomou o ambiente.

– Oi – disse Aiden com tranquilidade. Seu tom era cordial, mas seus olhos brilhavam em desafio. – Você é o ex da Alessandra, certo?

Estremeci com sua ênfase na palavra *ex*. Eu não gostava nada da ideia de limpar sangue junto com todo o restante, e era nisso que daria se Aiden continuasse provocando Dominic.

Dominic deu um sorriso sombrio e frio como gelo.

– Já fomos apresentados?

– Sim. Eu estava jantando com ela e você nos interrompeu. – O sorriso de Aiden combinava com o dele. – Mais ou menos como está interrompendo agora.

– *Certo.* – Rapidamente me coloquei entre os dois antes que a testosterona superasse o bom senso. – Por mais que eu esteja gostando da conversa, tenho muita coisa a fazer. Aiden, obrigada por ter vindo tão rápido. Eu te ligo se tiver alguma dúvida. Dominic, como posso te ajudar? – perguntei incisivamente.

– Eu vim para ajudar na limpeza. – Ele manteve os olhos em Aiden, que não saiu do meu lado. Sufoquei um suspiro. *Homens.* – A inauguração está chegando, e você vai precisar de ajuda.

A ideia de Dominic fazendo atividades manuais era tão absurda que quase ri.

– Você tem que trabalhar. – Eu mal conseguia imaginar o tanto de trabalho que ele havia acumulado durante a estadia no Brasil. – Eu vou dar um jeito. É chato, mas vou dar conta.

– Você também precisa refazer sua coleção – disse Aiden. – É uma forma bem melhor de gastar seu tempo do que varrendo e tirando o lixo. Dominic tem razão. Você vai precisar de ajuda. – Ele se encostou no balcão e cruzou os braços. – Fico feliz em contribuir também. Prefiro tarefas braçais a trabalho de escritório mesmo.

Foi outra alfinetada em Dominic, cuja calma gélida me lembrava do oceano antes de uma tempestade.

– Eu reorganizei a minha agenda – disse Dominic, como se Aiden não tivesse dito nada. – Vou trabalhar e fazer reuniões pela manhã, mas minhas tardes estão reservadas para você.

O olhar dele reencontrou o meu. Meu coração vacilou quando suas palavras alcançaram os lugares vazios escondidos sob minhas defesas.

Eu queria recusar. O que acontecera no Brasil era uma coisa; aceitar Dominic de volta em minha vida em Nova York era outra. Isso sem nem falar na questão do Aiden.

Mas Aiden estava certo sobre eu precisar refazer minha coleção. Não podia abrir uma loja de flores prensadas sem ter flores prensadas para oferecer, e a obra ficaria parada até que eu resolvesse os danos causados pelo cano estourado. Eu seria uma idiota se recusasse mão de obra voluntária e gratuita.

– Está bem.

Eu sinceramente esperava não estar criando mais problemas para mim mesma, mas naquele momento a prioridade era restaurar a loja.

– Se vocês querem ajudar, fiquem à vontade para aparecer sempre que puderem. *Mas...* – Levantei a mão quando os dois abriram a boca ao mesmo tempo. – Não quero nenhuma discussão, insultos ou comentários passivo-agressivos. Por favor, sejam civilizados.

– Claro – disse Aiden. – Não temos motivos para não sermos. Certo, Dominic?

O sorriso de Dominic não continha humor algum.

– Certíssimo.

Meu olhar oscilou entre o queixo teimosamente empinado de Aiden e o brilho perigoso nos olhos de Dominic.

Dei um suspiro.

Aquela seria uma longa semana.

CAPÍTULO 28

Dominic

- VOCÊ ESTÁ NO meu caminho.

Passei por Aiden, esbarrando com mais força do que o necessário. Alessandra nos alertara sobre comportamentos passivo-agressivos, mas não era minha culpa se eu esbarrava no senhorio dela enquanto levava o lixo para fora. O babaca estava bem no meu caminho.

Ele tropeçou antes de recuperar o equilíbrio e me lançar um sorriso duro.

– Talvez você devesse escolher outro caminho. Há muito espaço ao meu redor.

– Está tudo cheio de lixo.

Joguei um monte de flores estragadas em um saco gigante.

– Então espere. – Ele voltou a varrer uma pilha de cacos de vidro para uma pá de lixo. – Você não é o único trabalhando.

Senti um espasmo no olho. Eu estava ali havia menos de três horas e já queria socar a cara presunçosa e barbuda de Aiden. Alessandra dizia que o relacionamento deles era platônico, mas nenhum senhorio era *tão* prestativo com um inquilino, a menos que quisesse alguma coisa em troca.

Ainda bem que eu estava lá para garantir que ele não fizesse nada impróprio. Eu teria ajudado Alessandra a limpar mesmo sem Aiden ali, mas sua presença fazia com que eu não tirasse os pés da loja até ele ir embora, todos os dias.

– Não, mas eu sou o único aqui dentro trabalhando com eficiência – respondi friamente. – Há quanto tempo você está varrendo o mesmo vidro?

– Velocidade não é tudo. Um bom trabalho requer tempo e cuidado – retrucou Aiden. – Você poderia tirar algumas lições disso.

Minha visão começou a ficar turva de raiva. Seria muito fácil pegar um dos cacos de vidro maiores e…

– E aí, como estão as coisas? – perguntou Alessandra, saindo do estoque com um ar cansado, mas mais otimista do que quando vimos os danos pela primeira vez.

– Tudo ótimo – dissemos Aiden e eu em coro.

Ele sorriu para mim. Eu sorri para ele. Sorrimos juntos para Alessandra.

– Já avançamos bastante – comentei, o que era verdade.

Havíamos limpado a maior parte dos detritos nos últimos dois dias e poderíamos começar a arrumar os móveis de volta às suas posições originais no dia seguinte.

Alessandra arqueou exageradamente as sobrancelhas, mas não questionou nossa animação forçada. Acho que ela estava apenas feliz por não ter deparado com uma briga ou, se dependesse de mim, a porra de um assassinato.

Alessandra ficou ali pelo andar principal, então Aiden e eu passamos o restante da tarde de boca calada.

Minha camisa encharcada de suor grudava na pele e meus músculos doíam de tanto carregar sacos de lixo gigantescos para fora da loja a cada hora. Eu malhava, mas não fazia nenhum trabalho braçal desde que abrira a Davenport Capital. As tarefas eram cansativas, mas estranhamente reconfortantes.

Graças a meu novo horário temporário, eu tinha que dar conta de um dia inteiro de interações com clientes e análises financeiras em apenas seis ou sete horas toda manhã. Era bom aparecer na Floria Designs à tarde e não ter que pensar no que estava fazendo.

Minha equipe não estava nada feliz com as mudanças, mas eles trabalhavam para mim, e não o contrário. Enquanto nossas carteiras tivessem um bom desempenho, e tinham, não havia motivos válidos para reclamações.

– Aqui – disse Alessandra, me entregando um copo d'água no fim do dia.

Aiden havia saído vinte minutos antes, pois tinha uma reserva para o jantar, e eu diminuíra o ritmo para poder passar um pouco mais de tempo com ela.

– Acho que você tá precisando disso.

– Obrigado.

Meus dedos roçaram os dela quando peguei o copo. Uma explosão de eletricidade percorreu minha pele, e Alessandra recuou tão rapidamente que quase tropeçou em uma caixa de papelão achatada.

Eu não era o único a sentir a tensão entre nós.

– As coisas estão se ajeitando – comentei com a voz rouca. – Acho que terminamos no fim de semana.

– Espero que sim.

Um rubor decorava o rosto e o colo dela; estava tão linda que quase a agarrei e a beijei, mas ainda não tínhamos falado sobre nosso beijo na laguna. A última coisa que eu queria era forçar a barra, ir rápido demais.

– Obrigada mais uma vez por me ajudar com isso. – Ela gesticulou ao redor da loja. – Não precisava.

– Não, mas eu quero – respondi simplesmente.

Alessandra havia me apoiado ao longo dos anos, de forma irrestrita, e eu não fizera o mesmo por ela. Não tanto quanto deveria. Eu poderia esfregar cada centímetro daquela loja todos os dias durante os dez anos seguintes e não chegaria nem perto do que ela merecia. Era por isso que estava ali pessoalmente, em vez de ter contratado uma equipe para o serviço. Ela merecia atenção, não delegação.

Nossas respirações ecoaram no ar antes de se liquefazerem em silêncio.

Cortar grama, lavar louça, trabalhar como ajudante de garçom. Eu havia passado a primeira metade da minha vida servindo os outros por salários ridículos. Depois de ganhar meu primeiro milhão, jurei que nunca mais limparia a sujeira de outras pessoas, mas ficaria feliz em passar o restante da vida fazendo exatamente isso caso significasse que Alessandra continuaria olhando para mim como olhava naquele momento.

Como se talvez, apenas talvez, a pequena chama de esperança que eu mantinha acesa desde o divórcio não fosse vã, afinal.

Conforme previsto, concluímos a limpeza no sábado. Àquela altura, eu já tinha desenvolvido calos dignos de um jogador de beisebol, mas valeu a pena.

– Você conseguiu – falei quando Alessandra desabou na cadeira com visível alívio. – A loja está oficialmente de volta aos trilhos.

– Mais ou menos. Ainda tenho que secar cerca de mil flores antes da inauguração, mas... – Seu suspiro se transformou em um pequeno sorriso. – *Meu Deus*, vai ser ótimo entrar aqui na segunda-feira e não ver uma pilha de lixo à minha espera.

– À loja limpa – eu disse, erguendo minha lata de Coca-Cola.

Ela riu e bateu a dela contra a minha.

– Amém.

Estávamos sentados frente a frente à mesa dela, que rangia sob o peso da comida chinesa que tínhamos pedido. Não conseguíamos decidir o que comer, então pedimos um pouco de tudo: carne com brócolis, rolinhos primavera, frango com gergelim, rangum de caranguejo, carne de porco agridoce. O entregador não conseguiu esconder o choque quando viu que o pedido era para apenas duas pessoas.

Aquele merda do Aiden tinha tentado ficar para jantar também, mas uma ligação rápida no banheiro resolveu o problema – ele acabou tendo que ir resolver um caso de vandalização em uma de suas propriedades. Era fascinante o dano que uma pedra era capaz de causar em um vidro.

Minha paciência com ele havia se esgotado dias antes. Aiden teve sorte de eu não ter pedido nada mais destrutivo do que a porra de uma pedra.

– Aposto que essa não é a sua ideia de uma noite de sábado perfeita. – Alessandra espetou um pedaço de brócolis. – Seja sincero. Onde era para você estar agora?

Eu havia sido convidado para duas festas de gala de caridade, uma exposição particular em um museu e um jantar na casa dos Singhs. Declinei todos os convites.

– Em lugar nenhum. Estou exatamente onde quero estar.

O olhar de Alessandra vacilou. Ela abaixou a comida sem comê-la, e o silêncio se estendeu tanto que temi que se partisse e rompesse a frágil camaradagem que havíamos construído desde o Brasil.

Parte de mim queria varrer os assuntos difíceis para debaixo do tapete e continuar aproveitando a noite. Outra sabia que aquilo seria apenas um band-aid, não uma cura. Alessandra e eu havíamos rebocado as rachaduras do nosso casamento com um verniz brilhante. Funcionara... até não funcionar mais.

Às vezes, a única maneira de atravessar a montanha mais alta era escalando.

– A gente devia conversar sobre o que aconteceu na laguna. – Fazia muito tempo que o elefante branco estava no meio da sala. – Nosso beijo...

– Foi só um beijo. – Alessandra ficou remexendo os brócolis, sem me encarar. – Estávamos em um encontro. As pessoas se beijam em encontros.

– Ale...

– Não. Não transforme em algo maior do que foi. – Ela estava com a voz trêmula. – Você pediu um encontro e eu te dei um encontro. Só isso.

– Se não tivesse significado nada, você conseguiria olhar para mim. – Minha comida estava abandonada no prato, mas não importava. Tinha perdido o apetite. – Chega de mentir um para o outro e para nós mesmos. É o mínimo que merecemos.

– Não sei o que você quer que eu diga. – Alessandra ergueu as mãos, suas feições cheias de frustração. – Quer que eu diga que gostei do beijo e que não me arrependo, embora devesse me arrepender? Está bem. Eu gostei e não me arrependo. Mas atração física nunca foi o problema. Quando olho para você, eu... – A voz dela falhou. – Penso que nunca vou conseguir amar ninguém do mesmo jeito, ou depois de você. Que você tomou tudo que eu tinha para dar, e eu dei sem medo, porque não conseguia imaginar um mundo onde não estaríamos juntos.

O rosto dela ficou embaçado sob a dor que rasgava minhas entranhas.

– Mas estou vivendo nesse mundo agora, e estou com medo. – O queixo de Alessandra tremeu. – Não sei viver sem você, Dom. Não saio com ninguém há mais de dez anos, e eu simplesmente... não posso... – A voz dela virou um sussurro. – Não posso prometer nada além do que já prometi.

Tentei falar, mas cada vez que encontrava uma resposta, ela virava pó. Só consegui ficar ali sentado, ouvindo enquanto ela destroçava meu coração minuciosamente, pedaço por pedaço.

– Eu sei que você está tentando. Eu sei do que precisou abrir mão para estar no Brasil, para estar aqui, e agradeço de verdade. Mas não estou pronta para nada além do que temos. Não tenho certeza se algum dia vou estar. – Uma lágrima solitária escorreu pelo rosto dela. – Você partiu meu coração e sequer estava lá para ver.

Se alguma vez achei que já tinha sofrido, eu estava errado. Ossos quebrados e as cintadas de minha mãe adotiva não eram nada em comparação à pontada incandescente das palavras de Alessandra.

Eu nunca tive a intenção de magoá-la, mas a ação superava a intenção, e nenhum pedido de desculpa poderia remediar o que eu tinha feito.

– Eu entendo. – Minha voz parecia a de um estranho, áspera demais, crua demais, mas era a única voz que eu tinha. – Se você precisa de tempo, tudo bem. Se quer sair com outras pessoas, tudo bem. Não vou interferir. Eu não te dei valor quando você estava comigo e preciso suportar as consequências. Mas você sempre vai ser o amor da minha vida e eu sempre vou estar aqui, seja daqui a um mês, um ano ou a vida inteira. – O som do choro dela fez uma lágrima quente descer pelo meu rosto. – Há provavelmente centenas de homens que fariam fila por uma chance de estar com você. Só peço que me deixe ser um deles.

Eu estava fazendo a maior aposta da minha vida. Ela dissera que podíamos sair com outras pessoas, no Brasil, mas fora algo hipotético; aquilo ali era real. A ideia de ficar parado e ver outro homem tocá-la sem fazer nada tornava quase impossível respirar.

Mas eu havia partido o coração dela uma vez e a deixaria partir meu coração mil vezes em troca se isso a fizesse voltar para mim um dia.

CAPÍTULO 29

Alessandra

— ELE REALMENTE DISSE que tudo bem você sair com outras pessoas? – Isabella franziu o nariz. – Não é muito a cara do Dominic.

– Ele obviamente está mentindo. – Sloane bateu a caneta no caderno. – Aposto que ele acha que a Alessandra vai a alguns encontros, não vai gostar de nenhum e vai voltar correndo pra ele.

Ao lado dela, o Peixe nos espiava de seu aquário, com os olhos esbugalhados e alienados. Pela primeira vez na vida, tive inveja de um mísero peixinho-dourado. Se ao menos eu pudesse abandonar minhas preocupações terrenas e passar a vida nadando e comendo bolotinhas customizadas... *Ele não faz ideia da vida boa que tem.*

– Eu sou a única com pena dele? – Vivian mordeu o lábio inferior. – Já se passaram meses e ele obviamente está tentando. Talvez ele *tenha* mudado.

Não fiquei surpresa por ela ter sido a primeira das minhas amigas a suavizar a atitude em relação a Dominic. Dada sua história com Dante, Vivian sabia exatamente como era quando a pessoa que você amava fazia uma grande merda e você precisava decidir se perdoar era ou não era uma opção. No caso deles, dera certo. O meu ainda estava pendente.

No entanto, ela não era a única a se sentir mal. Meu coração doía toda vez que eu pensava em Dominic, mas isso não era o suficiente para eu correr de volta para seus braços.

– Podemos falar sobre outra coisa? – perguntei, esfregando a têmpora.

Minhas amigas e eu havíamos repassado minha estadia no Brasil e a conversa com ele na noite anterior tantas vezes que eu sentia que ia perder a cabeça.

– Viv, como foi sua reunião com Buffy Darlington?

Nós quatro estávamos no apartamento de Sloane. Tecnicamente, era uma noite de filmes, mas estávamos ocupadas demais fofocando para de fato assistir ao filme escolhido (exceto Sloane, que conseguia conciliar a conversa com a escrita de sua resenha, sem dúvida cruel, da mais recente comédia romântica).

– Aterrorizante, como sempre.

Felizmente, Vivian aceitou minha proposta de mudar de assunto sem discutir. Buffy era uma das grandes damas da sociedade nova-iorquina e notoriamente exigente quando se tratava de seus eventos. Ela havia contratado Vivian para planejar sua festa anual de férias, o que andava estressando minha amiga nos últimos três meses.

– Mas está tudo confirmado e pronto para amanhã.

– Festa da Buffy amanhã, baile de Natal do Valhalla na terça. – Isabella bocejou. – Nada como o fim de ano em Nova York.

– É uma temporada terrível – disse Sloane. – Música de Natal. Filmes cafonas. Suéteres de rena. *Meu Deus,* os suéteres. Eles me dão vontade de morrer.

– Você viu cada um desses filmes cafonas – comentei. – Não deve odiá-los tanto assim.

– Às vezes, é preciso suportar o péssimo para apreciar o medíocre, como é o caso da maioria dos filmes modernos.

Isabella, Vivian e eu nos entreolhamos, achando graça. Era uma piada não tão interna que Sloane mantinha viva a indústria da comédia romântica quase por conta própria. Para alguém que supostamente desprezava comédias românticas, ela vivia empenhada em assistir a cada novo lançamento no dia em que era lançado.

– Quem quer outra bebida? – Isabella jogou um punhado de pipoca na boca e pegou a garrafa de rum pela metade na mesinha de centro. – Estou no meio do pesadelo de editar meu segundo livro, então estou pronta para todos os cuba libres que aguentar – disse ela, a voz abafada.

Balancei a cabeça.

– Eu não, obrigada.

Já tinha tomado três. Mais uma e eu faria alguma idiotice, como mandar uma mensagem para alguém no aplicativo de namoro que baixara impulsivamente naquela manhã. Havia passado por uma dúzia de perfis até dar match com alguém. Aquilo me assustou tanto que fechei imediatamente o aplicativo e fingi que ele não existia.

Claramente, minhas habilidades para flertar estavam enferrujadas.

– Vou beber depois que terminar isso aqui.

A caneta de Sloane voava sobre a folha enquanto ela murmurava baixinho. Não consegui entender tudo, mas pensei ter ouvido as frases *uma cafonice nauseante* e *insuportavelmente longo* e *tão surreal que faz trocas de corpo entre mãe e filha parecerem verossímeis.*

– Viv? – Isabella virou-se para o último membro do nosso grupo. – Você bebeu água a noite toda. Aproveita a vida! – Ela balançou o rum com um floreio dramático.

– Eu adoraria, mas não posso. – Vivian colocou uma mecha de cabelo atrás da orelha. – Só daqui a sete meses.

Sloane ergueu a cabeça bruscamente. Isabella ficou de queixo caído, deixando escapar uma pipoca.

Fui a primeira a falar.

– Você está...

– Eu estou grávida – confirmou Vivian.

Seu sorriso ficou imenso quando explodimos em gritos e risadas. Nós a envolvemos em um abraço coletivo, nossas perguntas se sobrepondo em um fluxo de euforia.

– É menino ou menina?

– Já está pensando em nomes?

– Posso ser a madrinha?

– Puta merda, você está *grávida*!

Vivian e Dante estavam casados havia três anos, então era apenas uma questão de tempo até que tivessem filhos. Fiquei genuinamente feliz por ela, mas não consegui evitar que uma onda de tristeza abafasse meu bom humor quando pensei na minha vida comparada à dela.

Dominic e eu queríamos filhos. Discutimos isso no início do nosso relacionamento e concordamos que esperaríamos até que nossas finanças e carreiras estivessem estáveis. Infelizmente, quando isso aconteceu, ele estava tão obcecado pelo trabalho que não havíamos tentado a sério.

E que bom que foi assim. Por mais que eu quisesse ser mãe, teria basicamente criado a criança sozinha e não queria que meu filho ou minha filha se sentisse negligenciado.

A campainha tocou.

– Eu atendo.

Eu me levantei e fui até a porta enquanto Sloane e Isabella continuavam bombardeando Vivian com perguntas. Um cara de 20 e poucos anos com uma camisa polo branca me cumprimentou.

– Alessandra Ferreira?

Ele carregava uma pequena caixa embrulhada nas mãos.

– Sou eu.

Uma ruga de perplexidade surgiu entre minhas sobrancelhas. Não tinha pedido nada.

– Assine aqui, por favor – disse ele, e me entregou um tablet.

Assinei e, curiosa demais para esperar, rasguei o papel de embrulho assim que o rapaz saiu. A caixa branca por baixo não continha nenhum indício do que havia dentro, mas, quando a abri, meu coração parou.

– Você me trouxe um presente no nosso primeiro encontro? Você deve gostar muito de mim – provoquei, tirando a sacola de presente da mão de Dominic.

Um leve rubor tomou as maçãs do rosto dele.

– Não é pelo encontro. É pelo semestre.

– O que... – Minha frase foi interrompida quando abri o presente. A alegre caneca branca tinha uma alça dourada e uma maçã vermelha estampada, com as palavras "Melhor professora do mundo" em negrito.

A emoção subiu pela minha garganta.

Nenhum aluno jamais havia me dado nada além de um vale-presente da Starbucks. Era tão atípico de Dominic, tanto o gesto quanto o objeto em si, que me deixou sem palavras.

Ele devia ter confundido meu silêncio com descontentamento, porque seu rubor se intensificou.

– Eu sei que é brega, e que você é tutora, não professora – disse Dominic, tenso. – Mas você falou que sua caneca favorita quebrou umas semanas atrás e... Merda. Deixa pra lá. – Ele estendeu a mão para pegá-la. – Eu vou devolver. Você não...

– Não! – Apertei a caneca de forma protetora contra o peito. – Eu amei.

Não se atreva a tentar pegá-la de volta, Dominic Davenport, porque vou guardar essa caneca para sempre.

Acabou não sendo verdade. A caneca original quebrou durante nossa mudança para Nova York. Fiquei arrasada, mas a que estava em minhas mãos era uma réplica exata da que ele me dera de presente em nosso primeiro encontro, até a maçã e a frase "Melhor professora do mundo".

Nosso primeiro encontro. No dia 21 de dezembro, também conhecido como hoje. Era a primeira vez que me esquecia do nosso aniversário. Eu estava distraída demais com a confusão na loja e com as complicações do nosso relacionamento *atual*.

Com a mão trêmula, peguei o bilhete manuscrito debaixo da caneca.

Sempre vou pensar em você neste dia.

Não havia assinatura, mas não era necessário. Os garranchos grossos e confusos eram inconfundivelmente de Dominic.

A pressão cresceu atrás dos meus olhos.

– O que é isso? – perguntou Isabella.

Minhas amigas haviam ficado em silêncio e me olhavam, curiosas.

Coloquei o bilhete de volta na caixa e a fechei.

– Nada – respondi, então pisquei até clarear a visão e forcei um sorriso. – Não é nada.

CAPÍTULO 30

Alessandra

DEPOIS QUE ISABELLA E VIVIAN foram embora e Sloane foi dormir, me enfiei no fundo do closet, peguei o celular e mandei uma mensagem para o cara com quem tinha dado match no aplicativo de namoro. Ele respondeu imediatamente e, na tarde seguinte, eu já tinha um encontro para terça à noite.

Tudo aconteceu tão rápido que me deixou tonta, e era exatamente isso que eu queria. Se pensasse demais, afundaria na culpa que se formava em meu estômago. Havia deixado claro que queria sair com outras pessoas, e Dominic concordara. Eu não tinha motivos para me sentir culpada, mas era difícil abandonar velhas ideias.

Ele não é mais seu. Você é livre.

Um dia, meus sentimentos concordariam com minha razão. Até lá, me forçaria a dar uma chance sincera ao encontro.

Dalton era charmoso, bem-educado e tinha a beleza genérica de um modelo da Ralph Lauren. Ele havia acabado de se mudar da Austrália para Nova York e trabalhava com "negócios", uma descrição vaga que deixava implícito que o dinheiro dele vinha de família, mas, fora isso, nossas conversas por mensagem foram perfeitamente agradáveis.

– Você está linda – disse Sloane na terça-feira. – Pare de se preocupar e vá se divertir.

– É meu primeiro encontro de verdade em onze anos.

Meu jantar com Aiden, que havia caído na zona cinzenta entre *platônico* e *romântico*, não contava.

– E se eu passar vergonha? Ou ficarmos sem assunto? Hoje em dia as pessoas se beijam no primeiro encontro ou devo esperar pelo terceiro?

Remexi no meu colar. Dalton me levaria a uma festa de gala no norte da cidade –"Muito melhor do que drinques em um bar", ele me garantira –, e eu estava arrumada para a ocasião, com um vestido de seda preto e joias de ouro. Parecia um pouco demais para um primeiro encontro, mas imaginei que fosse mesmo melhor do que ficar gritando para tentar ser ouvida em meio a músicas de Natal tocando em qualquer bar.

Sloane apoiou as mãos nos meus ombros.

– Para. *Respira* – ordenou ela.

Eu obedeci, simplesmente porque nunca se dizia não a Sloane Kensington, que teria dado uma ótima general.

– Você vai ficar bem. É *esperado* que primeiros encontros *sejam* um pouco estranhos. Só vai, se diverte e, se as coisas realmente saírem dos trilhos, me liga.

– Certo. Está bem. – Respirei fundo. *Eu consigo.* Era adulta; não ia correr para a minha amiga ao primeiro sinal de problema. – Espera, aonde você vai hoje à noite? Achei que fosse trabalhar.

A maioria das pessoas tirava a semana de Natal de folga, mas Sloane não era como a maioria das pessoas. Ela literalmente colaria o celular na mão, se a logística não fosse tão complicada.

– Eu vou.

Ela tirou as mãos dos meus ombros e cruzou os braços, um leve rosado colorindo suas bochechas. Em vez de seus habituais terninhos, saias lápis e vestidos formais, ela usava um vestido dourado brilhante e saltos altos que a elevavam de 1,70m para 1,80m de altura.

– Vou me encontrar com um cliente em… uma festa particular.

Fiquei desconfiada com aquela hesitação incomum de Sloane, mas esses pensamentos desapareceram quando o celular dela e a campainha tocaram ao mesmo tempo. Nós nos despedimos rapidamente e corremos para atender nossos respectivos chamados.

– Uau, você é ainda mais bonita pessoalmente. – Os olhos escuros de Dalton brilharam de admiração enquanto ele me examinava minuciosamente no elevador. – Estou muito feliz por você ter me mandado mensagem.

Sorri em meio a uma pontada de desconforto.

– Eu também.

Um carro particular nos esperava lá embaixo, e nos levou pela cidade enquanto Dalton e eu conversávamos sobre as impressões dele de Nova York até então e as diferenças entre morar nos Estados Unidos e na Austrália.

– Pelo menos aqui não há animais esperando para matar você em cada esquina – provoquei quando ele reclamou da cultura norte-americana de dar gorjetas.

– Verdade. – Ele sorriu. – Mas nem toda cobra é venenosa...

Estava gostando da conversa, mas, do mesmo jeito que aconteceu com Aiden, não sentia aquela *faísca* com Dalton. Ainda assim, a noite era uma criança. Tínhamos muito tempo para nos conectar.

– Você vai adorar este lugar – disse ele quando o carro parou em frente a dois portões vigiados. – Eu gostava da filial de Sydney, mas a de Nova York é imbatível. Acho que é por isso que é o carro-chefe.

Ele riu, mas eu não achei graça. Reconheci aqueles portões. Reconheci o longo e sinuoso caminho até o prédio principal e o belo mármore branco que pairava acima de nós. Havia comparecido a eventos ali muitas e muitas vezes nos últimos cinco anos.

O pavor tomou meu peito enquanto subíamos as escadas com tapete vermelho.

Talvez ele não esteja aqui. Dominic odiava festas e as tolerava apenas para fins de networking. Faltavam dois dias para o Natal; ele tinha lugares melhores para estar.

Mas qualquer esperança de evitar meu ex-marido durante um encontro com outro homem desapareceu quando Dalton e eu entramos no salão de baile do Valhalla Club.

Ergui os olhos e lá estava ele. Ombros largos, rosto devastador e olhos ardentes fixos em mim – e no toque da mão de Dalton na minha cintura.

Dominic

– SEM ASSASSINATOS ANTES DO NATAL – orientou Dante. – Vivian diz que dá azar.

– Eu não vou matar ninguém.

Não queria sujar meu terno de sangue. Mas desfigurar? Seria uma grande possibilidade... se eu não tivesse prometido a Alessandra que não interferiria nos encontros dela.

A possessividade agitava-se sob minha pele enquanto eu a observava dançar com Dalton Campbell. O vestido dela abraçava cada curva de seu corpo, e ela havia penteado o cabelo de modo a revelar a pele macia de suas costas. Olhos, cabelos, sorriso, *tudo*. Ela era tão linda que desafiava a realidade.

Acendi e apaguei meu isqueiro enquanto Dalton dizia algo que a fez rir. O ciúme me queimou, tóxico e intenso.

Ver Alessandra em um encontro com outro homem e não poder fazer nada era o mais próximo do inferno que eu podia imaginar. Não sabia muito sobre Dalton além do fato de que os Campbells tinham feito fortuna com mineração e que recentemente ele havia sido transferido do Valhalla de Sydney, mas já o abominava.

– Que bom – disse Kai, puxando metade da minha atenção de volta para a conversa.

A outra metade ficou presa na mão de Dalton na cintura de Alessandra. Ele a estava tocando muito intimamente para alguém que estava em público, e eu queria cortar a porra da mão dele fora.

– Estamos aqui para comemorar, então pare de encarar o coitado como se estivesse planejando acabar com a vida dele.

Dante havia contado da gravidez de Vivian na noite anterior. Fiquei feliz por ele... em parte. Os Russos estavam casados havia três anos e constituindo família. Eu tinha sido casado com Alessandra por dez e não tinha mais nada além do diamante no bolso e meu coração em pedaços.

Talvez eu fosse masoquista por ficar carregando a aliança dela quando aquele anel me lembrava tanto de nossos fracassos, mas, assim como o isqueiro, era uma das nossas únicas memórias que eu podia segurar nas mãos.

– Ainda não decidimos se queremos descobrir o sexo do bebê só na hora – disse Dante em resposta à pergunta de Kai, que eu não tinha ouvido.

Ele sorriu, seus olhos brilhando com uma mistura de orgulho, alegria e nervosismo. Ele estava tão diferente do homem rabugento de sempre que eu nunca teria imaginado que aquele era o mesmo Dante que odiara a esposa quando os dois se conheceram.

– Eu quero que seja surpresa, mas a Viv quer se preparar. Você sabe que ela adora planejar as coisas...

Tentei prestar atenção, mas não conseguia tirar os olhos de Alessandra e Dalton. Vivian e Isabella estavam por ali com Dante e Kai, mas haviam desaparecido no início da festa. Ainda nem tinham visto Alessandra.

Minha mandíbula travou quando Alessandra riu novamente de algo que Dalton disse. Eu não aguentava mais; precisava sair dali antes que estrangulasse alguém.

– Eu já volto.

Deixei Dante e Kai sem esperar resposta.

O ciúme sufocava meus pulmões quando saí do salão de baile e fui para o jardim. Eu tinha deixado meu casaco lá dentro e o ar frio penetrou na lã macia do meu terno. Ainda assim, não ajudou em nada a dissipar o tormento que corria em minhas veias.

Acender. Apagar. A chama do isqueiro fornecia a única fonte de calor.

Eu tinha sofrido muitos castigos quando criança, de agressões físicas a verbais, mas nenhum doera mais do que aquela última hora. Eu era um fantasma aquela noite, forçado a assistir, mas sem poder agir.

Permaneci do lado de fora até meu rosto ficar dormente e a dor do frio penetrar em meus ossos. Eu teria ido embora, se uma curiosidade mórbida não tivesse me arrastado de volta para a festa.

Eu precisava saber se Alessandra e Dalton ainda estavam lá. Por mais que doesse vê-los, todas as possibilidades no caso de eles saírem de lá juntos me destroçariam ainda mais.

Parei primeiro no banheiro. Tinha acabado de lavar as mãos quando uma risada ecoou de uma das cabines.

– Você viu a foto que eu mandei? – A voz carregava um forte sotaque australiano. – Sim, eu sei. Ela é *muito gostosa*. Parece que se divorciou recentemente, então deve estar louca por uma boa trepada.

Fiquei mortalmente imóvel.

Outra risada ecoou no banheiro. Estava vazio, exceto por mim e pelo desgraçado na cabine, e eu podia ouvir cada grama de arrogância em seu tom.

– Que nada. Sem chance de eu me prender a qualquer garota tão cedo, não importa quanto ela seja gostosa. Mas aposto que a boceta dela é apertada pra caralho... É, ela me mandou mensagem primeiro. Imagina quanto tempo esse ex deve ter ficado sem comer ela, se está tão desesperada assim pra sair com alguém com quem acabou de começar a conversar. – A descarga do vaso sanitário. – A câmera escondida ainda está na minha casa, sim. Vou te mostrar como ela é no serviço.

A porta da cabine se abriu e Dalton saiu. Um lampejo de surpresa cruzou seu rosto quando me viu perto da pia, mas ele não demonstrou ter qualquer ideia de quem eu poderia conhecer.

– Ei, pode me dar licença? – Ele acenou com a cabeça para a pia. – Preciso voltar para o meu encontro.

A piscadela deixou claro que ele sabia que eu tinha ouvido e que achava que fazíamos parte da mesma merda de clubinho.

– Claro.

Sequei calmamente as mãos com uma toalha de papel e a joguei no lixo.

– Obrigado. Eu...

Sua frase se transformou em um uivo quando acertei um soco em seu rosto. Jorrou sangue de seu nariz, e o satisfatório estalar de ossos afugentou os vestígios de sua risada.

– *Mas que porra é essa?*

Ele apertou o nariz, o rosto contorcido em uma expressão de dor.

– Eu vou processar você, seu...

Dalton uivou outra vez quando o segurei pelo colarinho.

– O que você vai fazer – falei calmamente – é voltar para o salão, pedir desculpas à sua acompanhante por ter desperdiçado o tempo dela e nunca mais tocar nela ou fazer contato. Depois você vai para casa desinstalar essa tal câmera antes que o FBI receba uma denúncia anônima sobre as suas atividades secretas. Se eu descobrir que você violou *qualquer uma* dessas regras, eu vou caçar você, cortar fora esse seu pau minúsculo e patético, e fazer você se engasgar com ele. Entendeu?

– Você é maluco – disparou Dalton. – Sabe quem é o meu pai...?

Puxei o colarinho com mais força, até seu rosto ganhar um tom de roxo e suas palavras se transformarem em um gorgolejo impotente.

– Entendeu?

Ele assentiu freneticamente, os olhos esbugalhados pela falta de oxigênio.

– Ótimo.

Saí e o larguei sangrando e chorando no chão. A raiva distorcia minha visão a cada passo, porém, por mais que eu quisesse bater nele até deixá-lo desacordado, pela maneira como falara sobre Alessandra, eu já havia passado dos limites. Não me arrependia nem um pouco, mas tinha a sensação de que ela não entenderia.

Minhas suspeitas foram confirmadas mais tarde, quando ela olhou para o celular com a testa franzida e deixou o salão de baile. Dante e Kai tinham desaparecido, então eu estava sozinho no bar quando Alessandra voltou alguns minutos depois, sua expressão incandescente de raiva.

– Você. Lá fora. *Agora.*

Eu a segui até um corredor silencioso no andar de cima, ignorando os olhares curiosos e os cochichos dos outros convidados. Nossa separação havia causado alvoroço nos jornais da alta sociedade, e eu já podia ver as manchetes que sairiam sobre os eventos daquela noite.

HERDEIRO DOS CAMPBELLS AGREDIDO EM BAILE DO VALHALLA!

DOMINIC E ALESSANDRA DAVENPORT SÃO FLAGRADOS DISCUTINDO. SERÁ QUE HÁ AINDA MAIS PROBLEMAS NO HORIZONTE DESTE CASAL DIVORCIADO?

– Você deu um soco na cara do Dalton? – Alessandra esperou até que estivéssemos sozinhos para gritar comigo. – Qual é o seu problema? Isso é agressão!

– Deixa eu explicar...

– Não. – Ela enfiou um dedo no meu peito. – Você disse que não ia interferir nos meus encontros.

– Eu sei. Eu...

– Isso foi há três dias, e a primeira coisa que você faz quando me vê com outra pessoa é atacar o cara no banheiro?

– Ale, ele...

– É exatamente por isso que não posso confiar em você. Você diz uma coisa e...

– Ele ia filmar você! – As palavras explodiram de mim com a frustração.

Alessandra ficou em silêncio, então me encarou, os olhos arregalados de choque.

– Eu ouvi Dalton conversando com um amigo no banheiro. – Pulei as partes mais vulgares da conversa; ela não precisava saber de nada daquilo.

– Ele estava planejando levar você para casa e filmar vocês transando. – Um novo lampejo de raiva percorreu minhas entranhas. – Me fala: o que eu deveria ter feito?

– Você podia ter me contado.

– Você teria acreditado em mim?

Ela não respondeu.

– Eu disse que vou manter distância quando você sair com quem quiser, e vou. Não cabe a mim dizer o que você pode ou não fazer. Mas eu *não vou* ficar parado se vir você sendo desrespeitada. – A emoção deixou as sílabas ásperas. – Eu faço qualquer coisa por você, amor, mas não posso fazer o impossível.

Alessandra engoliu em seco. Sua raiva havia visivelmente diminuído e de repente ela pareceu pequena e cansada em meio ao ambiente ornamentado. Fechei o punho para resistir à necessidade de tocá-la.

– Vou deixar você voltar para a festa – falei quando ela continuou em silêncio. – Desculpa por ter estragado sua noite, mas você merece uma pessoa melhor do que alguém como Dalton.

Ela merecia alguém melhor do que eu também, mas pelo menos eu sabia disso. Não havia uma única pessoa no mundo que fosse digna dela.

Dei dois passos pelo corredor antes que ela me parasse.

– Dominic.

Meu coração disparou com seu tom de voz baixo. Eu me virei, mas não tive chance de reagir antes que ela eliminasse o espaço entre nós, agarrasse minha camisa…

E me beijasse.

CAPÍTULO 31

Alessandra

NÃO SABIA COMO TINHA acontecido ou o que me levara a fazer aquilo. Em um segundo, eu estava olhando Dominic ir embora. No outro, puxei sua camisa, minha língua se enroscou na dele e meu mundo se transformou em uma névoa de calor e sensações.

O álcool e uma montanha-russa de sentimentos acabaram de vez com as minhas inibições. Em meia hora, eu havia experimentado uma variedade completa de emoções humanas – fúria, choque, desejo e milhares de tons entre cada uma delas –, e eu estava *cansada*.

Cansada de me sentir desconfortável na minha própria pele. Cansada de conversa fiada e de ficar me perguntando se a outra pessoa gostava de mim. Cansada de lutar contra a maré, quando eu só queria afundar no esquecimento.

Então, por uma noite, foi isso que eu fiz.

O gemido torturado de Dominic acendeu um calor no meu ventre, que foi se espalhando, ateando pequenos incêndios, até que fui consumida por uma luxúria entorpecedora, de enfraquecer os joelhos.

Eu não transava desde a noite anterior à assinatura do divórcio. Já haviam se passado quase três meses, mas a revelação dele de que Dalton estivera planejando me levar para casa e filmar nossa noite juntos me fez perceber que eu não estava pronta para ficar com ninguém além dele. Pelo menos não assim.

Cambaleei para trás, arrastando-o comigo. Nossas mãos tatearam, perdidas, antes de finalmente abrirmos uma porta ao longo do corredor e tropeçarmos para dentro para ter um pouco de privacidade.

Ele apertava minha cintura com força enquanto avançávamos pela sala. Tive um vislumbre de livros de couro e vitrais quando olhei ao redor; devíamos estar na biblioteca.

Razão. Palavras. Tudo desapareceu, deixando no lugar apenas anseio e desejo.

Nada entre nós era real, mas era toda a verdade que tínhamos. Eu sentia nossa conexão, mesmo enquanto os cacos afiados do meu coração tentavam me rasgar.

Minhas pernas tocaram uma poltrona de couro. Dominic me empurrou para trás, seu corpo cobrindo o meu enquanto ele me beijava com uma intensidade arrepiante. Eu já estava molhada desde que sentira o gosto de seus lábios, e a necessidade pulsou mais forte entre minhas pernas com seu gemido angustiado.

– Você não tem ideia do que faz comigo, Ale. – Dedos quentes e fortes envolveram meus quadris. – Eu destruiria o mundo se você quisesse. Eu arruinaria a vida de qualquer homem que pensasse em ter você.

Sua barba por fazer arranhou minha pele macia; sua respiração roçou minha bochecha, me causando arrepios.

Naquele momento, eu estava desesperada, carente, e era completamente dele.

– Então me come como se tudo isso fosse verdade, Dom.

Foi uma provocação leve. Uma flecha cega demais para atingir o centro do alvo, mas suficiente para conseguir o que eu queria.

– Por que você acha que não é?

Fogo e fúria acenderam os olhos dele.

– Nosso divórcio.

As palavras tinham um gosto amargo. O mal que envenenara o poço do nosso amor estava sempre presente. Negligência. Desprezo. Complacência. *Apatia*. Mas naquela noite eu não sentia o vazio que sentira tantas noites antes.

A voz se tornou um sussurro letal:

– Você acha que eu não posso rasgar aqueles documentos? Que tinta numa folha de papel significa alguma coisa para mim?

– Você só liga pra contratos. Por que seria diferente com o nosso?

Ele contraiu o maxilar e deixou escapar um grunhido. Não havia mais nada a dizer. Aquela noite era um caso de necessidade. Minha necessidade dele. Minha necessidade de esquecer o futuro do qual ele me salvara e o passado no qual me destruíra.

Dominic pegou minhas mãos e as prendeu nos braços da poltrona.

– Não solta.

Se soltar... A vontade latejante em meu ventre aumentou com as palavras implícitas.

Eu agarrava a superfície lisa de couro enquanto Dominic passava as mãos pelas minhas coxas, embolando meu vestido e roubando meu fôlego a cada centímetro que ele subia lentamente pela minha pele nua.

Por um instante, eu o vi como no dia do nosso casamento, em um momento de vulnerabilidade em que ele pensou que eu não estivesse prestando atenção. E ele estava exatamente daquele jeito: faminto, reverente e maravilhado com o prêmio que havia ganhado.

– Olha só essa bocetinha gostosa – murmurou ele. – Está escorrendo pra mim, amor.

A calça dele era áspera contra minha pele hipersensível. Eu queria desesperadamente tocá-lo, trazê-lo para perto. Em vez disso, estava exposta para ele da cintura para baixo. O ar gelado roçava meu ponto mais sensível, causando arrepios.

As mãos de Dominic finalmente encontraram a parte superior do meu vestido.

Minha respiração estava ofegante. Eu estava agitada demais para me importar com minha falta de controle da situação e com o domínio que meu ex-marido exercia.

Arrepios percorreram meu corpo e cravei as unhas nos braços de couro da poltrona, desejando que fosse nele.

Eu odiava que, naquele momento, o controle de Dominic fosse exatamente do que eu precisava.

Nada me centrava mais do que o foco dele, e eu não me arrependia da decisão de dormir com ele.

– Dom.

Meus pulmões estavam retesados de expectativa. Dois movimentos rápidos das mãos dele e meu vestido caiu ao redor da minha cintura. Ele abaixou a cabeça e mordiscou meu mamilo.

Gemi com a pontada incandescente de sensações.

Sua língua me dominou, incendiando meus nervos enquanto eu encharcava o couro da poltrona. Mãos fortes acariciavam e agarravam minhas coxas, sem me dar o que eu mais queria.

– Você acha que eu consigo viver sem o seu gosto na minha língua? Sem o som dos seus gemidos no meu ouvido enquanto você senta no meu pau?

As palavras dele cobriram minha pele com desejos indecentes.

– Consegue? – sussurrei.

Foi uma pergunta sincera, não um desafio.

A pergunta deu voz a cada dúvida que eu tinha.

A resposta dele foi um som baixinho, em que não acreditei. Eu sabia que aquilo não deveria passar de uma transa segura com um homem que conhecia meu corpo melhor do que ninguém, então me contive para não dizer mais nada.

Queria perguntar onde ele estivera todas aquelas noites. Queria perguntar por que ele ainda usava a aliança. Queria saber se podia confiar naquelas palavras depois das promessas que ele havia quebrado repetidas vezes. Mas meu coração não aguentaria mais uma decepção naquela noite.

Ele se afastou antes de passar para meu outro seio. Mordendo, provocando. Uma das mãos beliscou meu mamilo, me fazendo gemer. Doía de um jeito delicioso. A outra mão deslizou minha calcinha para o lado e esfregou meu clitóris, me deixando completamente encharcada, mas sem me permitir gozar.

– Por favor – implorei, me contorcendo contra a dele mão. – Dom...

Sufoquei outro suspiro quando ele mordiscou minha pele em advertência.

– Não, eu quero sentir você contraindo ao meu redor, amor. – A luxúria tornou a voz dele áspera. – Quero sentir sua boceta me apertando. Quero sentir você gozando no meu pau.

Meu Deus. Aquelas palavras não deveriam me excitar tanto, mas me excitavam.

Ele se afastou, e o barulho suave de um zíper foi tudo que ouvi antes de ver estrelas.

Completa. Fui impossivelmente preenchida quando ele não esperou, não provocou – apenas meteu em mim com um impulso longo e forte, e meu corpo se curvou com a súbita e intensa pressão.

– *Porra* – falei, ofegante.

Minha submissão era um convite que eu sabia que não deveria fazer.

Eu estava exposta e ele, quase totalmente vestido. Qualquer fingimento desapareceu quando minha pele tocou a dele. Não houve como esconder a forma como chamei seu nome ou o efeito que ele causava no meu corpo.

Meus gemidos e soluços se misturaram com os grunhidos dele enquanto Dominic me fodia loucamente. Eu não conseguia ver, ouvir nem pensar com clareza. Éramos só nós, nossos corpos suados se movendo em um ritmo brusco e atemporal.

– Eu poderia morrer nessa boceta, Ale. Eu poderia morrer agora mesmo, sabendo que você é minha.

A mão dele envolveu levemente minha garganta, me prendendo contra o couro enquanto ele nos levava ao êxtase.

Eu o senti crescer dentro de mim enquanto acelerava o ritmo. Meu orgasmo se aproximava ao mesmo tempo que tremores percorriam meu corpo. Eu tinha arruinado o sofá e minhas mãos estavam molhadas de suor enquanto ele me mantinha presa ali.

Dominic investia o pau contra mim como se ele estivesse tentando cravar alguma verdade desconhecida em meu corpo. Quando ele encostou a testa na minha, vi as sombras envolvendo seu rosto. Vi as palavras nas quais eu não queria acreditar nadando em seus olhos.

Segurança e medo se enroscaram profundamente em minhas entranhas.

A aliança de casamento dele pressionando minha cintura parecia pesada naquele purgatório onde eu entraria alegremente apenas por aquele momento roubado.

Mais uma estocada e eu desmoronei, explodindo como confete contra o couro, pedaços de mim se cravando na pele dele. Fui tomada por um calor quando ele gozou logo em seguida, gemendo e estremecendo.

O silêncio se instalou, quente e lânguido. Nossas respirações desaceleraram enquanto a névoa provocada pelo sexo se dissipava.

Acabei de transar com meu ex-marido. A clareza me atingiu, mas eu não estava pronta para pensar no que aquilo significava. Eu o desejara e permitira que ele me possuísse.

O arrependimento tentou me dominar, mas eu o afastei.

Dom se levantou e ajeitou as roupas. Ele exalava elegância e poder, mas eu via o homem por quem me apaixonara. O homem que tinha três empregos, mas ainda me chupava por baixo da mesa enquanto estudávamos. O homem que fez promessas e as cumpriu, até não cumprir mais.

Nossos olhares se consumiam, comunicando o que as palavras não conseguiam.

Eu tinha acabado de me levantar do sofá e arrumado as roupas quando uma terceira voz ecoou pela sala.

– *Merda.*

Nós erguemos o rosto para o terceiro andar, onde Kai e Isabella haviam saído de… *aquilo atrás das estantes era uma sala secreta?*

Nós todos nos entreolhamos, os quatro amarrotados e desgrenhados de uma forma que só poderia indicar um tipo de atividade.

– Bem – disse Kai, seu sotaque britânico elegante soando um pouco respeitável demais para a situação. – Isso é constrangedor.

CAPÍTULO 32

Dominic

A EUFORIA PÓS-SEXO DUROU exatamente uma hora e oito minutos. Depois do encontro constrangedor com Kai e Isabella na biblioteca, Alessandra, de rosto vermelho, foi embora com o casal (presumi que ela e Isabella tinham muito o que conversar), e eu fui para casa com o sangue fervendo.

Eu sabia que não deveria supor que sexo significasse algo mais do que uma fusão temporária de desejos, mas era um mínimo progresso em nosso relacionamento, e aquilo era tudo que eu poderia pedir no momento.

A cobertura me recebeu com silêncio quando cheguei. Eu tinha dado uma semana de folga para a equipe, para o Natal, e meus passos ecoaram no chão de mármore enquanto eu caminhava do hall de entrada até a sala de estar. Eu deveria dar meia…

Algo se moveu na escuridão.

Uma adaga fria de medo cortou os últimos fios daquela névoa quente causada por Alessandra, e parei abruptamente.

Um segundo depois, uma lâmpada se acendeu, trazendo alívio quando vi aqueles cabelos escuros e olhos verdes frios.

– Chegando tarde – disse meu irmão com voz arrastada. – Por onde andou?

Meu medo se incendiou, transformando-se em raiva.

– Como você foi que você entrou aqui, porra?

Roman estava recostado no sofá feito um imperador em seu trono. Uma adaga prateada brilhava contra sua roupa toda preta, e ele a jogava distraidamente de uma mão para outra enquanto me examinava, achando graça.

– Seu sistema de segurança é bom, mas eu sou melhor.

Minha mandíbula ficou rígida como granito. Eu tinha o melhor sistema de segurança do mercado. Também havia contratado o melhor investigador da cidade, e ele não conseguira descobrir nada sobre o passado de Roman nem sobre onde ele estivera desde a morte suspeitamente cronometrada de Martin Wellgrew no Le Boudoir.

O que você tem feito desde os tempos da escola, Roman?

– Não se preocupe. Eu venho em paz. – Ele ergueu as mãos, seu tom meio zombeteiro, meio sincero. – Pode desfazer essa cara desconfiada. Não se pode mais fazer uma visita amigável de fim de ano ao irmão?

– Uma visita amigável bate na porta, não arromba e entra.

– Não tinha ninguém em casa quando eu cheguei, então bater não teria adiantado nada, não é?

– Não vem com essa. – Atravessei a sala, ciente tanto da adaga nas mãos dele quanto da arma que eu tinha escondida na cornija da lareira. – Você sumiu depois do Le Boudoir e não estaria aqui a menos que quisesse alguma coisa.

Ele parou de sorrir, a adaga parada em sua mão esquerda.

– Como eu disse, fim de ano. Eu fico nostálgico.

– Nosso fim de ano sempre foi uma merda.

Nossa família adotiva não gostava muito de dar presentes nem de comemorar o Natal. O único presente que recebi deles foi um par de meias usadas.

Roman deu de ombros.

– É verdade, mas houve bons momentos. Lembra quando ficamos bêbados com *eggnog* pela primeira vez e destruímos os gnomos de jardim da Sra. Peltzer? Dava pra ouvir ela gritando a meio quarteirão de distância.

– Nós fizemos um favor a ela. Aqueles gnomos eram horrorosos.

– Eram mesmo. – Sombras dançavam pelo rosto dele. – Eu não tive ninguém com quem comemorar o Natal depois que você foi embora. O reformatório era um inferno. Quando saí, não tinha amigos, nem família, nem dinheiro.

A culpa me atingiu por todos os lados. Enquanto eu convivia com colegas e professores na Thayer, Roman sofrera sozinho. Ele tinha feito suas escolhas e encarado as consequências, mas isso não aliviava o peso amargo na minha garganta.

Ainda assim, ele era um homem adulto agora, um homem perigoso, e eu seria um tolo se deixasse o sentimentalismo afetar minha autopreservação.

– Você parece estar bem agora.

Parei ao lado da lareira, meus olhos fixos em Roman, meus sentidos em alerta máximo para qualquer surpresa que pudesse emergir das sombras.

– Pareço, né? – Ele pressionou a ponta da lâmina contra o dedo. Uma pequena gota de sangue brotou. – Passei um tempo andando por aí depois que saí do reformatório, até conhecer o John. Ele era um veterano da Segunda Guerra Mundial e tinha o pavio bem curto, mas me deu um emprego estável na loja dele e um lugar para morar. Se não fosse por ele, eu não estaria onde estou hoje. – As sombras escureceram ainda mais. – Ele morreu ano passado.

– Eu sinto muito – falei com sinceridade.

Não conhecia o sujeito, mas tivera uma figura semelhante em minha vida, e a morte de Ehrlich me deixara mais à deriva do que qualquer outra coisa até então.

– Eu falei de você para ele, sabe? – disse Roman calmamente. – Sobre como éramos próximos. Sobre a sua traição e o quanto eu te odiava. Esse ódio me manteve vivo, Dom, porque me recusava a morrer enquanto você conseguia tudo o que queria.

O amargor se intensificou. Era como cem pedras amarradas na minha cintura, me arrastando para baixo até me sufocar sob seu peso.

– Eu teria te ajudado. Se você tivesse me pedido qualquer outra coisa, qualquer coisa que não fosse um álibi, eu teria feito.

– Minha vez de dizer "não vem com essa".

Roman levantou-se do sofá, o ressentimento retalhando sua indiferença até deixá-la em farrapos no chão.

– Você não teria feito porra nenhuma, porque Dominic Davenport sempre quer ser o número um. Quantas vezes eu te protegi quando éramos mais novos? Dezenas. Quantas vezes eu pedi a sua ajuda? *Uma*.

Chamas de frustração lamberam minha culpa.

– Existe uma diferença entre mentir sobre um menor de idade bebendo álcool e um *incêndio criminoso*!

– Quer que eu acredite que você se importa com a lei? – A raiva dele ricocheteou no mármore com um volume atordoante. – Não me diga que não fez nada suspeito desde a última vez que eu te vi. Você faz essas coisas para enriquecer, mas não para ajudar outra pessoa. – A animosidade brilhava nos olhos dele. – A questão não era o álibi. Era lealdade. Você nem tentou ficar por perto. Viu como meus problemas ameaçavam seu precioso plano de ficar rico e virou as costas para a única família que já teve.

O zumbido voltou com força total. Era ensurdecedor, uma cacofonia de ruídos que eu não conseguia bloquear, por mais que tentasse.

– Parece ser seu padrão de comportamento. – A expressão de Roman suavizou-se com o golpe fatal. – Cadê a sua esposa, Dom? Ficou cansada das suas merdas e finalmente foi embora?

O nó apertado que vinha se formando dentro de mim desde a noite em que cheguei em casa e descobri que Alessandra havia partido finalmente me estrangulou.

Um rosnado rasgou o ar enquanto eu avançava. Meu punho encontrou osso, provocando um silvo agudo. Roman foi pego de surpresa apenas por um segundo, depois jogou a adaga para o lado e devolveu meu golpe com tanta força que tirou o ar dos meus pulmões.

Um vaso se espatifou no chão enquanto nos atracávamos como só irmãos fazem, a hostilidade ainda mais potente por conta do passado em comum. Não peguei a arma; ele não pegou a adaga. Aquele confronto passara quinze anos latente, e não permitiríamos que armas suavizassem nossos golpes.

Aquilo era pessoal pra caralho.

Suor e fúria encharcaram o ar. Pele esfolada, fios de sangue correndo por nosso rosto. Minha visão escureceu e o gosto de cobre encheu minha boca. Em algum lugar, ossos estalaram.

Não era a primeira vez que Roman e eu brigávamos. Quando adolescentes, ficávamos irritados com bastante facilidade e muitas vezes lutávamos até ganharmos cortes e hematomas. No entanto, os anos haviam aumentado nossa capacidade de agressão, e ambos poderíamos ter morrido naquela noite, se não estivéssemos tão ferozmente apegados às nossas razões para viver.

Para mim, era Alessandra; para Roman, algo que eu não sabia, que ele jamais me contaria.

Por fim, em algum momento entre os grunhidos e os golpes, nossa energia se esgotou. Caímos no chão, feridos e exaustos, com o peito arfando.

– Porra. – Cuspi um bocado de sangue, manchando a borda do tapete de vinte mil dólares que comprara na Turquia. Mas essa era a vantagem de ser rico: tudo era substituível. *Quase tudo.* – Você não é mais um merdinha magricela.

– E você finalmente aprendeu a lutar sem trapacear.

– Ser mais inteligente do que violento não é trapaça.

Roman bufou. Manchas roxo-escuras já se formavam em seu rosto e sangue seco pintava listras acobreadas em sua pele. Um olho estava inchado e meio fechado.

Eu tinha certeza de que não estava muito melhor. Cada centímetro do meu corpo gritava em agonia, agora que a adrenalina havia baixado, e eu sabia que um ou dois ossos haviam se quebrado. No entanto, enquanto eu levava uma surra, o zumbido doloroso na minha cabeça desaparecera. Nossa briga expulsara tudo o que estava apodrecendo dentro de mim desde que deixei Ohio, e isso compensava cada olho roxo e fratura.

Roman encostou a cabeça na parede, a expressão livre de raiva.

– Você às vezes se arrepende?

Não precisei perguntar a que ele estava se referindo.

– O tempo todo.

Nossas respirações voltaram ao normal no silêncio. Não era um silêncio confortável, mas também não era devastador. Apenas era.

– Eu tentei te encontrar – contei. – Depois da faculdade. Várias vezes. Você se tornou um fantasma.

– Existe um motivo para isso. – A resposta trazia um misto de advertência e cansaço.

Um instinto protetor há muito enterrado ganhou vida. Apesar de nossa história tumultuada, ele ainda era meu irmão mais novo. Na época eu não tinha recursos para proteger nenhum de nós, mas naquele momento eu tinha.

– No que você se meteu, Rome?

– Não faça perguntas para as quais você não quer respostas. É melhor assim… para nós dois.

– Pelo menos me fala que você não teve nada a ver com a morte do Wellgrew.

O Orion Bank estava um caos desde a morte prematura dele. O novo presidente do banco era um idiota que parecia estar tentando *derrubar* a instituição, e a morte de Wellgrew tinha sido considerada um acidente, apesar dos rumores contrários.

– Não se preocupe com ele. – Dessa vez, o aviso de Roman foi alto e claro. – Ele está morto. É isso. Acabou.

Passei a mão pelo rosto. Saiu ensanguentada.

Eu não era mais um garoto lutando para sobreviver em Ohio, mas talvez, com todo aquele dinheiro e poder, ainda fosse um covarde. Porque, apesar dos alarmes que soavam a cada palavra que saía da boca de Roman, optei por ignorá-los.

Tínhamos chegado a uma trégua temporária e, embora eu nunca fosse admitir, era bom estar perto da minha família novamente – o suficiente para que eu não ousasse tirar a máscara de meu irmão e ver no que ele havia se transformado.

CAPÍTULO 33

Alessandra

– AS CONFIRMAÇÕES DE presença estão chegando. – Sloane tocou a tela do celular com um sorriso satisfeito. – Christian e Stella Harper, sim. Ayana, sim. Buffy Darlington, sim. Vai ser um grande evento.

– Claro que vai. Eu que organizei – brincou Vivian.

O Ano-Novo tinha sido há uma semana, e Sloane, Vivian, Isabella e eu estávamos aproveitando nosso happy hour semanal para falar da festa inaugural da loja. Eu tinha feito drinques sem álcool para Vivian, que estava entrando na décima primeira semana de gravidez.

– Mas, sério, este lugar está incrível, Ale. A inauguração vai ser um sucesso.

– Espero que sim. – O nervosismo fez meu estômago vibrar. – Obrigada pela ajuda. De verdade. Eu não teria conseguido fazer nada disso sem vocês.

Havia vantagens em ter uma assessora de imprensa e uma promotora de eventos como melhores amigas. Sloane e Vivian ficaram encarregadas da logística enquanto eu lutava para terminar as flores a tempo para o evento.

Depois de uma análise realista da minha linha do tempo, que foi angustiante, mas muito necessária, desisti do plano original de recriar todos os projetos que haviam sido arruinados pelo vazamento e, em vez disso, concentrei minha energia em uma grande peça central. Serviria como vitrine da galeria, e eu complementaria com algumas peças menores que tinha em casa. O novo layout era uma aposta, mas também o melhor que eu podia fazer sem atrasar a inauguração. Meus contratos com o bufê e com o DJ não eram reembolsáveis, então eu não poderia adiar mesmo que quisesse.

Inspecionei a loja. A obra nos fundos ainda estava em andamento, mas em apenas algumas semanas o andar principal tinha sido transformado em algo digno de registro. A recepção e delicados arranjos florais ocupavam o lado direito, enquanto o lado esquerdo era dominado pelo café. Só havia espaço para o balcão de mármore, um banco de veludo e duas mesas, mas esses elementos tinham dado um toque de aconchego ao espaço. Só faltava o arranjo de flores prensadas e alguns detalhes de acabamento.

Foi a primeira vez que não voltei ao Brasil para passar o Natal, e trabalhei sem parar para organizar tudo. Valeu a pena.

– Como foi seu encontro no sábado? – perguntou Isabella. – Melhor do que aquele fiasco do Dalton, espero.

– É difícil qualquer encontro ser *pior* do que aquele.

Eu não tinha ouvido um pio de Dalton desde o baile de Natal. Houve boatos de que ele fora expulso do Valhalla, mas sem nenhuma confirmação ainda.

– Respondendo à sua pergunta, foi bom, mas não pretendo repetir.

Eu não tinha desistido dos encontros depois da minha, hã… aventura com Dominic na biblioteca. O sexo tinha sido incrível, mas eu estava falando sério quando disse que queria sair com outras pessoas. Apesar das festas de fim de ano, depois do Natal eu dera um jeito de ir a um show de comédia com um músico e de tomar uns drinques com um simpático professor do ensino médio no fim de semana.

Eu não me importava que os encontros não levassem a lugar nenhum. Só queria conhecer gente nova e experimentar ficar com outra pessoa. Felizmente, nem o músico nem o professor tentaram me atrair para seus apartamentos para uma *sex tape* secreta, então já era uma vantagem.

– Não acredito que vocês transaram na biblioteca ao mesmo tempo – comentou Vivian. – Nem que existe uma *sala secreta* e você não me contou.

Isabella e eu coramos. Tínhamos contado a nossas amigas o que acontecera na festa, o que, pensando bem, tinha sido um erro, porque Vivian e Sloane não paravam de nos provocar por conta disso. Pelo menos elas não haviam tocado no assunto perto de Marcelo.

Como não pude ir ao Brasil para o Natal, ele viera para Nova York. Havíamos passado um fim de semana prolongado assistindo a shows da

Broadway e nos empanturrando de doces caros. Minha mãe fez uma chamada de vídeo diretamente de Saint-Barts no dia de Natal, o que foi mais atencioso do que esperávamos.

– Não cabia a mim contar – disse Isabella, na defensiva. – É um segredo da família Young e vocês *não podem* contar para mais ninguém.

Sloane bufou baixinho.

– Por que eu contaria para alguém sobre o covil sexual de vocês? Se fosse para usar, eu teria que desinfetá-lo antes de pisar lá dentro.

Isabella atirou um pedaço de papel pardo amassado nela, e nosso encontro logo se transformou em uma briga de papel ofegante e cheia de risadas.

– Para! – gritei quando Vivian me acertou com bolas de papel. – Quando você ficou tão violenta? Você deveria ser a mais legal!

– Ando muito cansada, meus seios estão doloridos e tenho que convencer Dante a não me isolar com plástico-bolha todos os dias – disse ela. – Preciso liberar um pouco da tensão.

Justo.

Fiquei feliz por minhas amigas não me interrogarem em relação a Dominic. Elas tinham ficado chocadas, mas não necessariamente surpresas, quando confessei sobre a transa – um fato que optei por não detalhar muito – e atendido ao meu pedido de não falar sobre o assunto. De todo modo, eu não saberia o que dizer; estava tão confusa sobre o status do meu relacionamento quanto elas.

Dominic e eu havíamos deixado algumas mensagens de voz um para o outro desde o baile de gala. Eram saudações genéricas, como *Feliz Natal* e *Feliz Ano-Novo*, mas ele também tinha enviado *de presente* um kit personalizado para fazer joias, *com um recado escrito à mão*. Fiquei surpresa e emocionada por ele ter se lembrado do hobby casual que adquiri em Búzios, mas havia um limite para o que podíamos dizer por meio de mensagens e presentes. Já tinha passado da hora de termos uma conversa de verdade.

Meu celular vibrou com uma nova mensagem enquanto minhas amigas encerravam a briga.

Falando no diabo.

Meu coração foi parar na garganta. Dominic raramente mandava mensagens, e foi por isso que demorou um minuto para que eu assimilasse suas palavras.

Dominic: Me encontra na Saxon Gallery hoje à noite. 20h. Tenho uma coisa para você.

Eu estava curiosa demais para não ir.

Depois que minhas amigas foram embora e eu fechei a loja, peguei o metrô até a Saxon Gallery, no West Side, onde Dominic esperava na recepção.

A primeira coisa que notei foram os hematomas. Manchas roxo-amareladas maculavam sua bochecha e seu maxilar, e uma ferida já cicatrizada evidenciava um corte em seu olho direito. Parecia que ele havia saído no soco com um animal selvagem.

– Ai, meu Deus – falei, sem fôlego. – O que aconteceu?

– Meu irmão apareceu de novo. – O tom foi seco. – Digamos que nós resolvemos nossas questões.

Meu Deus. Eu achava que o *nosso* relacionamento era complicado, mas aparentemente o envolvimento dele com o irmão era pior.

Estendi a mão na direção do rosto dele por instinto, mas hesitei. Não éramos mais casados. Eu não deveria cuidar dele, como uma esposa faria, mas vê-lo ferido me deixou de coração apertado.

Ele estava bem, e as feridas sarariam. Mesmo assim...

Passei os dedos sobre o hematoma mais escuro. Sua pele era macia sob a barba por fazer, e senti meu estômago se revirar.

Tinha saudade do toque íntimo. Tinha saudade de poder abraçá-lo sem motivo ou dar-lhe um beijo distraído na bochecha quando ele estava trabalhando. De todas as pequenas coisas que um dia nos tornaram *nós dois*, mas também estava com muito medo de retomar aquela mesma relação.

Preferia todo aquele peso a uma segunda decepção amorosa.

Dominic me observava sem se mover. Seu peito subia e descia em um ritmo constante, mas a tensão marcava sua mandíbula, como se ele tivesse medo de me assustar se fizesse um gesto errado.

– Por que os homens sempre recorrem à violência? – perguntei, tentando aliviar a tensão no ar. – Existe terapia, sabia?

– Nossos problemas vão além da terapia. Além disso, eu não sou o único machucado.

A satisfação preencheu o rosto de Dominic, mas seus olhos se suavizaram quando meus dedos percorreram outro hematoma em seu maxilar.

Balancei a cabeça. *Homens.*

– Não acredito que você não me contou.

– Não achei que você se importasse.

Parei de tocar nele. O silêncio pairou entre nós antes que eu baixasse o braço.

– Bem, espero que você esteja colocando gelo nisso aí – falei, contornando a resposta dele. – Esse roxo não combina com seus ternos.

O canto da boca dele se ergueu.

– Anotado.

Avançamos pela galeria, que exibia uma lúdica exposição de flores de vidro de Yumi Hayashi. Visitar uma de suas exposições estava na minha lista de desejos havia anos, mas as datas nunca se encaixavam com a minha agenda, e eu andava tão distraída com o divórcio e a inauguração da loja que não me dera conta de que havia uma nova exposição naquele inverno.

– Fiquei surpresa de você ter me convidado para te encontrar aqui. Você não liga muito para arte.

Eu havia escolhido todas as obras de arte da cobertura. Dominic era um gênio com números, mas se eu tivesse deixado a decoração com ele, o apartamento teria feito um tabuleiro de xadrez parecer colorido.

– Não ligo mesmo, mas achei que essa exposição em particular seria uma boa inspiração – respondeu Dominic. – Para os seus projetos, caso precise.

Um calor se acumulou em meu estômago. Ele conseguia ser um amor quando queria.

– Obrigada.

– De nada.

Seu sussurro suave e íntimo percorreu meu corpo.

A eletricidade de antes retornou, enviando pequenos tremores ao meu peito, até que precisei respirar fundo.

– Acho que não é uma exposição popular – comentei, tentando desesperadamente não notar a forma como o calor do corpo dele penetrava minha pele ou como sua camisa roçava o meu braço. – Não tem mais ninguém aqui.

– Eu reservei a galeria. – Dominic enfiou a mão no bolso. – É melhor sem tanta gente, e eu queria ficar sozinho com você.

Não consegui encontrar uma resposta adequada para aquilo.

A exposição consistia em sete salas, cada uma com uma temática inspirada na flora de diferentes regiões. Não voltei a falar até chegarmos à sétima e última exposição, com flores nativas da Ásia.

– Sobre o que aconteceu no baile... – Parei na frente de uma lanterna gigante com o formato de uma flor de lótus. Era a única fonte de luz da sala, mas foi o suficiente para evidenciar a tensão nos ombros de Dominic. – Eu... – As palavras certas lutavam para escapar. – Não posso prometer nada além de sexo.

Ele era o *único* homem capaz de me incendiar com um toque. Negar a atração entre nós era inútil, e meu período de seca pré-Natal havia sido uma tortura. Eu não sabia quanto sentia falta de toque físico até recebê-lo.

Entrar em um relacionamento exclusivamente sexual com meu ex-marido era uma péssima ideia? Sem dúvida. Mas já estávamos naquela situação; era melhor eu aproveitar enquanto durasse.

Os olhos de Dominic brilharam na penumbra.

– Eu aceito isso.

Fácil assim? Eu não tinha certeza se meu suspiro de resposta tinha sido de alívio ou de decepção. Esperara que ele recuasse, mas Dominic parecia disposto a seguir minhas regras.

No entanto, a surpresa acelerou meus batimentos cardíacos quando Dominic se pôs lentamente atrás de mim. O silêncio vibrou e me manteve presa enquanto seu hálito quente causava sensações pelo meu corpo e seus dedos traçavam meus braços.

Minhas costas roçaram o peito dele e os pelos da minha nuca se arrepiaram em expectativa. Doía estar tão perto dele, sentir a intimidade que havíamos perdido. Cada movimento de seu peito fazia com que o meu se contraísse; cada batida de nosso coração martelava um lembrete.

Ele magoou você.

Você o deixou.

Ele ainda está aqui.

Você o quer.

Ele não desistiu. E se, e se, e se.

Tudo verdade, mesmo que uma coisa entrasse em conflito com a outra.

Arrepios percorreram minha pele quando ele beijou meu pescoço. A lembrança de seus lábios contra minha pele era uma tortura doce, suave, mas firme, gentil, e ainda assim autoritária.

– O que você quer, amor? – sussurrou ele.

Nossas respirações ecoaram enquanto ele esperava. Dominic nunca esperava. Ele era ação, movimento e comando. Era eu quem sempre esperava. Esperei por jantares que nunca compartilhamos e por noites juntos que nunca passamos.

O que eu quero? Eu queria autoridade, algo que tantas vezes me faltara em nosso casamento. Tinha passado anos na corda bamba de ser uma esposa obediente e seguir meus desejos, e queria um mundo onde eu fizesse minhas regras, em vez de apenas segui-las.

Só posso prometer sexo.

Minha primeira regra implícita. Talvez aquela fosse a noite para implementá-la nos meus termos.

Meus batimentos cardíacos aceleraram quando passei as mãos por seus ombros e lentamente puxei seu paletó para baixo. A surpresa brilhou no rosto dele, mas Dominic seguiu minha deixa e deixou a peça escorregar por seus braços, então a colocou ao lado. Ele arregaçou as mangas da camisa com movimentos cuidadosos e calculados, sem tirar os olhos dos meus. A cada movimento, a aliança de casamento em sua mão esquerda brilhava na penumbra.

Dominic nunca havia parado de usá-la, nem mesmo depois que nos divorciamos. De uma maneira inexplicável, aquela visão atiçou as chamas que queimavam meu estômago aos poucos. Me senti totalmente vulnerável enquanto o calor se acumulava entre minhas pernas e pulsava em um latejar vazio.

Ficamos imóveis, nos encarando enquanto a eletricidade zumbia no ar.

– Não pare agora – disse Dominic gentilmente. – Me mostre o que você quer.

Era um apelo envolto em uma ordem simples, mas nada naquilo era simples de verdade. Aquele momento superava tudo que veio antes. Eu nunca tinha lidado com aquele tipo de submissão. Entrelacei meus dedos nos dele e o puxei para o canto mais escuro, onde apenas um raio de luz rompia as sombras. Um leve empurrão o pôs de joelhos, e a luxúria brotou em minhas veias enquanto ele seguia o comando e apoiava uma das minhas pernas sobre seu ombro. A visão da minha pele bronzeada sobre a camisa branca dele fez minha cabeça girar.

Ele levantou minha saia e deslizou minha calcinha para o lado.

– Caralho, você está toda molhada. – Seu sussurro me causou arrepios. – Está vendo quanto eu preciso de você? Como estou desesperado para sentir você, de qualquer maneira que você me permitir?

Meu coração doeu quando pensei em todas as noites nas quais ele preferiu seu império enquanto eu ficava abandonada nas sombras. Todas as noites em que desejei que ele precisasse de mim e não de mais dinheiro na conta bancária.

Eu estava pulsando por um homem que eu não queria amar, mas que eu desejava desesperadamente. Dominic avançou devagar, beijando minha coxa antes de passar a boca pela minha boceta. Senti a parede fria contra minhas costas enquanto a língua dele me penetrava, e ali mesmo, no canto da galeria, com minha perna em seu ombro e suas mãos apoiadas nos meus quadris, ele me comeu como um homem faminto.

As chamas se transformaram em um incêndio. Cada roçar de sua língua me inundava de prazer; cada lambida experiente em meu clitóris enfraquecia meus joelhos, até que agarrei seu cabelo e me segurei com toda a força.

Meu controle se partiu em cacos afiados, que começaram a me deixar em pedaços, assim como cada gesto safado dele. Eu sabia que não deveria acreditar que o sexo estava consertando meu coração partido, mas cada lambida e chupada pareciam remover, um por um, os estilhaços de quem éramos.

– Mais. – Eu solucei. – Por favor, não para. Não... *ah*!

Meu grito ecoou pela sala quando ele agarrava meus quadris com mais força e enfiava a língua em minha boceta intumescida e encharcada.

Eu não conseguia me segurar à realidade. Tudo virou um borrão, até que só restava eu, ele e o avanço incessante do prazer pelo meu corpo.

Ter o controle sobre aquela noite havia me estimulado, mas também me levado mais profundamente à órbita dele. Cada tremor e arrepio pareciam uma vitória da minha independência e uma fratura em minhas defesas. Dominic roçou os dentes pelo meu clitóris e enfiou dois dedos dentro de mim. Meu gritinho encheu a galeria vazia enquanto eu me contorcia contra a penetração repentina. Sua outra mão me soltou, e perdi o ar novamente quando olhei para baixo e vi a mão dele fechada em torno de seu pau. Ele se masturbava com golpes fortes e intensos enquanto gemia em minha boceta.

– Sentir o meu gosto te deixa excitado? – perguntei, ofegante.

Eu nunca o tinha visto fazer aquilo com tanta intensidade, e sempre adorara vê-lo se tocar e gozar só para mim.

Eu não era mais um detalhe na vida dele, mas uma obsessão. Ser o objeto dos desejos de Dominic era a única coisa que eu amara e da qual sentia falta. Eu não confiava em entregar meu coração a ele, mas meu corpo, sim.

– Porra, sim. – A respiração dele estava quente contra minha pele. – Eu nunca vou me cansar de você. Eu me afogaria em você, se você deixasse.

Suas palavras acenderam um fósforo que lentamente abriu caminho rumo ao inevitável. Ele deve ter percebido, porque me olhou com uma expressão extasiada e voraz enquanto eu tremia contra seus dedos.

– Eu te dou o que você precisa, amor?

Uma mentira saiu dos meus lábios.

– Não.

Mas estar no controle parecia uma fantasia enquanto ele me dominava com as mãos e a boca. Eu não queria me entregar a ele, mas minha determinação começou a desmoronar. Minha excitação escorria pelas coxas enquanto meu coração batia no ritmo das metidas dele. Dominic me chupava e me lambia como se nunca tivesse estado tão determinado a arrancar todo o prazer possível de mim.

O passado se dissipou em uma onda, e o orgasmo se aproximou, escaldante.

Foi então que o senti estremecer e gemer novamente contra minha boceta. Ele havia gozado no chão aos meus pés, derramando suas promessas no piso. A sensação de tê-lo ajoelhado na minha frente, me tocando e se tocando, me levou ao limite.

A pressão explodiu e uma luz branca jorrou atrás dos meus olhos enquanto eu gozava na boca dele.

Mantive o controle, mas mentira para mim mesma. Eu ainda pertencia a Dominic.

CAPÍTULO 34

Dominic

- AI, MEU DEUS. – O som de água corrente quase abafou o gemido de Alessandra. – Ai, meu Deus... *caralho, Dom!*

Ela soltou um grito estrangulado enquanto eu metia, o som do meu nome reduzindo meu controle a pó. Seu cabelo molhado estava enrolado em meu punho, e suas mãos estavam espalmadas contra o azulejo enquanto eu a fodia impiedosamente contra a parede. Gemidos entrecortados ecoavam a cada estocada brutal.

Às vezes, ela gostava de algo doce e lento; outras, de velocidade e brutalidade. Era meio inebriante saber o que ela queria, e minha suspeita de que ela ansiava pela segunda opção se confirmava pela maneira como sua boceta apertava meu pau.

O calor percorreu meu corpo, acelerou meus batimentos. Eu queria dizer quanto ela era gostosa, como queria me enterrar nela até marcar cada centímetro de seu coração e de seu corpo, e que ela seria sempre minha.

Mas não falei.

Engoli as palavras que ameaçavam escapar contra os ombros dela. Segurei-a ainda mais forte e puxei sua cabeça para trás, a outra mão subindo por sua cintura e passando por um seio macio.

Seu mamilo endureceu na minha mão conforme ela se curvava contra minhas estocadas.

- Abra mais as pernas para mim, querida. – Meus dentes marcaram sua pele, transformando minhas palavras suaves em uma ordem. – Quero ver meu pau arreganhando essa sua bocetinha linda.

Um tremor percorreu todo o corpo de Alessandra. Ela não hesitou em obedecer, e eu quase desejei o contrário, porque a visão dela me engolindo foi o suficiente para me deixar maluco.

– Perfeito – gemi, tão excitado que foi um milagre eu não ter explodido naquele momento.

Nós nos encaixávamos perfeitamente. O corpo dela se moldava ao meu como se tivesse sido feito para mim. Deslizar para dentro dela era o mais perto que eu havia chegado do céu e, porra, eu não queria ir embora nunca mais.

Entrando e saindo, mais rápido e mais fundo. O jorro constante de água batia em minhas costas enquanto eu metia, nossas peles molhadas se chocando em uma sinfonia vulgar e erótica que nenhum banho seria capaz de purificar.

Alessandra soltou outro gemido. Ela estava perto. Eu podia sentir a tensão reveladora de seus músculos e a virei de frente bem antes de ela gozar.

Fios de água escorreram pelo rosto e pelos seios dela quando ela inclinou a cabeça para trás, a boca entreaberta para soltar um grito agudo e ofegante que abalou a nós dois.

Eu não conseguia mais segurar. Os espasmos do orgasmo dela ainda apertavam meu pau quando saí de dentro dela e ejaculei contra sua pele. O chuveiro lavou tudo antes do que eu gostaria, e então nos abraçamos, nossos batimentos cardíacos sincronizados, nossas respirações irregulares abafadas sob o fluxo constante de água. Eu queria revestir aquele momento em âmbar, mas, como sempre, acabou cedo demais.

Alessandra se desvencilhou de meus braços e passou por mim. O frio tomou meu corpo quando desliguei o chuveiro e a observei se secar com a toalha, meu peito já ficando vazio com sua partida iminente.

Não posso prometer nada além de sexo.

Então era isso que vínhamos fazendo nas últimas três semanas. Ela me ligava quando queria me ver e eu aparecia. Ela ia a encontros sobre os quais eu nunca perguntava, e eu fazia convites que ela nunca aceitava.

Não era exatamente um relacionamento, mas se aquilo era tudo o que Alessandra estava disposta a dar, então eu aceitaria.

Enrolei uma toalha na cintura e a segui até o quarto. Naquele dia, tínhamos nos encontrado na cobertura, em vez de no apartamento dela ou em um hotel, o que era incomum. Ela geralmente evitava nossa antiga casa.

Será que Alessandra entrava pela porta e se lembrava da nossa comemoração regada a champanhe depois que fechamos a compra da casa? Quando ela pegava o vestido em cima da cama, será que via as centenas de noites que passamos nos braços um do outro? Aquele lugar a lembrava tanto de nós que apenas respirar o ar dali era como uma facada no coração?

Porque era assim que eu me sentia. A casa era um limbo torturante de lembranças. A ideia de ficar ali acabava comigo, e a de sair de lá também.

– Você não precisa ir embora ainda – falei. – É sexta à noite. Podemos pedir algo para comer, ver um filme. Saiu um novo do Nate Reynolds.

Os filmes de ação superpopulares de Nate Reynolds eram nosso prazer secreto.

Alessandra hesitou, seus olhos percorrendo nossa cama e a foto do noivado na mesa de cabeceira. Tinha sido tirada na frente da biblioteca da Thayer, onde nos conhecemos. Estávamos meio nos beijando, meio rindo, e parecíamos tão jovens e ignorantes em relação ao que o futuro nos reservava que quase invejei meu eu do passado por sua confiança e sua ousadia. Depois que Alessandra se mudou, Camila tentou esconder a foto, e eu quase a demiti na hora.

Ninguém tocava naquela foto.

Alessandra engoliu em seco. Ela pareceu indecisa e uma perigosa semente de esperança brotou em meu estômago. Ela não estava ignorando minha sugestão, como sempre fazia.

Diga sim. Por favor, diga sim.

– Eu não posso. – Ela desviou o olhar da nossa foto de noivado e terminou de fechar o zíper do vestido. – Eu tenho… tenho um encontro mais tarde.

A admissão me pegou de surpresa, e foi um golpe brutal. Não deveria. Eu sabia que ela estava saindo com outras pessoas; Dante e Kai haviam confirmado o fato, com base nas fofocas de suas respectivas parceiras. Mas saber e ouvir diretamente dela eram coisas bem diferentes.

– Ah. – Eu me forcei a sorrir, apesar da esperança arrasada. – Quem sabe na próxima, então.

– Sim – disse ela baixinho. – Quem sabe.

A porta se fechou com um clique suave e ela desapareceu. Se não fosse pelo leve cheiro de lírios, eu ficaria sem saber ao certo se ela tinha estado lá.

Me vesti e liguei a TV, mas não consegui passar dos primeiros cinco minutos do filme de Nate Reynolds. Me fazia lembrar de Alessandra. Tentei trabalhar, mas não consegui me concentrar. Mesmo uma sessão deliberadamente brutal em minha academia particular não foi capaz de desanuviar minha cabeça.

Com quem ela ia sair? Para onde ele a levaria? Eles já haviam se beijado? Ela suspirava quando ele a tocava, ou contava os minutos para poder ir para casa?

Minha imaginação me atormentou com imagens de Alessandra e seu par sem rosto, até que não aguentei mais. Peguei o celular e liguei para a única pessoa que eu conhecia que não tinha nenhuma conexão com Alessandra.

Ele atendeu no primeiro toque.

– Me encontra no Garage em uma hora. Eu preciso de uma bebida.

O Garage era um bar horroroso no East Village, famoso por seus drinques fortes e pelos bartenders que não davam a mínima se o cliente estava chorando, vomitando ou desmaiando, desde que pagasse.

Era o lugar perfeito para afogar as mágoas, e era por isso que uma fila de homens de aparência miserável lotava o bar numa noite de sexta-feira.

– Meu Deus. – Roman comprimiu os lábios enquanto examinava o salão. – Parece que acabei de entrar em uma reunião dos Corações Partidos Anônimos.

Virei a terceira dose da noite, sem responder.

– Está tão mal assim? – perguntou ele, sentando-se ao meu lado, o suéter e a calça pretos misturando-se perfeitamente à escuridão do bar.

Havíamos conversado algumas vezes, mas aquela era a primeira vez que nos víamos pessoalmente desde a briga feia antes do Natal. Eu ainda não confiava em Roman, mas nosso antagonismo fervente havia se transformado em cautela ao longo do último mês. Ele também não se envolvera em mais nenhuma morte suspeita, o que ajudava.

– A Alessandra está em um encontro. – As palavras deixaram um gosto azedo no fundo da minha língua.

– Ela não tem ido a vários encontros? – Ele chamou o barman. – Bourbon. Puro.

– Mas ela nunca tinha dito que iria a um logo depois de a gente transar.

– Ah.

Roman fez uma careta quando o garçom tatuado e cheio de piercings botou o copo no balcão. O líquido escuro respingou na madeira pegajosa.

Ele tomou um gole e fez uma careta maior ainda. O álcool ali tinha gosto de lixo nuclear; fazia parte do charme questionável do local, ou pelo menos era o que diziam seus frequentadores.

Bebemos em silêncio por um tempo. Nenhum de nós era do tipo que compartilhava sentimentos e confortava um ao outro, o que fazia dele o parceiro perfeito para beber. Eu não queria relembrar meus problemas com Alessandra; só queria me sentir menos sozinho.

Se três meses antes alguém tivesse me dito que eu estaria me sentindo um coitado, tomando um uísque de merda no East Village, enquanto meu irmão havia muito perdido me julgava silenciosamente, eu teria perguntado quais drogas a pessoa estava usando.

Como caíram os poderosos. Graças a Deus, nem Dante nem Kai estavam ali para testemunhar minha infelicidade. Eles nunca mais me deixariam em paz. Roman também não, mas eu não o via toda semana.

– Se um dia você me vir tão arrasado por causa de uma mulher, pode me dar um tiro – disse ele após minha quinta dose. – É patético.

Ele não fazia *mesmo* o tipo que reconfortava os outros.

– Tipo aquela vez que você chorou quando a Melody Kettler te largou para ficar com aquele estudante de intercâmbio da Suécia?

Eu não me importava em usar munição antiga.

Roman contraiu a mandíbula.

– Eu não chorei, e ela não me largou. Nós demos um tempo.

– Se você se sente melhor assim…

– De tudo o que aconteceu, eu e Melody termos *dado um tempo* é a última coisa que me faz sentir mal. – Ele terminou sua bebida. – Pode acreditar.

Eu clicava meu isqueiro no ritmo dos meus batimentos cardíacos. Eu o peguei assim que me sentei, mas odiava ver algo tão bonito em um lugar tão feio.

De tudo o que aconteceu. Já haviam se passado quinze anos. Eu não conseguia imaginar as coisas que Roman tinha visto e feito.

– O reformatório foi muito ruim?

– Podia ter sido pior. – Ele não olhou para mim. – Você teve que lamber muito saco para chegar tão alto?

A tensão se dissipou e uma risada rancorosa subiu pela minha garganta.

Talvez fosse a bebida. Talvez fosse o ar de indiferença que permeava o bar. Fosse o que fosse, respondi com sinceridade sobre como construí a Davenport Capital – o networking, as batidas de porta em porta e, sim, a bajulação antes de conseguir meus primeiros investidores. Ele compartilhou partes de sua vida ao longo dos anos – os vários empregos, os problemas com a justiça e o treinamento em artes marciais, de que ele fez bom uso durante nossa briga, o desgraçado.

Não éramos mais os mesmos, e nosso relacionamento nunca mais voltaria a ser como antes. Mas foi bom conversar com alguém que me conhecia de antes de tudo mudar e eu me tornar alguém que nem eu mesmo reconhecia.

CAPÍTULO 35

Alessandra

AS PORTAS DO ELEVADOR se abriram no meu andar.

Saí, os pés doendo por conta da caminhada mais cedo até Midtown e depois até o centro, para jantar e tomar drinques. Eu poderia ter pegado o metrô ou um táxi, mas caminhar clareava minhas ideias. Se não tivesse tempo para ioga, que havia continuado a praticar depois que voltei de Búzios, eu saía e vagava pelas ruas até me sentir melhor em relação a qualquer problema. Ultimamente, havia apenas uma pessoa que aparecia com regularidade durante minhas andanças.

Virei no corredor. Tinha alguém sentado em frente à porta do meu apartamento, com as costas apoiadas na parede e as pernas estendidas. Um paletó amarrotado estava no chão ao lado dele.

– Dom?

– Oi! – Ele sorriu para mim, os olhos vidrados. – Você voltou.

– O que você está fazendo?

Parei na frente dele. Havia me mudado do apartamento de Sloane para um apartamento próprio no início do ano. Ainda bem, ou ela teria feito um escândalo com aquela situação.

– Estava com saudade.

Ele não se levantou. Um tom de rosa coloria suas maçãs do rosto, e ele parecia tão triste e desamparado que me abalou mais do que um pouco.

– Tem só algumas horas que a gente se viu.

– Eu sei.

231

Senti meu coração batendo forte. *Não caia nessa, Ale.* Mas não pude evitar.

Caí de novo, só um pouquinho.

– Vamos. – Eu me abaixei e o puxei para cima. – Vamos entrar antes que alguém veja você e chame a polícia.

A velha intrometida do 6B teria um acesso de raiva se avistasse um desconhecido bêbado no corredor "dela".

Dominic entrou tropeçando no meu apartamento. Franzi a testa e tranquei a porta.

– Você caiu em um barril de uísque?

Ele *fedia* a álcool. O cheiro emanava de seus poros, sobrepondo-se ao odor das flores frescas que eu mantinha na entrada.

– Eu saí para beber com Roman. – Ele passou a mão pelo cabelo já desgrenhado. – Não consegui dormir.

– São nove da noite – comentei. – Um pouco cedo para dormir.

Levei-o até o sofá, com medo de que ele caísse, caso não se sentasse logo. Dominic cambaleava a cada passo.

Eu não o via tão bêbado desde... bem, nunca. Ele geralmente era até chato em relação a bebida. Dizia que havia visto muitas pessoas caírem no alcoolismo e no vício durante a adolescência, e que odiava a perda de controle provocada pelo álcool.

Dominic desabou nas almofadas e olhou para mim novamente. Ele engoliu em seco.

– Como foi seu encontro? – perguntou.

Não houvera encontro nenhum. Eu tinha ido a uma aula de fabricação de joias (gostara tanto da que fiz em Búzios que me inscrevi em um workshop semelhante em Nova York) antes de partir para um bar no Soho, onde pedi um *apple martini*, li três capítulos de um thriller recomendado por Isabella e fiquei olhando as pessoas ao redor. Não foi uma noite muito empolgante, mas era do que eu precisava depois de deixar Dominic.

– Foi legal.

Fui tomada pela culpa e por pensamentos incômodos. Eu odiava mentir, mas quase cedi quando ele me pediu para ficar, mais cedo naquele dia. Nós nunca ficávamos abraçados nem dormíamos juntos depois de transar, mas estar naquele quarto e ver a cama que compartilhamos, a nossa foto de noivado... Mentir sobre um encontro foi a única saída em que consegui pensar.

– Que bom. – Dominic engoliu em seco novamente. – Espero que ele não tenha te levado para comer tacos. Você odeia tacos.

Eu não odiava tacos tanto assim, apenas os evitava devido a um simples trauma. Tive uma intoxicação alimentar por conta de um taco de peixe na faculdade e desde então não toquei em mais nenhum.

– Não levou.

Por que eu sentia aquela ardência nos olhos? Meus hormônios deviam estar descontrolados, se eu estava chorando por causa de malditos tacos.

O silêncio nos fez reféns. O ar ficou úmido, denso de nostalgia, e os segundos se prolongaram com tensão suficiente para tornar meus pensamentos e emoções uma grande confusão.

O olhar de Dominic consumiu o meu.

– Você está feliz, Alessandra?

Uma faísca de sobriedade atravessou sua bebedeira e penetrou em minha alma.

Eu gostaria de ter uma resposta concreta. Em muitos aspectos, eu *estava* feliz. Tinha um negócio próspero, amigas maravilhosas e uma vida social cada vez mais agitada. Descobrira novos hobbies e estava vivendo de forma independente, *por mim mesma*, pela primeira vez na vida.

Mas sempre haveria um vazio onde costumávamos estar nós dois.

Uma peça ausente que só ele podia fornecer.

Eu não precisava de Dominic, mas sentia tanta falta dele que parecia que sim.

– Descansa um pouco – falei, evitando sua pergunta. – A gente conversa pela manhã.

Dominic não discutiu. Fui pegar um cobertor no armário de roupas de cama e, quando voltei para a sala, ele já havia desmaiado.

Uma faixa prateada iluminava sua testa franzida e sua boca. A maioria das pessoas dormia em paz, mas Dominic não. Qualquer coisa que o tivesse atormentado durante o dia o acompanhava em seus sonhos.

Mais tarde naquela noite, me peguei olhando para o teto, a mente inquieta. Já era madrugada e o ar estava impregnado com o perfume das flores. Um vaso de rosas amarelas estava ao lado da cama, junto com o bilhete que havia encontrado no fundo da minha bolsa naquela tarde.

18 de 1.000.
Com amor, Dom

Fechei os olhos contra um ardor familiar.

Dominic não foi o único que não conseguiu encontrar paz naquela noite.

CAPÍTULO 36

Dominic

ACORDEI COM UMA RESSACA dos infernos.

Britadeiras acertavam meu crânio com uma força de fazer chocalhar os ossos, e minha boca estava completamente seca. Um raio de sol atravessava a nesga entre as cortinas, e o maldito quase me matou.

Cobri os olhos com o antebraço e soltei um gemido. *Nunca mais vou beber.* Eu gostava de um bom Macallan, mas naquele momento a ideia de tomar uma única gota de uísque fez sentir um embrulho no estômago.

O que tinha acontecido na noite anterior? Geralmente, eu era muito controlado com bebida. As pessoas faziam todo tipo de merda quando estavam embriagadas, e eu fazia questão de fazer o mínimo de merda possível.

Era difícil pensar por conta do ruído do canteiro de obras em minha cabeça, mas lapsos da noite anterior começaram lentamente a atravessar o caos. *Alessandra. Encontro. Bebida. Roman. Mais bebida.*

Meu estômago embrulhou novamente, tanto com a lembrança do encontro de Alessandra quanto com a do bar de merda onde havia enchido a cara. Não era à toa que eu me sentia tão mal. Nada humilhava mais um homem do que bebida barata e más decisões.

– Aqui. – Uma voz risonha me trouxe de volta daquele martírio. – Isso vai fazer você se sentir melhor.

Levantei a cabeça, outra britadeira me golpeando com o movimento.

Alessandra estava parada perto da ponta do sofá, o rosto lavado, linda em um vestido amarelo. O cabelo castanho molhado roçava seus ombros, e os aromas inebriantes de seu perfume e xampu preencheram minhas narinas.

Eu estava destruído, e ela parecia ter saído de um conto de fadas.

Mas que ótimo. Não era o que eu tinha em mente quando tomei a decisão idiota de esperar do lado de fora do apartamento dela, feito um pervertido desesperado, na noite anterior. Maldito Roman, que não me impediu. Ele recebeu uma ligação de trabalho (assunto sobre o qual se recusou a dar detalhes) e me deixou à mercê de meus piores impulsos.

– Se você me pegar perto de uma garrafa de uísque outra vez, fique à vontade para me dar um tapa.

Eu me obriguei a sentar para pegar a água e os pastéis oferecidos por Alessandra. Ela havia me apresentado a esse petisco durante nossa primeira viagem ao Brasil e desde então eu tinha me tornado fã.

– Quem inventou bebida ruim merece levar um tiro.

Os olhos dela brilhavam de diversão.

– Eu nunca vi você com tanta ressaca nem tão desgrenhado. Eu deveria até tirar uma foto, porque ninguém vai acreditar em mim.

– Muito engraçado. Pode esfregar na minha cara, que mal faria?

Levei a água aos lábios, mas estava tão desorientado que derramei um pouco na camisa. Praguejei baixinho.

Alessandra se sacudia de tanto rir.

– Impagável! – disse ela em meio a gargalhadas, depois ergueu o celular e tirou uma foto, os lábios curvados em um largo sorriso.

– Eu juro por Deus, Ale, se essa foto parar na internet, vou postar uma sua dormindo de boca aberta no trem! – ameacei, mas um toque relutante de diversão me fez abrir um leve sorriso.

Era difícil ficar chateado quando ela se divertia, mesmo que fosse às minhas custas.

– Talvez valha a pena.

Ela enxugou os cantos dos olhos, suas risadas suavizando de vez o meu aborrecimento.

– Você parece feliz – comentei. – Não me lembro da última vez que te fiz tão feliz.

Talvez fosse uma felicidade temporária, mas ainda era felicidade. Eu já a havia feito chorar demais; vê-la sorrir compensava os golpes ao meu ego.

A diversão de Alessandra sumiu, transformando-se em uma tensão repentina e elétrica.

– Acho que isso era parte do problema. – Seu sorriso triste invadiu as brechas do meu coração. – Não tinha um ponto de definição claro entre o *antes* e o *depois* do nosso casamento. Em algum momento, o limite entre felicidade e ressentimento ficou confuso, e aqui estamos.

Um nó bloqueou minha garganta.

– E aqui estamos.

Desejei que não tivéssemos tomado aquele rumo, mas parte de mim estava feliz por isso. Por mais que o abandono de Alessandra tivesse me destruído, preferia padecer com a nossa separação a fazê-la passar o restante da vida sofrendo em silêncio. Nosso divórcio foi o choque de que eu desesperadamente precisava para acordar para a vida e perceber o que realmente importava.

Deixei o lanche de lado e me levantei. O nervosismo diminuiu meu ritmo, mas logo eu estava na frente dela, com o peito apertado e a boca seca. As britadeiras em minha cabeça recuaram sob a dor que me invadia. A ressaca não era nada perto da dor que eu sentia por saber que a magoara. Era um fato com o qual teria de conviver pelo resto da vida, mas esperava que nosso futuro pudesse nos fazer superar os erros do passado.

– Você se lembra da noite em que terminamos de limpar a loja, depois do cano estourado? Nós pedimos comida e você perguntou onde eu deveria estar, em vez de lá com você.

Alessandra assentiu com uma expressão desconfiada.

– Eu respondi que não havia outro lugar onde eu preferia estar, e era verdade.

Por natureza, eu não era muito de compartilhar meus sentimentos. Durante a infância e a adolescência, mantinha meus problemas para mim mesmo porque ninguém mais se importava, e havia trancado minhas emoções em uma caixa porque cada traço de vulnerabilidade era uma fraqueza que outras pessoas podiam explorar. Mas os últimos meses tinham carcomido lentamente a fechadura, até que ela se despedaçou aos pés de Alessandra.

Chega de me esconder. Chega de fugir. É agora ou nunca.

– Dava para ver que você não tinha acreditado em mim, porque passei a maior parte dos últimos dez anos morando no escritório, mas eu não passava o tempo todo lá porque eu gostava. Eu ficava lá porque tinha medo de que, se fosse embora, tudo desmoronaria…

Admitir isso doeu, e meu coração ainda estava disparado. Era uma verdade que eu tinha evitado encarar por muito tempo. Acreditava que dinheiro e poder acabariam com as minhas inseguranças, mas, embora tivessem resolvido meus antigos problemas, também deram origem a novos.

– Tudo pelo que trabalhei, tudo o que consegui. Eu olhava pela janela, para a cidade que as pessoas dizem que eu conquistei, e só via mais um milhão de maneiras de fracassar. Eu achava que se acumulasse *o suficiente*, finalmente estaria seguro. Mas é essa a questão. – Engoli a emoção escaldando minha garganta. – Passei semanas longe do escritório quando fui para o Brasil e não senti falta nenhuma. Mas quando cheguei em casa e descobri que você tinha ido embora… aquela noite, assim como todas as noites desde então, pareceu uma eternidade. *Sinto saudade de você* – concluí em português.

Sinto sua falta. No sentido mais profundo e verdadeiro.

Alessandra baixou o olhar enquanto eu continuava:

– Talvez eu tenha exagerado ao ficar aqui esperando por você depois do seu encontro, mas eu estava bêbado e infeliz e… – Senti uma pontada de agonia. – Eu precisava te ver.

Havia me preparado para a possibilidade de ela estar acompanhada. Tinha me convencido de que seria capaz de lidar com isso, quando, na realidade, provavelmente teria esmagado a cara do desgraçado e arruinado tudo. A sorte estivera do meu lado naquele ponto, mas eu não me sentia particularmente sortudo naquele momento, com o coração na mão, esperando que ela fizesse com ele o que quisesse. Afinal, meu coração pertencia a ela. Sempre pertencera.

– Eu não tive um encontro ontem à noite – confessou Alessandra, baixinho.

Surpresa e alegria me acertaram em meio à confusão.

– Então por que…

Ela ergueu novamente os olhos, que brilhavam de emoção.

– Porque eu fiquei com medo de me apegar demais de novo. Lá na cobertura, você me pediu para ficar e eu quase fiquei. Eu não queria… Eu não quero… – Ela respirou fundo e com dificuldade. – Tenho medo de voltar e me perder novamente. Tenho medo de que você se acomode e nosso avanço vá todo por água abaixo. Não vou aguentar passar por isso uma segunda vez, Dom. *Não vou.*

A frase dela se transformou em um soluço e, de repente, meu coração se partiu outra vez.

Alessandra

DOMINIC ME ENVOLVEU EM seus braços.

– Você não vai passar por isso de novo – disse ele com firmeza. – Nós chegamos muito longe. Não vou deixar que a gente volte para aquela situação.

Ele sempre foi bom em dizer a coisa certa. *Fazer* a coisa certa era muito mais difícil, e cada vez que eu chegava perto de acreditar nele, alguma criatura desconhecida dentro de mim me puxava de volta para as sombras do medo.

– Você não tem como me prometer isso.

Eu me afastei dele e enxuguei as lágrimas. Meu Deus, quantas vezes eu tinha chorado nos últimos meses? Estava me transformando em um daqueles personagens dramáticos e chorões que odiava nos programas de TV, mas não havia nada que eu pudesse fazer a respeito. Se eu fosse capaz de controlar minhas emoções, não estaríamos naquela situação.

– O que mudou entre antes e agora, Dom? Quando nos casamos, você me prometeu que eu nunca mais enfrentaria o mundo sozinha. – Cacos de vidro cravados em meu peito. – Mas eu enfrentei.

A emoção se agitou pela sala como uma tempestade de verão, repentina e violenta, varrendo as palavras bonitas e os impulsos da atração para revelar o ponto crucial de tudo. A razão pela qual, apesar de tudo que Dominic havia feito e do verdadeiro remorso que ele vinha demonstrando, eu não me permitia ceder de vez. Ele estava arrependido naquele momento porque se arrepender era fácil. Dom tinha uma equipe que podia cuidar de tudo enquanto ele tirava uma folga do trabalho, e dera sorte de não ter havido nenhuma emergência enquanto esteve fora. Mas o que aconteceria na próxima vez que ele tivesse que escolher entre outro bilhão de dólares e eu? Quando houvesse um conflito entre uma reunião com um cliente VIP e um encontro comigo na sexta à noite?

A expressão dele era de pura dor, mas sua resposta foi calma e firme.

– O que mudou foi que naquela época eu achava que não tinha nada a perder. Agora, eu sei que tenho tudo a perder. – Ele abriu um sorriso triste. – Você.

Você. Nunca imaginei que uma palavra pudesse machucar tanto.

O conflito interno entre acreditar nele e recuar para um local seguro me assolava. Outro pequeno soluço sacudiu meus ombros quando Dominic pressionou a testa contra a minha.

– Dá outra chance pra gente – implorou ele. – Uma última chance. Eu juro que não vou estragar tudo. Sei que minha palavra não significa muita coisa para você, mas me diz o que quer que eu faça e eu farei. – Suas lágrimas se misturaram às minhas. – Qualquer coisa. Por favor.

Não havia nada que ele pudesse fazer sozinho que já não tivesse feito. Eu poderia esperar por um sinal do universo, alguma prova incontestável de que Dominic havia mudado e não voltaria a ser o workaholic indiferente com quem vivi por muito tempo, mas sinais estavam abertos à interpretação. Eram enviados por capricho de alguma força invisível, e eu estava cansada de deixar que outros ditassem minha vida.

No final das contas, eu tinha que fazer o que era melhor para mim, seguir meu instinto, e meu instinto me dizia que não importava com quantas pessoas eu saísse ou a distância que tentasse correr, jamais conseguiria fugir do meu coração.

– Uma última chance.

Dominic relaxou de alívio com a minha resposta.

– Por favor, não me magoe – sussurrei.

Foi o único pedido que fiz.

– Não vou magoar.

A respiração irregular dele combinava com a minha. Dominic me beijou novamente, seu abraço tão doce, desesperado e carente que invadiu cada molécula do meu corpo.

– Perdi você uma vez e não quero perder nunca mais.

Nada além da fé me ligava às promessas dele, mas não era essa a base de qualquer relacionamento? Confiança, comunicação e fé de que a outra pessoa nos amava e de que seríamos capazes de enfrentar qualquer tempestade juntos.

Dominic e eu não demos certo da primeira vez, mas às vezes as coisas mais fortes eram aquelas que tinham sido quebradas e curadas.

CAPÍTULO 37

ALESSANDRA E EU PASSAMOS o fim de semana inteiro no apartamento dela. Comendo, conversando, transando. Colocamos a cara para fora uma vez, quando a vizinha rabugenta bateu na porta e gritou conosco por sermos "muito barulhentos e vulgares", mas, fora isso, os dias se passaram envoltos em uma névoa de felicidade.

Estávamos juntos novamente. Não tínhamos casado de novo, mas havíamos dormido na mesma cama e Ale tinha me convidado para a inauguração da loja. Era um salto imenso em comparação a nossos pequenos passos de antes, e a empolgação durou até segunda-feira, quando cheguei ao escritório uma hora mais tarde do que o normal, porque tinha preparado o café da manhã para nós dois.

Desci o corredor assobiando, ignorando os olhares curiosos da equipe. Caroline me interceptou perto dos elevadores e me acompanhou até minha sala, onde cruzou os braços e me olhou como se eu fosse um tigre fugido do zoológico.

– Você está doente? Precisa que eu chame um médico?

– Estou bem. – Liguei o computador e conferi os números mais recentes. – Por quê? Eu pareço doente?

– Não. Mas você está... sorrindo demais. – Ela tamborilou no braço. – Talvez eu devesse ligar para o Dr. Stanley, só pra garantir. Você tem várias reuniões importantes com clientes...

– Caroline. Eu disse que estou *bem*. Agora, você tem alguma atualização para me passar ou prefere mudar para a área médica?

Ela imediatamente voltou ao modo chefe de equipe.

– Está rolando um boato de que algo grande será lançado esta semana, um banco – contou Caroline. – Ainda não consegui dados oficiais, mas está todo mundo nervoso. Seja o que for... parece que vai abalar as estruturas.

Eu tinha ouvido os mesmos rumores. Wall Street era repleta de fofocas e boatos. Metade deles era infundada, mas eu mantinha os ouvidos atentos de qualquer maneira.

– Continue investigando. Não quero nenhuma surpresa.

– Entendido.

O restante do dia transcorreu sem problemas. Saí do escritório exatamente às cinco, o que me rendeu uma nova leva de queixos caídos e olhos arregalados. Ninguém do mercado financeiro saía do trabalho no horário, mas havia uma primeira vez para tudo.

– Não fique até tarde – disse a um dos associados juniores ao sair. – Vai jantar com a sua namorada. Aproveita a noite.

Presumi que ele tivesse uma namorada. Caso contrário, seria estranho pra caralho manter na mesa aquela foto em que ele estava com o braço em volta de uma loura sorridente.

Ele me olhou boquiaberto, com uma estranha mistura de choque, terror e reverência.

– S-sim, senhor.

Parei na floricultura habitual a caminho da Floria Designs e comprei uma rosa amarela. Em geral eles não as vendiam, mas eu os recompensava bem por adquirirem aquelas flores frescas diariamente.

– Ei. Como está indo tudo? – perguntei, cumprimentando Alessandra com um beijo.

– Bem. – Ela parecia um pouco cansada, mas sorriu quando lhe entreguei a rosa e o bilhete. *21 de 1.000*. – Estou correndo feito uma maluca, mas, fora isso, estou bem.

– Posso ajudar em alguma coisa?

A grande inauguração da Floria Designs era naquele fim de semana. A loja estava perfeita, mas Alessandra não relaxaria até que tivesse passado. Ela era perfeccionista quando se tratava de eventos.

– Você consegue me clonar ou adicionar mais horas ao dia?

Ela soprou uma mecha de cabelo da frente do olho.

– Posso pedir para o meu pessoal dar uma pesquisada nisso, mas não posso garantir uma resposta favorável até sábado. – Coloquei a mão em suas costas e a conduzi em direção à saída. – Enquanto isso, vamos comer alguma coisa.

– Eu não posso comer. Tenho que responder mil e-mails, ainda não escolhi um vestido para a festa e...

– Ale. – Paramos na porta. – Respira. Você vai dar conta de tudo. A Tracy chega amanhã, certo?

Tracy era uma de suas assistentes virtuais. Ela estava vindo de avião para ajudar na preparação e durante o evento de inauguração. A outra assistente de Alessandra tinha acabado de dar à luz, então não poderia comparecer.

– Chega, mas...

– Você vai dar conta de tudo – repeti. – Quando comeu pela última vez? Se tiver sido antes do meio-dia, o jantar é inegociável.

– Está bem – concordou ela.

Um táxi passou a toda assim que saímos, cobrindo-nos com a fumaça do escapamento e quase atropelando um entregador de bicicleta. O ciclista gritou algo obsceno; o taxista baixou a janela e lhe mostrou o dedo do meio.

– É irônico que você esteja me mandando comer, quando é você quem sempre pula o almoço.

– Nem sempre. – Mantive a mão nas costas dela e gentilmente a direcionei para longe do meio-fio. – Tomei um café e comi meio sanduíche hoje.

Eu sorri diante do olhar meio divertido e meio exasperado dela.

Alessandra ainda tinha trabalho a fazer depois do jantar, então a levei à hamburgueria gourmet na rua da Floria Designs. Tínhamos acabado de fazer nossos pedidos quando chegou uma nova mensagem no meu celular.

– É seu irmão? – perguntou Alessandra, lendo com precisão minha testa franzida.

Havia apenas uma pessoa no mundo que me provocava aquele tipo de reação.

– Sim. Me chamando para tomar alguma coisa.

Eu não queria dispensá-lo na primeira vez que ele me procurava de uma maneira normal (arrombar e invadir meu apartamento não contava), mas com certeza não deixaria Alessandra sozinha.

– Fala pra ele encontrar a gente aqui. De verdade – disse ela quando lhe lancei um olhar cheio de descrença. – Você fala tanto sobre ele... E em algum momento vamos ter que nos conhecer.

– Não sei ao certo se ele é o tipo de cara que gosta de hambúrguer e batata frita.

– Chama mesmo assim. – Alessandra pegou seu refrigerante. – Não vai doer.

Alessandra

EU ME ARREPENDI DE dizer a Dominic que convidasse seu irmão no minuto em que ele apareceu.

Roman era tão bonito e perturbador quanto eu lembrava. Ele me cumprimentou com um sorriso frio e foi bastante educado, mas havia algo naquele homem que disparava alertas estrondosos. Talvez fosse o modo como ele se movia, como um predador espreitando a noite, ou talvez fosse o gelo sob aquele olhar frio e verde. Dominic era implacável, mas muito humano; não havia humanidade nos olhos de seu irmão.

– Dom disse que você veio para Nova York a trabalho. – Tentei puxar conversa depois que nossa discussão sobre o filme mais recente de Nate Reynolds acabou. – O que você faz?

Ele cortou o hambúrguer com precisão cirúrgica.

– Eu trabalho com resoluções.

– Como assim?

– Eu resolvo problemas que outras pessoas não conseguem resolver.

Roman não entrou em maiores detalhes. Olhei para Dominic, que encontrou meus olhos com um pequeno aceno de cabeça. Ele estava acostumado com a reticência do irmão, mas parte do motivo pelo qual eu tinha pedido para ele convidar Roman foi para que pudéssemos nos conhecer melhor.

– Entendi. – Preenchi o silêncio que se seguiu com outra tentativa de tirar Roman de sua concha. Tinha que haver *algum* tópico que ele elaborasse melhor. – Você deve viajar muito, então. Onde estava antes de vir para Nova York?

244

– Por aí. – Outro pedaço meticuloso de carne e pão. – Não posso falar muito sobre meu trabalho. É confidencial, sabe?

– Deixa eu adivinhar. Se você me contasse, teria que me matar? – brinquei.

O sorriso de Roman não chegou a seus olhos.

– Tipo isso.

Senti um calafrio. O silêncio cresceu novamente, interrompido pelo tilintar ocasional de talheres e conversas nas mesas próximas.

– Você anda vendo filmes de ação demais, Rome – disse Dominic quando o silêncio começou a se tornar insuportável. – Invente algo mais original da próxima vez.

Roman soltou uma risadinha. A tensão se dissipou, substituída por um debate a respeito de qual era o melhor personagem: John Wick, de Keanu Reeves, ou Jason Rath, de Nate Reynolds.

Pelo visto, Roman só falava sobre filmes se seu irmão tivesse puxado o assunto.

Dominic pegou minha mão debaixo da mesa e a apertou. Eu apertei de volta, mesmo ficando cada vez mais incomodada. Adorava o fato de ele estar se reconectando com o irmão, mas temia que sua culpa persistente pelo que acontecera em Ohio estivesse atrapalhando seu discernimento.

Quanto ele realmente sabia sobre a vida de Roman desde que eram adolescentes?

– E você, Alessandra? – O olhar de Roman pousou no meu rosto novamente. – John ou Jason?

– Nenhum dos dois, infelizmente. Não gosto muito de filmes de assassinos.

Outra risada, agora contendo uma insinuação que não consegui identificar.

– Que pena. Você está perdendo.

– Duvido – respondi, casual.

Eu não gostava muito de sangue e violência. Explosões e perseguições de carros, sim. Tortura, não.

Os olhos de Roman brilharam de deboche, e outra onda de arrepios percorreu minha pele. Havia algo nele...

Eu tentava não julgar as pessoas pela aparência, mas meu instinto me dizia que ele era o tipo de pessoa que eliminaria quaisquer obstáculos em seu caminho utilizando-se de *qualquer* meio necessário.

E meu instinto raramente falhava.

CAPÍTULO 38

ATRAVESSEI MEU ESCRITÓRIO E PAREI em frente à penúltima arara.

– Este aqui – apontei, escolhendo um vestido dourado cintilante.

– Excelente escolha. – Lilah Amiri sorriu. – Vai ficar maravilhoso nela. Envio diretamente para o apartamento dela?

– Sim. Coloque na minha conta.

Como Alessandra estava sem tempo para escolher uma roupa para a inauguração da loja, pedi a uma de suas estilistas favoritas que me levasse uma seleção de vestidos de que ela pudesse gostar. Achei que o dourado combinava mais com ela. Alessandra sempre ficou bem naquela cor, e o corte era simples, feminino e elegante.

Eu já havia marcado a festa de inauguração na minha agenda, definido um alarme *e* encarregado Caroline e Martha de me lembrarem, caso eu de alguma forma me esquecesse disso no sábado. Tinha aprendido com meus erros. Não perderia um único encontro para tomar um café, muito menos algo tão importante para Alessandra.

Nosso novo relacionamento ainda estava em fase experimental, mas rapidamente estávamos estabelecendo uma rotina nova e melhor. Noites de encontros casuais, fins de semana preguiçosos, ligações e mensagens frequentes... Tudo isso me lembrava de quando começamos a namorar, na época da faculdade. A diferença era que eu agora dava mais valor ao que tínhamos... e que eu quase havia perdido. Também não precisava mais juntar centavos para uma boa refeição, o que era um ótimo bônus.

Me acomodei à minha mesa enquanto Martha conduzia Lilah e sua assistente para fora da minha sala. Minha equipe estava se adaptando à minha agenda mais tranquila. Porra, *eu* estava me ajustando. Depois de anos trabalhando loucamente às custas de todo o resto, era estranho desligar o celular por longos períodos e ver a lua nascer em lugares que não fossem o meu escritório. Relaxar no Brasil era uma coisa; relaxar em Nova York era outra.

Eu não odiava a nova rotina. Ainda sentia medo de perder tudo que construíra, mas as vozes haviam diminuído de gritos para sussurros.

Tinha acabado de verificar os números de minha última aquisição quando meu telefone tocou. *Kai.*

O vislumbre de seu nome trouxe uma onda de adrenalina. Ele nunca ligava no meio do dia, a menos que houvesse notícias importantes e, como CEO do maior conglomerado de mídia do mundo, estava sempre mais atualizado do que qualquer outra pessoa que eu conhecia.

– Dá uma olhada no seu e-mail.

Nenhuma saudação, nenhum adeus antes de desligar. A notícia devia ser importante.

Meu instinto me disse que tinha a ver com os rumores que haviam agitado Wall Street na última semana, e um rápido clique do mouse provou que eu estava certo.

O mercado de ações fechava em um minuto. Era o horário nobre para quem quisesse lançar uma bomba que abalaria o pregão da manhã seguinte, e era exatamente o que um informante anônimo havia feito.

Kai me enviara uma versão adaptada para disléxicos de um relatório informativo alegando uma grande fraude no DBG, um enorme banco regional. Transações fraudulentas, questões de solvência, acobertamentos no mais alto nível de gestão. Se as alegações fossem verdadeiras, seria um dos maiores casos de fraude bancária na história dos Estados Unidos.

Haveria um banho de sangue nos mercados. Eu ficaria surpreso se, até o final da semana, o DBG retivesse uma fração do seu valor.

Implicações e possibilidades inundaram minha mente em um zumbido crepitante e rodopiante. A adrenalina tomou minhas veias e fez meu coração acelerar.

Pronto. Aquela era a crise que eu estava esperando.

– Senhor.

Caroline apareceu na porta, pálida. A cacofonia atrás dela me fez notar que não éramos os únicos que haviam lido o *white paper*. Gritos e xingamentos se sobrepunham ao toque estridente dos telefones; um associado passou correndo e quase derrubou Caroline. Ela nem perguntou se eu estava sabendo da notícia; ela já sabia.

– O que você quer fazer?

Eu tinha esperado toda a minha carreira para deixar uma marca, e deixara, de muitas maneiras, mas minhas conquistas anteriores ainda não eram suficientes. Mas o que eu tinha em mente... seria mais do que bastante. Aquilo me tornaria uma lenda.

– Chama todo mundo, incluindo o jurídico, o financeiro e a diretoria. – Eu me levantei, meu sangue elétrico diante das possibilidades. – Vamos comprar um banco.

O caos começou no segundo em que acordei na sexta-feira e continuou até tarde da noite.

Como previsto, as ações do DBG caíram para mínimas históricas e o frenesi na mídia incitou uma queda de depósitos que levou um dos maiores bancos regionais do leste dos Estados Unidos à beira da ruína em menos de 24 horas.

Meu plano era simples. Para que a solvência do DBG fosse mantida, ele precisava de capital depressa, e eu tinha capital suficiente – o bastante para comprá-lo ao longo da semana, antes que entrasse em colapso absoluto.

O prazo apertado fez com que minha equipe ficasse trabalhando ininterruptamente para deixar tudo em ordem. O DBG estava totalmente de acordo, e mantivemos comunicação constante com eles ao longo do dia.

À meia-noite, ainda estávamos na sala de planejamento montada às pressas ao lado do meu escritório quando meu celular tocou.

Número desconhecido.

Ou era a pessoa que havia trocado mensagens comigo no outono (Roman disse que não fora ele, mas eu ainda estava cético) ou era mais um jornalista. A notícia da aquisição iminente tinha vazado do lado do DBG, e eu passara o dia inteiro atendendo ligações.

– O que foi? – perguntei, irritado.

Fiz um gesto para meu conselheiro geral, que veio correndo e pegou a pilha de papéis que o entreguei.

– Não compre o banco. – A voz distorcida cortou a névoa de trabalho como uma adaga. Eu congelei, uma sensação cortante descendo pela minha garganta e chegando aos meus pulmões. – Se comprar, você morre.

CAPÍTULO 39

Dominic

NÃO FUI PARA CASA na sexta à noite. Dormi algumas horas no quarto que havia montado logo depois que Alessandra saiu de casa, quando não aguentava dormir sozinho em nossa cama, e acordei antes do nascer do sol para concluir a papelada. A maior parte da minha equipe também tinha dormido no escritório.

Comprar um banco era um grande negócio não só para mim, mas para toda a empresa, e o ar fervilhava em um coquetel que continha tensão, nervosismo e empolgação. Qualquer coisa podia dar errado antes de segunda-feira; era nosso trabalho garantir que nada acontecesse.

Quando chegou a noite de sábado, eu já tinha me esquecido da ligação da noite anterior. Havia muita gente contra a aquisição, incluindo os dirigentes dos outros bancos regionais. O colapso do DBG iria beneficiá-los a longo prazo, e qualquer um deles se prestaria àquele tipo de intimidação. No entanto, eu duvidava que a ameaça de assassinato fosse cumprida.

– Estamos quase terminando. – Olheiras se destacavam no rosto de Caroline. Atrás dela, caixas de comida, xícaras de café e pilhas de documentos cobriam a mesa de reunião. – Os contratos estarão prontos o mais tardar pela manhã.

– Ótimo. – Verifiquei o relógio. Tinha que sair logo para chegar a tempo à inauguração de Alessandra. – Só me ligue em caso de emergência. Não quero receber uma única mensagem, a menos que alguém morra ou o prédio esteja pegando fogo.

A crise do DBG havia nos pegado no pior fim de semana possível, mas eu daria um jeito. Como Caroline dissera, estávamos na reta final e eu confiava na minha equipe para segurar as pontas até o dia seguinte. O restante da noite era de Alessandra.

Caroline recebeu meu pedido com tranquilidade.

– Pode deixar.

Tomei um banho rápido e me troquei no banheiro privativo da minha sala. Dois minutos para descer. Trinta minutos para chegar à loja, dependendo do trânsito. Eu tinha pouco tempo – demorei demais definindo uma cláusula essencial do contrato –, mas ia dar.

Corri para o elevador e apertei o botão do saguão.

Quarenta. Trinta e nove. Trinta e oito. O elevador passou por cada andar com uma lentidão insuportável. Pela primeira vez, me arrependi de ter montado meu escritório no andar mais alto da sede da Davenport Capital. O elevador parou no trigésimo andar. As portas se abriram, mas não havia ninguém esperando do outro lado. No vigésimo quinto andar, a mesma coisa.

Verifiquei o relógio outra vez. Minha chance de chegar na hora diminuía a cada segundo. Torci loucamente para que os deuses do trânsito estivessem do meu lado, ou eu estaria fodido.

Parei novamente no décimo sétimo andar.

– Pelo amor de Deus!

Eu precisava conversar com a administração do prédio sobre aqueles malditos elevadores. Estendi a mão para apertar o botão de fechar as portas, mas um clique suave chamou minha atenção.

O metal preto brilhou a centímetros do meu rosto, o cano tão firme e inabalável quanto a mão que o segurava.

Ondas de choque percorreram meu corpo. *Não.* Talvez eu estivesse delirando pela privação de sono, porque aquilo não fazia sentido. Só que, de uma forma perversa, fazia.

Eu deveria ter imaginado. O gosto amargo da traição brotou na minha garganta quando o olhar de Roman encontrou o meu.

– Desculpa.

A voz dele ecoou um arrependimento sincero quando me olhou nos olhos e apertou o gatilho.

CAPÍTULO 40

Alessandra

A QUANTIDADE DE GENTE na festa de inauguração superou minhas expectativas. Se Dominic e eu ainda fôssemos casados, eu não teria me surpreendido, porque todos queriam se aproximar do nome Davenport. Mas tínhamos nos divorciado e, mesmo assim, todos os convidados importantes estavam presentes e satisfeitos com a recepção. Era impressionante.

Numa rápida passada de olhos pelo salão, vi Buffy Darlington cortejando as socialites da velha guarda, enquanto Tilly Denman reinava sobre a nova geração de *it girls*. Ayana estava resplandecente em verde-esmeralda; Sebastian Laurent fazia sua primeira aparição em um evento da alta sociedade desde o fiasco do Le Boudoir; e Xavier Castillo estava relaxado no banco de veludo, seu cabelo escuro despenteado e seu sorriso preguiçoso atraindo uma infinidade de olhares de admiração, embora os olhos dele permanecessem em Sloane. Avistei até mesmo o notoriamente recluso Vuk Markovic, cujo corpo imenso fazia sua cadeira parecer ridiculamente pequena.

Deveria ser a melhor noite da minha vida. No entanto…

Olhei para o relógio. A festa tinha começado havia meia hora e Dominic ainda não tinha chegado.

Um desconforto vibrava em minhas entranhas. *Ele vai vir.* Provavelmente estava preso no trânsito. As noites de sábado em Manhattan eram um pesadelo para os motoristas.

Dei um gole no champanhe para criar forças e tomei muito cuidado para não derramá-lo no vestido. Lilah Amiri o enviara para meu apartamento na quinta à noite, cortesia de Dominic, que tinha feito um trabalho incrível escolhendo a cor e o estilo perfeitos. Ele me conhecia bem e, já que tinha se dado ao trabalho de comprar um vestido para mim, lembrava claramente que o evento era naquela noite.

Ele vai vir, repeti para mim mesma.

– Parabéns, querida! – Isabella apareceu do nada com uma bebida na mão e Kai a tiracolo, e me envolveu em um abraço forte e perfumado. – Olha só tudo isso aqui. Está *incrível!*

– Obrigada.

Eu sorri e tentei deixar minhas preocupações de lado. Ela estava certa. A noite *estava* incrível, e admitir isso não era arrogância minha.

Eu tinha conseguido abrir uma loja física em menos de quatro meses. Era verdade que tivera sorte, além de bons contatos e um fluxo de caixa constante a meu favor, mas era uma conquista que valia a pena comemorar, independentemente de quantas pessoas aparecessem aquela noite.

Eu tinha estabelecido uma meta para *mim mesma*, mais ninguém, e a alcançara. O sentimento de orgulho amenizou minhas dúvidas, e conversei um pouco com Kai e Isabella antes de me misturar aos convidados que não via com tanta frequência.

– Deveríamos nos sentar – ouvi Dante dizer quando passei por ele e por Vivian, que mostrava um mínimo indício de gravidez. Havia ansiedade em seu tom. – Eu li em um artigo que é melhor ficar sentada durante a gestação, e você está de pé há horas.

– Quarenta minutos – disse Vivian, dando um tapinha no braço do marido preocupado. – Eu estou *bem*. Estou grávida, não inválida.

– E se...

– E se a gente pegar outro daquele canapé delicioso? Excelente ideia. Vamos. – Ela o conduziu em direção à mesa de comida. – Estou com desejo de comer picles, e você precisa de uma bebida.

Contive uma risada. Dante sempre foi protetor com Vivian, mas sua preocupação havia aumentado com a gravidez. Fiquei surpresa por ele não tê-la embrulhado em plástico-bolha nem tê-la colado a si mesmo até ela dar à luz.

– Oi, Sebastian. Muito obrigada por ter vindo.

Fiz questão de cumprimentar o amigo de Dominic, que vinha lidando com um pesadelo midiático desde a morte de Martin Wellgrew em seu evento. Sebastian sempre fora adorável e sincero, o que era uma raridade na alta sociedade de Manhattan, e não merecia o tratamento injusto da imprensa.

– Jamais perderia este momento. – Um traço de exaustão tingia seu sorriso. – Parabéns pela loja. Está incrível.

– Obrigada. – A empatia suavizou minha voz. – Como você está?

– Poderia estar pior. – Ele deu de ombros. – *C'est la vie.* A mídia faz o que quer. Veja o Dominic e o DBG.

Meu coração disparou à menção repentina e inesperada do nome de Dominic. O fiasco do DBG dominava as manchetes desde quinta-feira, mas não tivéramos oportunidade de conversar pessoalmente, porque eu estava sobrecarregada com a preparação da festa e ele estava ocupado com a aquisição.

– Como assim?

– Estão todos enlouquecidos com a notícia da aquisição, não importa que lado defendam. – Sebastian balançou a cabeça. – É um grande negócio, mas este fim de semana vai ser uma loucura para o Dom e para a equipe dele. Ouvi dizer que desde ontem ninguém voltou pra casa. Aposto que vão trabalhar noite adentro.

– Ah, sim, claro. – Engoli o nó crescente em minha garganta. – Faz sentido. Bem, obrigada mais uma vez por ter vindo. Não se esqueça de pegar a sacola de lembrança antes de ir.

Aposto que vão trabalhar noite adentro.

As palavras de Sebastian ecoavam na minha cabeça enquanto eu caminhava pelo salão. Tentei me concentrar, mas não conseguia me livrar da imagem de Dominic debruçado sobre documentos, perdido no trabalho a ponto de se esquecer de todo o resto.

Não. Ele disse que viria. Havia mandado uma mensagem algumas horas antes prometendo que sairia do escritório em breve. Ele não voltaria atrás em sua palavra. Certo?

No entanto, quanto mais o tempo passava, mais o medo apertava meu peito. A antiga Alessandra teria racionalizado a ausência dele. A aquisição do DBG precisava ser concluída em um curto espaço de tempo; *claro* que Dominic deveria priorizar isso, não a inauguração de uma lojinha. Fazia sentido.

Mas esse era o problema. Nosso casamento havia desmoronado porque nos concentráramos demais na racionalidade e não o suficiente em nossos sentimentos, inclusive no modo como eu me sentia por sempre ficar em segundo plano em relação ao trabalho.

Ele agora sabia como eu me sentia e prometera várias vezes que mudaria. Mas aquele era seu primeiro grande teste desde que tínhamos voltado e ele não estava ali.

Um punho se fechou em volta do meu coração. Eu não me importaria se ele só desse uma passadinha rápida. Mesmo que desse as caras por dois minutos antes de voltar correndo para o trabalho, eu aceitaria, porque pelo menos significaria que ele havia lembrado e reservado um tempo para me ver.

Mas, à medida que os minutos se passavam e a festa chegava ao fim, ficou claro que Dominic não ia aparecer.

CAPÍTULO 41

Dominic

REAGI POR INSTINTO.

Agarrei o braço de Roman uma fração de segundo antes de ele apertar o gatilho; o tiro foi desviado, a bala atingindo o aço enquanto caíamos dentro do elevador e as portas se fechavam.

A arma caiu no chão. Tentamos alcançá-la ao mesmo tempo, mas Roman me deu uma cotovelada nas costelas bem no momento em que meus dedos roçaram o metal.

Golpes e grunhidos, punhos contra carne. O ar que deixou meus pulmões foi substituído por um instinto desesperado e primitivo de sobrevivência.

Não me permiti pensar. Se pensasse, teria que encarar a pessoa a quem pertencia a arma. A pessoa para quem eu havia ligado quando precisei de alguém para conversar. Que havia reaparecido na minha vida e sido aceita, apesar de minhas reservas, porque eu tinha cometido um único deslize e permitido ser dominado pelas emoções.

Ao contrário da nossa briga na cobertura, aquela não derramou sangue, mas machucou mais do que qualquer um dos golpes trocados antes.

Roman finalmente conseguiu uma vantagem quando meu celular tocou e dividiu minha atenção por uma fração de segundo. Com apenas um giro de seu braço, eu me vi contra a parede com uma arma pressionada sob o queixo.

Nós nos encaramos, nossa respiração pesada devido ao esforço e algo mais profundo do que a luta física.

Meu celular parou de tocar. O silêncio que se seguiu foi tão vasto e carregado que distorceu o tom da minha voz.

– Prazer em ver você também, Rome – falei asperamente.

Em algum lugar, nos recantos obscuros da minha mente, percebi que o elevador havia parado de se mover. Devíamos ter acionado o botão de emergência.

– Agora você pode me dizer exatamente que *porra* é essa?

A névoa de choque dissipou-se gradualmente, dando lugar a mil perguntas sem resposta. Por exemplo, por que meu irmão estava tentando me matar e por que, se ele me queria morto, não tentara concluir o trabalho antes? Ele tivera muitas oportunidades no último mês, quando eu havia baixado a guarda.

Por que naquele momento? Por que ali? E por que o olhar de pesar ao puxar o gatilho?

Roman contraiu a mandíbula.

– Não posso deixar você seguir com o negócio.

O que... Quando compreendi, o sentimento de traição ferveu em minhas entranhas.

– O DBG? Isso é por causa de uma merda de um *banco*?

– Eu tentei te avisar.

Não compre o banco. Se comprar, você morre. A estranha ligação da noite anterior voltou à minha mente com toda a clareza.

– Mas você disse que não estava por trás dessas ligações!

Reconheci que não havia incoerência nesse fato. Se ele não se importava de cometer assassinato, certamente não se importaria de mentir.

– As outras, não. – Os olhos de Roman cintilavam sob as luzes. – Foram eles. Eles ficaram... incomodados por eu ter feito contato com você. As ligações foram mais um aviso para mim do que para você.

O sangue latejava em meus ouvidos. *Eles.*

– Para quem você trabalha?

Eu tinha minhas suspeitas, mas queria que ele me falasse.

– Não posso contar. – Ele ajustou a pegada na arma. – Digamos que eu tenha me envolvido com a galera errada.

– Típico.

Ele não sorriu.

– Eu não queria ter que fazer isso.

– Então não faça. – Continuei fitando os olhos dele. – Não sei quem são eles, mas não estão aqui. Somos só eu e você. Só isso.

Eu estava dolorosamente consciente do metal frio contra a minha pele e dos segundos se passando. Havia uma grande chance de eu não sair vivo daquele elevador, e a única coisa em que conseguia pensar era em Alessandra.

Sua grande inauguração já havia começado. Será que ela achava que eu tinha esquecido? Que eu não ia aparecer porque estava ocupado demais com a aquisição? Era sua grande noite, e eu poderia estragar tudo, como fiz tantas outras vezes no passado.

Eu não tinha tanto medo de morrer; meu medo era de nunca mais vê-la. O arrependimento se transformou em determinação. *Foda-se essa merda.* Havíamos acabado de voltar e tínhamos a vida inteira pela frente. Eu não abriria mão disso sem lutar.

– Por que você se importa tanto com o banco? – perguntei.

Se eu pudesse distrair Roman por apenas um segundo...

– Que diferença faz a aquisição? – insisti.

– Para mim, nenhuma. Para o meu cliente, muita.

– Engraçado. – Um gosto acre brotou na minha língua. – Você falou tanto sobre lealdade, mas aqui está, escolhendo um cliente em vez do seu irmão. Lá se vai a nossa família...

Ele contraiu a mandíbula outra vez.

– Não coloque isso na minha conta. Se você tivesse escutado...

– Uma pessoa ligando de um número desconhecido, com voz distorcida? Não consigo imaginar por que não aceitaria conselhos de alguém assim. – Eu mal conseguia ouvir minha voz acima das batidas do meu coração. – Pelo menos seja franco. Parte de você sempre quis fazer isso. Você queria me fazer pagar pela traição, e esta é sua chance. Vai lá. Agora, cara a cara. Você esperou quinze anos por isso. – Agarrei seu pulso e pressionei a arma com mais força contra minha pele. – *Atira.*

Clique.

Meu coração estava mais acelerado que minha respiração. O oxigênio ficou denso, e o rancor me percorreu feito uma lâmina.

Os olhos do meu irmão brilharam e, por um segundo, apenas um segundo, pensei que fosse o fim.

Mas então Roman praguejou e a sensação do metal desapareceu da minha pele. Ele deu um passo para trás, a arma ainda apontada para mim.

– Se eu não matar você, eles vão matar nós dois. A menos que...

Esperei, preso entre o alívio e o pavor.

– A menos que você desista da aquisição. Desista do DBG, Dom, e talvez eu consiga convencê-los a nos deixar viver.

– Combinado.

– Não mente pra mim. – Roman me conhecia muito bem para acreditar na minha palavra. – Se eu deixar você ir embora e você concluir a aquisição, nenhuma equipe de segurança vai poder salvar a gente. Não vai ser só por causa do meu cliente. Vai ser uma questão de reputação para eles, e eles fariam *qualquer* coisa para defender a própria reputação. Acredite em mim.

Sombras perpassaram os olhos dele, ecos de horrores que era melhor deixar enterrados.

Minha pulsação martelava, fazendo minhas veias doerem.

Eu havia planejado fazer exatamente o que ele suspeitava. Eu sairia dali, assinaria o negócio e caçaria quem estivesse por trás daquela situação. Não descansaria até que *eles* estivessem todos mortos.

– É um banco. – Roman manteve o olhar no meu. – Um banco. Vale o que você pode perder?

O martelar se intensificou.

Eu nem deveria ficar na dúvida. Desistir daquele negócio e seguir vivendo sem precisar estar sempre alerta. Mas a aquisição do DBG não era apenas sobre conseguir *um banco*. Era o auge de tudo o que eu havia tentado fazer desde que tive idade suficiente para perceber que não precisava continuar morando na minha cidade de merda.

Ninguém jamais havia comprado um banco daquele tamanho antes dos 35 anos. Eu me tornaria o primeiro. Seria um tapa na cara de todos os opositores que encontrei no caminho e de todos os professores que disseram que eu não seria ninguém na vida. Não importava o que acontecesse depois, aquilo garantiria meu lugar na história.

Imortalizado. Indelével.

Seria minha segurança e meu legado.

Eu não tinha medo do misterioso patrão de Roman; possuía meus próprios contatos e dinheiro suficiente para enterrá-los vivos. Mas a vitória não era garantida, e eu não era o único em risco.

Quanto eu estava disposto a apostar para conseguir tudo o que sempre quis?

– A decisão é sua, Dom – disse Roman baixinho. – O que você vai escolher? Seu legado ou nossa vida?

CAPÍTULO 42

Alessandra

ELE NÃO APARECEU.

A festa terminou cedo por causa de uma tempestade iminente que fez as pessoas partirem para casa para não precisarem enfrentar uma possível enchente, mas não me importei. A inauguração tinha sido um sucesso estrondoso e minha bateria social já se esgotara ao longo da noite.

Além disso, era difícil sorrir e fingir que nada estava acontecendo quando meu coração tinha se partido antes mesmo de sarar completamente.

– Talvez ele tenha sofrido um acidente – disse Isabella. – Ele pode estar no hospital agora, tentando arrancar o soro para poder sair correndo ao seu encontro. Tenho certeza de que ele não esqueceu.

– *Isa.* – Vivian olhou para ela. – Não brinca com essas coisas.

– Ué. Coisas mais estranhas já aconteceram. – Isabella mordeu o lábio inferior. – Não acredito que Dominic tenha esquecido ou escolhido não vir. Não depois de tudo que ele fez para reconquistar a Alessandra.

– Vocês dois. – Sloane apontou para Dante e Kai, que congelaram ao mesmo tempo. Ninguém queria ser alvo da ira dela. – Cadê o amigo de vocês?

– Ele não atendeu nossas ligações – disse Kai, se recuperando primeiro, e me deu um sorriso tranquilizador. – Tenho certeza de que ele está a caminho. Ele provavelmente ficou preso no trabalho.

– Ou foi assaltado – completou Dante, e deu de ombros quando Vivian redirecionou seu olhar mortífero para ele. – Sinto muito, *mia cara*, mas é uma possibilidade.

– Pessoal, está tudo bem. – A exaustão drenou meu vocabulário para o mínimo necessário. – Não é problema de vocês. Vão pra casa. Eu vou arrumar as coisas.

– Eu ajudo – disse Sloane, pegando um saco de lixo.

– Não – respondi com firmeza. – Você já fez coisa demais.

– Mas...

– Você não pode...

Apesar dos protestos, forcei meus amigos a irem embora. Estava grata pela preocupação deles, mas queria ficar sozinha.

Joguei o lixo fora e guardei as sobras na geladeira, tudo no automático. Foi como assistir a alguém interpretando meu papel; ela se parecia comigo e se movia como eu, mas não era eu de fato. Era uma estranha vivendo a vida dos meus sonhos.

Parei em frente à colagem que havia passado semanas criando meticulosamente. Ocupava toda a parede direita. Pétalas coloridas e vibrantes gradualmente desbotavam para marrons suaves que dominavam o centro da peça, antes que um toque de cor voltasse à tela.

Vida, morte, renascimento. Não era sutil, mas eu não queria que fosse. Queria que fosse um lembrete do que eu tinha deixado para trás, e de tudo por que não queria passar nunca mais.

– Ale.

Me empertiguei com a voz atrás de mim. Eu deveria ter trancado a porta, mas estava distraída pensando em Dominic. Meus instintos de autopreservação iam embora no instante em que ele entrava em cena.

– Você está atrasado.

Não me virei, com medo de começar a chorar e nunca mais parar.

– Querida...

– Não, espera. Não é nem isso. – A desilusão deixou o esgotamento transparecer em minhas palavras. – Você não está atrasado; você simplesmente não apareceu. A festa acabou, Dominic. Você não precisa estar aqui.

– Preciso, sim. – A presença roçou minhas costas, cheia de pesar, e fechei os olhos para evitar que as lágrimas caíssem quando sua mão tocou suavemente meu braço. – Porque você está aqui.

– Então onde você estava antes? No trabalho?

Silêncio.

– Sim ou não, Dominic.

Outro silêncio mais profundo despedaçou de vez meu coração.

Então, tão baixinho que quase não escutei, ele disse:

– Sim.

Uma lágrima escorreu pelo meu queixo, e os marrons da peça central se transformaram em um monstro amorfo que coloriu todas as tonalidades do meu mundo.

Quando eu ia aprender?

– Mas não é o que você está pensando.

Dominic agarrou meus ombros e me virou, nossos olhares igualmente angustiados se encontrando. O desespero esculpia seu rosto.

– Eu queria estar aqui, amor. Juro. Eu estava a caminho quando... Meu Deus, você não acreditaria se eu te contasse.

– Vamos ver.

Eu não deveria dar corda para ele. Tinha ouvido todas as desculpas imagináveis ao longo dos anos (*foi uma emergência, quinhentos milhões estavam em jogo, o primeiro-ministro me convidou para jantar e eu não podia recusar*) e não queria ouvir mais uma. Porém, eu precisava de um encerramento e, se não perguntasse naquele momento, passaria o resto da vida imaginando.

– Roman apareceu.

Fui tomada pela surpresa. Aquilo eu não esperava.

– Admito que fiquei até mais tarde do que deveria trabalhando no contrato – disse Dominic. – Eu estava correndo para chegar à festa na hora certa quando... encontrei meu irmão.

Fiquei ouvindo, presa entre uma esperança perigosa e uma descrença cética, enquanto ele contava o que havia acontecido no elevador, com a arma e o ultimato de seu irmão.

– Eu sei que parece completamente inacreditável, mas foi o que aconteceu – disse ele por fim. – Eu juro.

Eu não soube o que pensar. Por um lado, o que Dominic contara era tão ridículo que quase me senti insultada por ele achar que eu cairia naquela história. Por outro, era exatamente por isso que era verossímil. Dominic não costumava exagerar. Suas desculpas sempre foram realistas, não histórias que pareciam o enredo de um filme de Nate Reynolds.

– Se não acredita em mim, pesquisa na internet. Eu emiti um comunicado sobre a aquisição à imprensa, que deveria ser publicado... – Ele olhou para o relógio. – Dez minutos atrás. Roman não quis me deixar ir embora sem que eu confirmasse na imprensa.

Dominic emanava ondas palpáveis de tensão enquanto eu pegava meu celular, o coração na garganta.

Não ousei ter esperanças, mas, quando vi a manchete, algo dentro de mim cedeu.

Em uma declaração chocante no fim da noite, a Davenport Capital anunciou que não irá mais adquirir o DBG Bank. O banco em apuros está sob imensa pressão desde quinta-feira...

– Obviamente, eu não contei à imprensa sobre Roman, mas isso prova o que eu disse sobre cancelar a aquisição – explicou Dominic.

Ele engoliu em seco, sua expressão marcada pelo nervosismo.

– Eu não teria feito isso a menos que tivesse sido forçado – continuou ele. – Você sabe que eu... Porra. – Ele passou de nervoso a sobressaltado quando um pequeno soluço escapou da minha garganta. – Por favor, não chore, amor. Eu não aguento.

Ele enxugou uma lágrima com o polegar, sua voz levemente embargada. Tentei contê-las, mas elas escaparam rápido demais. Brotavam de algum lugar dentro de mim, um poço secreto onde se escondia um monstro forjado a partir dos meus medos e inseguranças mais sombrios. Era o que mantinha Dominic à distância, para o caso de ele retomar os velhos hábitos, e me fez considerar o pior cenário ao primeiro sinal de problema. No entanto, quanto mais eu chorava, mais o poço esvaziava, até que o referido monstro se tornou apenas um espectro.

Enterrei o rosto no peito de Dominic, meus ombros arfando com os soluços.

– Eu achei que você tivesse esquecido.

Solucei, constrangida pelo choro, mas exausta demais para me importar.

– Eu sei. – Ele me apertou contra seu corpo e pressionou os lábios no topo da minha cabeça. – Sinto muito por não ter priorizado você antes. Por ter te tratado de uma maneira que fez você pensar que eu te esqueceria. Foi imperdoável, mas eu nunca mais vou fazer isso. – A sinceridade suavizou o doloroso pesar dele. – Eu prometo.

A última barragem que me continha desabou.

Trovões ecoavam enquanto ele me abraçava, inabalável sob a força dos meus soluços. A tempestade irrompera, e o violento golpe da chuva contra as janelas serviu como uma trilha sonora estranhamente tranquilizadora enquanto a natureza e eu liberávamos nossas emoções torrencialmente. Dominic havia deixado o trabalho no meio de um acordo histórico e multibilionário. Ele tinha menos de 72 horas para fechar o negócio e tirou um tempo para mim. Para algumas pessoas, isso era o mínimo, mas para ele – para nós – era tudo. Não importava que o negócio não tivesse sido concretizado, ou que ele tivesse perdido a festa; o que importava era o esforço e o cuidado.

Perdi a noção de quanto tempo ficamos ali, meu rosto contra o peito dele e seus braços em volta da minha cintura, mas, quando minhas lágrimas cessaram, a chuva já havia se transformado em uma garoa.

Levantei a cabeça e sequei o rosto.

– Só para constar, a única desculpa aceitável para perder eventos importantes daqui para a frente é se você estiver sob a mira de uma arma.

Dominic relaxou os ombros e o alívio transbordou de sua risada rouca.

– Entendido – disse ele, me dando um beijo carinhoso. – Embora eu espere manter esses incidentes reduzidos ao mínimo possível.

– Eu também.

Eu o beijei de volta, o calor se espalhando pelo meu peito em fios longos e cautelosos.

Duvidava que Roman e seus contratantes fossem nos deixar em paz, mas lidaríamos com isso mais tarde. Por ora, escolhi me concentrar no fato de que havíamos vencido o primeiro obstáculo real e concreto do nosso novo relacionamento.

Não importava o que estivesse por vir, nós resolveríamos. Juntos.

CAPÍTULO 43

Dominic

SE SEXTA-FEIRA TINHA SIDO um caos, segunda-feira foi um pandemônio.

Sem a ajuda do governo e sem o capital do acordo desfeito, o DBG entrou em colapso, propagando ondas de choque pelo mundo financeiro. A turbulência no mercado atingiu níveis vertiginosos, e a agência federal de garantia de depósitos bancários interveio para gerir as consequências.

O clima na empresa era sombrio. Além das implicações de longo prazo da falência de um banco de grande porte, minha equipe havia trabalhado incansavelmente na aquisição e eu a cancelara sem qualquer explicação ou aviso prévio. Eu não podia contar a verdade, então inventei uma desculpa sobre gerenciamento de risco, na qual apenas metade deles acreditou.

Isso não fez de mim a pessoa mais popular do escritório naquele dia, mas eu não dava a mínima. Não me importava de ser o vilão se isso significasse proteger as pessoas que eu amava.

– Mais alguma coisa, senhor? – perguntou Caroline após nosso briefing diário.

Ela era profissional o suficiente para não demonstrar seu rancor, mas um toque de raiva transparecia em sua postura ereta e em sua boca tensa.

Eu assenti, distraído por uma ligação de Kai. Esperei até ela sair para atender.

– Não me diga que há outra falência bancária em vista.

– Não exatamente – disse ele, soando tão atordoado que instintivamente me endireitei na cadeira. – Dá uma olhada no Twitter. É... Porra, eu nunca vi nada parecido. Faz com que o colapso do DBG pareça brincadeira de criança.

Kai não costumava falar palavrões, e aquele *porra* arrepiou cada fio de cabelo da minha nuca. Roman não havia me matado, mas tinha chances de eu morrer de overdose de adrenalina antes do fim da semana.

Não precisei procurar muito para descobrir do que Kai estava falando. Estava em todo o Twitter – e no Facebook, no Reddit, no Instagram e no TikTok, e em todas as outras plataformas de compartilhamento de informações que não me ocorreram agora.

Não era um *white paper*. Era um contrato de prestação de serviços assinado entre duas partes que descrevia, em minúcias, que o novo CEO do Sunfolk Bank havia contratado uma empresa privada mercenária para acabar com a concorrência por todos os meios necessários.

Martin Wellgrew, Orion Bank. O *white paper*, DBG.

Puta merda.

E, assim, a segunda-feira mais alucinante em décadas se tornou ainda mais selvagem.

Os especialistas levaram apenas alguns dias para verificar a autenticidade do contrato. O nome e os detalhes da empresa mercenária foram omitidos, mas isso não importava. Bastou puxar um fio solto e todo o esquema foi desvendado.

Jack Becker, CEO do Sunfolk Bank, assumira recentemente o cargo após a morte do pai. O banco já estava em dificuldades, em comparação aos concorrentes, e o estilo de gestão imprudente e impulsivo de Jack havia cavado ainda mais fundo sua cova. Enfrentando imensa pressão do conselho para renunciar ou revitalizar a empresa, ele optou por uma terceira opção: derrubar seus concorrentes até que o Sunfolk fosse o último sobrevivente.

Era um plano implausível e maluco, saído diretamente da ficção. Difícil acreditar que alguém na vida real seria corajoso ou idiota de tentar algo assim, mas o fato é que todo dia nascia um idiota.

– Alguma novidade? – perguntou Alessandra, me abraçando por trás.

Tínhamos voltado de um jantar e eu verificara as notícias enquanto ela tomava banho.

Balancei a cabeça. Já havia se passado uma semana desde que o contrato tinha vazado e Roman desaparecera outra vez.

Eu não sabia o que o fizera se voltar contra sua empresa. Ele ficara seguro depois de me convencer a desistir da aquisição do DBG, mas a traição o tornara o alvo número um. Pessoas como seu antigo empregador não parariam até encontrá-lo, e eu vivia com medo do dia em que seu corpo aparecesse boiando em algum rio ou, pior, não fosse sequer encontrado.

– Tenho certeza de que ele está bem – disse Alessandra gentilmente. – Ele sabe se cuidar.

– Espero que sim.

Virei a cabeça e lhe dei um beijo suave. Eu não sabia onde Roman estava, mas pelo menos Ale estava sã e salva, e ao meu lado.

Eu tinha demitido minha antiga empresa de segurança e contratado a equipe de Christian Harper. Era uma mudança que estava para acontecer há muito tempo e, em 24 horas, seus homens haviam atualizado completamente minha casa, meu escritório e minha segurança pessoal. Alessandra ainda morava no apartamento dela, então também havíamos incluído sua casa e a Floria Designs.

Se o antigo empregador de Roman viesse atrás de mim por conta da minha ligação com ele, eu estaria pronto, embora torcesse para que esse dia nunca chegasse. Se Alessandra se machucasse por minha causa, eu jamais me perdoaria.

Mais tarde naquela noite, quando ela estava dormindo, saí do quarto para conferir as notícias novamente. Era uma compulsão da qual eu não conseguia me livrar. Algumas pessoas eram viciadas em redes sociais ou videogames; eu era viciado em ler manchetes em busca de menções a alguém que pudesse ser Roman.

Nada.

O alívio sequer teve a chance de se estabelecer completamente quando um toque familiar o despedaçou.

Número desconhecido. Uma onda de nervosismo se espalhou pela minha corrente sanguínea.

– Alô – falei com toda a cautela.

Só havia duas opções e, quando ouvi a respiração suave do outro lado da linha, uma pontada de alívio afrouxou o aperto que eu sentia no peito.

De alguma maneira, eu soube. Não éramos irmãos de sangue, mas algumas coisas iam além desse mero detalhe.

– Se você precisar de mim, estou aqui – falei baixinho. Quanto mais tempo ele ficasse ao telefone, maior seria o risco de se expor. – Se cuida.

Ele prendeu a respiração e depois... nada. Ele desligou.

– Tudo bem? – perguntou Alessandra, sonolenta, quando voltei para o quarto.

Ela tinha sono leve e o som da porta se fechando devia tê-la acordado.

– Tudo.

Subi na cama e beijei sua testa. Roman tinha arriscado a vida ao entrar em contato, mas garantira que eu soubesse que ele estava bem. Talvez fosse besteira minha subestimá-lo. Ele era um sobrevivente; nós dois éramos.

– Tudo ótimo.

CAPÍTULO 44

Alessandra

Três meses depois

– TEM CERTEZA DE que você vai ficar bem?

– Tenho. *Vai.* – Jenny fez um gesto, me despachando. – É seu aniversário. Divirta-se! Prometo que não vou incendiar a loja.

– Isso não tem graça, depois do contratempo com o ferro.

A culpa tomou o rosto dela.

– Foi um vacilo, tá bem? Eu aprendi a lição. Agora vai lá passar o dia com seu namorado gostoso ou o próximo incidente com o ferro não será um "contratempo".

– Está bem. Se você insiste… Quem mandou contratar alguém que ameaça a própria chefe? – murmurei, bem-humorada, a caminho da saída.

Antes de se mudar para Nova York e ficar mais perto da família, Jenny era uma das minhas assistentes virtuais. Contratá-la para me ajudar a gerir a loja tinha sido um desdobramento natural.

Apesar da minha relutância em deixá-la sozinha, por ser início da temporada de formatura – flores prensadas eram um presente de formatura surpreendentemente popular –, minhas dúvidas desapareceram ao ver Dominic esperando por mim na calçada.

Ele estava encostado no carro, como se tivesse saído da capa da *GQ*, usando jeans e camisa de botão cinza com as mangas arregaçadas. Óculos escuros escondiam seus olhos, mas o sorriso que ele foi abrindo aqueceu cada centímetro do meu corpo.

– Olha só você. Tá se achando agora que é dono de um banco, né? – provoquei.

Ele raramente dirigia seu Porsche na cidade, mas vê-lo na frente, ao lado ou dentro do carro causava impactos profanos na minha libido.

– Na verdade, estou sim.

Seu tom rouco me causou um arrepio de tirar o fôlego, da cabeça até os dedos dos pés.

Desde o dia anterior, Dominic – ou melhor, a empresa de Dominic – era oficialmente a nova proprietária do Sunfolk Bank. A instituição que fora responsável por grande parte do tumulto na vida de seus concorrentes tinha caído em maus lençóis nos últimos três meses. O contrato vazado fora apenas a ponta do iceberg; após sua prisão, o CEO foi encontrado morto em sua cela devido a um "incidente não revelado". Todos suspeitavam de assassinato, mas nada fora confirmado.

Desde então, o Sunfolk passara por *dois* CEOs e várias demissões no conselho, antes de Dominic intervir. Ele fez uma oferta irrecusável, eles aceitaram, e Dom se consolidou na história do mercado corporativo.

Ele andava preocupado com o irmão e paranoico com a ideia de o ex--empregador de Roman nos caçar, mas ainda não tinha acontecido nada suspeito. Acho que Dominic percebeu que não poderia passar a vida desconfiado, então parara de ficar conferindo tudo obsessivamente e de insistir que frequentássemos apenas locais que achasse seguros.

Eu o segui até o lado do passageiro e me sentei no banco depois que ele abriu a porta.

– Então, Sr. Davenport, quais são os planos? – Arqueei uma sobrancelha, brincalhona. – Depois da propaganda que você fez, não espero nada menos que o melhor aniversário da minha vida.

Meu aniversário tinha caído em uma quarta-feira naquele ano, e Dominic insistira que tirássemos o dia de folga para uma "comemoração em alto estilo".

Ele sorriu.

– Se eu te contar, não será mais surpresa, certo?

Ele segurou a minha mão sobre o console central enquanto avançávamos pela cidade. Olhei para seu perfil, meu coração embaraçosamente pleno.

Não importava para onde íamos. Estava muito feliz por passar o dia com ele.

Dominic e eu estávamos oficialmente namorando, o que era estranho de dizer, já que um dia fôramos casados, mas não queríamos retomar o casamento de uma vez antes de resolvermos nossos problemas. E, para dizer a verdade, namorar era *divertido*. Sem complicações, sem pressão, apenas o simples prazer da companhia um do outro.

Acho que era ainda mais fácil quando se sabia que a outra pessoa era o amor da sua vida, mas, independentemente disso, eu queria saborear cada etapa do novo relacionamento.

Meia hora depois, chegamos ao aeroporto de Teterboro, onde o jatinho dele nos esperava na pista.

Aquilo despertou minha curiosidade.

– Vamos para o Brasil outra vez?

Meu irmão adoraria. Tínhamos ido lá no mês anterior, para comemorar sua promoção no restaurante, e senti que ele estava mais feliz com a retomada de meu relacionamento com Dom do que com o avanço da própria carreira.

Um brilho travesso cruzou os olhos de Dominic.

– Não. É um pouco mais perto de casa.

Ele nos levou para Washington, a cidade onde nos conhecemos, namoramos e nos apaixonamos. A cidade onde nos casamos e planejamos comemorar nosso aniversário de dez anos. Ela resumia tanto do nosso relacionamento que andar por suas ruas era como voltar no tempo.

A nostalgia se intensificou quando nosso motorista nos deixou na primeira parada do dia. Fachada preta. Placa vermelha torta. Janelas anunciando os "melhores hambúrgueres da cidade". Algumas coisas mudavam, mas aquele lugar, não.

Minha garganta se fechou de emoção.

– Frankie's.

O local de tantas madrugadas e tantos toques roubados, muitos anos antes.

Não esperava o impacto que aquilo teve sobre mim. Dominic e eu não visitávamos Washington havia anos, por isso eu insistira em ir lá para o nosso aniversário de casamento. Era tão perto de Nova York que viagens de fim de semana deveriam ser comuns, mas ele sempre queria ir para algum lugar mais distante, mais glamouroso.

Saint-Moritz. Saint-Tropez. Saint-Barts. Apesar do que significava para nós, Washington nunca havia entrado na lista dele, exceto para trabalho... até então.

– Exatamente igual – disse Dominic. – Com algumas melhorias.

– Espero que sim. – Uma risada emocionada vibrou em meu peito. – Onze anos e meio é muito tempo para nenhuma mudança.

– É mesmo.

Uma compreensão suave e silenciosa fundiu nossos olhares antes de desviarmos o rosto. Nossos dedos se entrelaçaram enquanto entrávamos na lanchonete, um gesto familiar o suficiente para me tranquilizar, mas novo o bastante para causar um frio na barriga.

Fomos na Frankie's, na Thayer, e na Crumble & Bake, para comprar meus cupcakes de limão favoritos, depois demos um passeio pela orla de Georgetown e uma caminhada sem rumo pelos novos bairros e lojas que surgiram desde que tínhamos saído de lá... Era a mistura ideal de conforto e novidade. Dominic não poderia ter planejado um aniversário mais perfeito.

– Nossa, como eu senti falta dessa cidade!

Não moraria lá novamente. Eu precisava de mais do que Washington poderia oferecer, pessoal e profissionalmente, mas estar de volta era como vestir uma calça jeans velha e adorada.

Dominic me puxou para mais perto e beijou o topo da minha cabeça.

– Podemos visitar quando você quiser.

Perto da hora do pôr do sol, a orla ficou cheia de gente. Estudantes, casais e famílias lotaram os bancos, mas uma família em particular chamou minha atenção. O casal era jovem, provavelmente na casa dos 20 anos, e parecia extremamente feliz enquanto brincava com o bebê sentado no colo da mãe.

Uma nostalgia tomou conta de mim com tanta força que me fez parar de repente.

Dominic e eu não tínhamos conversado sobre filhos desde o dia em que concordamos que queríamos tê-los. Isso fora no início do casamento. Muita coisa havia mudado desde então, mas eu ainda queria uma família – com ele. Só com ele.

Dominic seguiu meu olhar.

– Bonitinho – disse ele em tom suave.

– É.

Engoli em seco aquela dor aguda. Ele não me pressionava para avançar com as coisas ou ir mais rápido do que era confortável para mim. Tínhamos um compromisso, mas eu suspeitava que ele não sabia ao certo se eu *queria* me casar novamente um dia.

– Os nossos vão ser mais ainda.

O olhar dele se voltou para o meu. Pude ver o momento em que assimilou o que estava implícito nas minhas palavras, porque sua boca floresceu com o sorriso mais terno e lindo que eu já tinha visto.

– Sim, *amor*. Vão mesmo.

EPÍLOGO

Dominic

Quatro meses depois

NO MEIO DO ANO, Alessandra e eu voltamos a morar juntos.

Ela rescindiu o contrato do apartamento em que estava morando e eu vendi a cobertura para comprar uma *brownstone* situada no coração de West Village. Era enorme, com quatro andares, um terraço na cobertura e um quintal de tamanho médio (o que era um grande luxo em Manhattan), mas ainda tinha um clima mais aconchegante do que nossa antiga casa.

Levamos Camila e o restante da equipe doméstica junto. Camila estava incerta em relação à mudança, mas, assim que viu a cozinha, que era ainda maior que a da cobertura, mudou de ideia. Apesar das reclamações iniciais, eu suspeitava que ela estava tão feliz por estarmos juntos novamente que teria nos acompanhado até se fôssemos para uma cabana na floresta, se tivéssemos pedido. Ela tratava Alessandra como uma filha, e sua paciência com minhas mudanças de humor ao longo do divórcio havia se esgotado.

Depois que fechamos a compra da casa, Alessandra e eu consultamos um designer de interiores, mas decoramos a maior parte pessoalmente. Pela primeira vez, me preocupei menos em comprar itens caros e mais em adquirir objetos que faziam sentido para nós dois. Nosso hall de entrada ostentava flores frescas e enfeites bonitos em vez do busto de mármore inestimável, mas um tanto assustador, que eu havia adquirido em um leilão da Sotheby's, e Alessandra me convenceu a não construir um campo de minigolfe no quintal só porque eu podia. Nenhum de nós sequer *gostava* de minigolfe.

Felizmente, ela havia concordado com uma banheira de hidromassagem na cobertura e com a construção de um elevador privado. Eu não estava disposto a abrir mão de todos os luxos.

Além disso, doei uma grande quantia em dinheiro para a criação e a manutenção do Fundo Ehrlich para Bolsas de Estudo na Universidade Thayer. As bolsas oferecidas com base na necessidade dos estudantes ofereceriam gratuidade para uma dezena de novos alunos todos os anos a partir daquele outono. O professor Ehrlich fora um grande fã de minigolfe, mas eu suspeitava que, se estivesse vivo, teria gostado ainda mais das bolsas.

Às vezes, eu sentia falta da cobertura e do que ela representava – o primeiro grande sinal de que eu havia conseguido, não sabia bem o quê –, mas aquela casa tinha sido só para mim. A nova casa era para nós dois, e já era hora de oficializar.

– Dom? – A voz de Alessandra ecoou da entrada. – Você tá em casa?

– No jardim! – gritei.

Minhas mãos suavam profusamente, o que era ridículo. Eu já tinha feito aquilo antes, mas, quando se tratava de Alessandra, tudo parecia a primeira vez.

Jamais olharia para ela sem ficar maravilhado com o fato de ser minha. Jamais pensaria em quanto estive perto de perdê-la sem agradecer a Deus por ela ter voltado. Jamais a beijaria sem dar valor àquela oportunidade.

Alessandra apareceu na porta dos fundos, o cabelo brilhando sob um raio de sol. Ela havia tomado um brunch com as amigas naquela manhã e suas bochechas exibiam um tom rosado.

– Sem querer ofender, querido, mas espero que você não esteja tentando cuidar do jardim outra vez. – Alessandra fechou a porta de vidro atrás dela e olhou desconfiada para suas adoradas flores. – Lembra quando você quase matou minhas margaridas?

A Floria Designs estava prosperando tanto on-line quanto em sua loja física, o que significava que precisava de mais estoque. Alessandra obtinha de fornecedores a maior parte das flores para seu negócio, mas havia começado a cultivar algumas no jardim que construímos no lugar do campo de minigolfe.

O conceito de café e galeria/loja de flores era um grande sucesso, e embora eu odiasse a presença contínua de Aiden na vida dela (nenhum senhorio em Nova York fazia *tanto* contato com seus inquilinos sem segundas intenções), eu adorava vê-la feliz. Foi a única razão pela qual não comprei a empresa dele. Por algum motivo, Alessandra o considerava um amigo, e ela não ficaria feliz se eu fizesse isso.

– Margaridas… eram as brancas ou as lilases? Estou *brincando*. – Eu ri do olhar dela. – Eu sei que não é para tocar nelas. Em minha defesa, a tesoura escorregou. Foi um acidente.

– Claro. Pergunte às pobres flores se isso faz diferença – disse ela bufando, em tom de brincadeira.

Meu sorriso se suavizou para algo mais fácil, mais simples. Eu andava sorrindo mais ultimamente, sentindo o conforto que faltara durante a maior parte da minha vida. Era o tipo de sentimento que acalmava minha frustração quando algo dava errado no trabalho, que iluminava meus passos no caminho para casa e pintava o mundo em cores vívidas.

Estava deitado na cama em uma preguiçosa manhã de sábado, observando Alessandra bocejar e se aconchegar em meu peito, quando finalmente dei um nome ao sentimento.

Contentamento.

Não importava quanto dinheiro eu perdia ou ganhava em um único dia, no fundo eu estava feliz porque tinha tudo de que precisava bem ali.

Os pensamentos sobre Aiden, a Floria Designs e o restante do mundo desapareceram quando o momento me atingiu como um trem de carga.

Era isso. Era *ela*. Parte de mim soube disso desde o minuto em que coloquei os olhos nela, tantos anos antes, mas esse fato não tornava mais fácil o que eu estava prestes a fazer.

Não importava que eu tivesse passado meses planejando ou que tivéssemos enfrentado um pesadelo e sobrevivido. Eu queria que fosse perfeito. Era o que ela merecia.

– Falando em flores, tenho uma coisa pra você.

Estava tão nervoso que meu estômago embrulhou quando lhe entreguei a rosa. Um pequeno cartão branco estava amarrado na haste.

O rosto de Alessandra se iluminou, embora eu lhe desse uma flor todo dia.

– Eu estava mesmo me perguntando se ia ganhar minha contagem regressiva diária – brincou ela. – O que vai acontecer quando chegarmos a mil?

Não precisei pensar; a resposta sempre fora óbvia.

– Vou começar a contagem regressiva de novo, e de novo, pelo resto da nossa vida. Porque esse é o tempo que quero passar com você.

Ela pareceu atordoada quando me ajoelhei e tirei uma pequena caixa de veludo do bolso.

Meu coração batia acelerado enquanto meus dedos tremiam segurando a caixa. Eu me arriscaria um milhão de vezes por mais uma chance com a mulher que nunca desistiu de mim. Não importava se eu estava tentando passar em uma matéria na faculdade ou construir um império em sua homenagem, ela sempre seria minha força-motriz.

– Alessandra, você é a coisa mais importante da minha vida. Ser seu marido sempre será minha maior honra e conquista. Nenhuma vitória tem um gosto tão doce quanto seus beijos. Eu perdi você, e não mereço você. – Engoli em seco as lembranças do que havíamos superado. – Mas prometo sempre colocar você acima da minha ambição. Sempre ser curioso a seu respeito. Você me mostrou o valor de estar sempre aprendendo, crescendo e cuidando, e nunca te amei mais do que neste momento. Ver você escolher a si mesma quando eu não te escolhi sempre vai ser um lembrete da sua força incrível e de como é um privilégio te chamar de minha. Quero passar o restante das minhas noites com você. Quero passar a próxima década dedicado a ser o homem que você sempre mereceu. Quero que minha ganância seja pelo seu amor, pelo seu riso e pela nossa vida juntos. Não consigo imaginar ficar longe de você. Por favor, Ale, casa comigo?

Um soluço suave escapou de sua garganta. Os olhos de Alessandra brilhavam quando ela pronunciou a única palavra que valia mais do que qualquer um dos bilhões em minha conta bancária.

– Sim – disse ela, chorando. – Sim, eu caso com você.

Deslizar o anel em seu dedo foi como fechar um cadeado, mas não era uma prisão; era uma promessa.

Seus lábios encontraram os meus, com gosto salgado. Nós dois estávamos chorando, e eu soube com absoluta certeza que nenhuma reunião ou jantar seria tão importante quanto a alegria de tê-la ao meu lado. Todo sacrifício seria um equilíbrio entre meu amor e minha ambição.

Eu passaria a eternidade me tornando o homem que ela sempre acreditou que eu fosse.

Alessandra

NOSSO SEGUNDO CASAMENTO ACONTECEU em um terraço com vista para a cidade. Visitamos dezenas de locais antes de decidirmos por aquele. Era a mistura perfeita de lúdico e luxuoso, e parecia indescritivelmente mais a *nossa* cara do que o casamento tradicional na igreja que deu início à nossa união original.

Na primeira vez, fizemos o que era esperado de nós. Daquela vez, fizemos o que nos pareceu certo.

Quase todos os nossos amigos e familiares estavam presentes, incluindo minha mãe, que surpreendentemente apareceu com o mesmo marido da última vez que nos vimos. Bernard devia estar fazendo algo certo; talvez aquele fosse mesmo pra valer. Até Aiden estava presente com a bela advogada com quem havia começado a namorar dois meses antes. Nós éramos apenas bons amigos, e, apesar de Dominic suspeitar de sua simpatia – ele achava difícil acreditar que senhorios pudessem ser, bom, prestativos –, Aiden estava claramente apaixonado por sua nova namorada. Ele mal tirou os olhos dela a noite toda.

A única pessoa faltando era Roman. Dominic não tinha notícias dele desde seu desaparecimento abrupto após o vazamento do contrato que derrubara o antigo CEO do Sunfolk. Ele podia estar morto, à beira da morte ou tomando sol em uma ilha remota do Pacífico. Ninguém sabia, e nem mesmo o dinheiro e os contatos de Dominic tinham conseguido rastrear o paradeiro de seu irmão.

Dava para ver que o destino incerto de Roman o preocupava, mas sempre que eu perguntava a respeito, ele dizia apenas que Roman sabia se cuidar.

Eu não insistia no assunto. Talvez um dia seu irmão reaparecesse. Até lá, a vida continuaria.

– Você teve um ano e tanto, não foi, querida? – Minha mãe soltou um muxoxo, me despertando dos meus pensamentos. – Casada, divorciada, casada *de novo*. Olha, você está me dando um banho, hein?

Marcelo soltou uma risada, que rapidamente se transformou em tosse quando ela o encarou. Bernard estava ocupado aproveitando o bufê, então estávamos apenas nós três.

– Acho que ninguém é capaz de superar você nesse departamento, mãe – respondi secamente.

– *Shh*. – Ela ficou pálida. – O que eu já te falei sobre me chamar assim em público? *Mãe* faz parecer que eu sou uma velha. Me chame de Fabiana. Assim, parecemos melhores amigas, o que realmente somos. – Ela deu um tapinha no meu braço. – Mães e filhas são sempre melhores... Ah! Olha a Ayana ali. Será que ela conseguiu a capa da *Vogue*?

Ela saiu de repente, deixando nossa conversa para trás.

Pelo visto, o fato de eu me casar com um bilionário não era tão emocionante quando o tal bilionário já era seu genro. Caso contrário, minha mãe estaria gritando a plenos pulmões que sua filha havia fisgado Dominic Davenport.

– Ei, pelo menos ela veio – disse Marcelo depois que ela se afastou. – Já é uma vitória. – Ele se aproximou e me beijou na bochecha. – Eu sei que já disse isso, mas parabéns. É bom ter um cunhado outra vez. O mesmo. *Outra vez.* – Ele riu quando eu lhe dei um tapa de leve na barriga. – Sério, estou feliz por você e pelo Dom. Vocês foram feitos um para o outro. Só tiveram que... fazer um desvio primeiro.

Meu irmão podia ser um idiota, mas às vezes soltava grandes verdades.

Dominic e eu ficamos a primeira metade da festa cumprimentando os convidados. Eu tinha esquecido quanto tempo os noivos passavam com outras pessoas durante o próprio casamento.

Metade do Valhalla Club estava presente, incluindo o assustador, mas curiosamente intrigante, Vuk Markovic, que eu nunca tinha ouvido pronunciar uma única palavra. Ele nos cumprimentou na fila da recepção e desapareceu logo em seguida.

Xavier Castillo também compareceu, belíssimo em um terno preto. Naquele momento, ele estava recostado em uma cadeira com uma bebida na mão e o outro braço sobre os ombros de uma linda morena. Sem gravata, sem paletó, colarinho aberto e um olhar divertido quando Sloane passou por ele sem encará-lo. Ele era terrivelmente contra códigos de vestimenta, mas era tão charmoso que ninguém reclamava.

Enquanto isso, Dante e Vivian tinham vindo com sua adorável recém--nascida, Josephine, ou Josie, que foi alvo de suspiros de muitos convidados. Vivian foi minha madrinha de casamento, ao lado de Isabella e Sloane, então Dante cuidou da bebê a maior parte da noite. Ver o CEO grosseiro e grandalhão todo derretido por causa da filha *me* fez derreter, porque não conseguia parar de imaginar Dominic no lugar dele.

Falando nisso...

– Por que mesmo convidamos tanta gente? – perguntou ele quando finalmente tivemos um momento a sós. – Eu nem sei se conheço metade dessas pessoas.

– Dom, você repassou a lista inteira.

– Devo ter apagado nessa hora, porque... – Ele estreitou os olhos para um distinto cavalheiro de cabelos grisalhos no bar. – Quem é aquele sujeito ali?

Disfarcei uma risada irreprimível.

– É o vice-presidente do Sunfolk Bank.

Dominic o encarou. Fixamente.

– Meu Deus. Preciso de uma bebida. – Ele balançou a cabeça, sua exasperação se transformando em um sorriso pesaroso. – Desculpa, amor, mas se eu tiver que ficar de papo furado com mais alguém em vez de dançar com você...

– Tudo bem. Estou pensando a mesma coisa.

Meu estômago se revirou quando ele pegou duas taças de champanhe da bandeja de um garçom que passava e me entregou uma. *Chegou a hora.*

– Não, obrigada.

Ele ergueu as sobrancelhas.

– Tem certeza? Você não bebeu nada a noite toda.

– Tenho certeza. – A revirada se transformou em cambalhotas. – Na verdade, não vou tomar nenhuma bebida alcoólica pelos próximos oito meses.

A taça de Dominic congelou a meio caminho de seus lábios. Ele a baixou devagar, sua expressão mudando aos poucos de confusa para atordoada.

– Você está...

Assenti, incapaz de conter o sorriso e o nervosismo.

– Estou grávida.

Eu havia roubado o método de Vivian para dar a notícia, mas dane-se. Funcionava.

O barulho de vidro se quebrando atraiu olhares assustados dos convidados, mas não nos importamos.

Dominic passou por cima das taças quebradas, meio rindo, meio chorando, e me pegou nos braços. Então ele me beijou, e de repente estávamos rindo e chorando juntos.

Eu não tinha planejado contar a ele sobre a gravidez durante a festa. Já era um dia importante o suficiente, mas pareceu certo.

Eu havia reencontrado a felicidade. Havia me encontrado, e Dominic havia encontrado alegria em coisas além de sua implacável ambição. Nunca em nossa vida juntos pensei que o veria sem as rugas de preocupação de que tudo fosse por água abaixo, e sim com rugas ao redor dos olhos de tanto rir.

Quando seu olhar encontrou o meu naquele terraço, eu soube que sempre seria dele. E mais importante ainda: eu soube que ele sempre seria meu. Ele perderia um ou outro jantar, mas sempre voltaria para casa desejando nosso casamento. Ele nunca mais seria o homem que não demonstrava cuidado e curiosidade. Eu nunca mais seria a esposa que fingia.

Éramos sinceros e abertos, e realmente nos amávamos mais naquele dia do que no dia em que nos casamos pela primeira vez.

Nossos corações tinham cicatrizes que jamais desapareceriam, mas também brilhavam e cresciam a cada novo dia à nossa frente.

CENA BÔNUS

Dominic

— POR ACASO EU tenho cara de quem trabalha no bufê? — Dante me acompanhou até o quintal, de cara amarrada, segurando uma tigela gigante do famoso guacamole de Camila. — Sou convidado, não um garçom.

— Coloca o guacamole do lado do molho. — Ignorei suas reclamações e meneei a cabeça na direção da mesa ao ar livre, que já rangia sob o peso de vários pratos, condimentos e bebidas. — Quando terminar, procura o Marcelo e pede para ele fazer umas caipirinhas a mais. Só o Vuk entorna meia dúzia sozinho.

— *Eu* vou precisar de uma dúzia de caipirinhas depois disso — murmurou Dante, mas depois de mais resmungos e um xingamento em italiano, ele obedeceu.

— Melhor você ficar atento à sua bebida, caso ele a envenene mais tarde — disse Kai, rindo, de perto da churrasqueira, onde monitorava meia dúzia de hambúrgueres. — Ele não está acostumado a brincar de bufê.

— Azar o dele.

Não contratei um serviço de bufê profissional por um motivo. No ano anterior, tinha sido extravagante no aniversário da Alessandra, com uma viagem de duas semanas ao Sudeste Asiático. A comida, os hotéis e os passeios tinham sido incríveis, mas, depois da primeira semana, estávamos os dois com saudades de casa, e eu suspeitava que ela fosse querer algo mais discreto aquele ano.

Em vez de um evento black tie em um local chique, convidei nossos amigos mais próximos e familiares para uma festa-surpresa em que cada um contribuía com um prato de doce ou salgado. Era meio excêntrico demais, e quem inventou o conceito daquela festa merecia levar um tiro, mas era tarde demais para mudar de ideia.

– Papai! – Um redemoinho amarelo irrompeu pela porta dos fundos e caiu em meus braços. – Papai, olha o que eu fiz!

Todas as minhas questões sobre a festa desapareceram quando Bea brandiu o cartão que tinha feito. Havia um *Feliz aniversário, mamãe!* na parte superior, escrito em caneta vermelha com sua letrinha infantil. No restante do cartão havia três bonequinhos de mãos dadas. As duas figuras mais altas ladeavam a menor. Uma delas tinha longos cabelos escuros e ondulados e usava um vestido azul; a outra tinha cabelos louros e um celular na mão livre. A criança usava uma tiara e tinha um sorriso cheio de dentes.

– Gostou?

Os olhos de Bea brilhavam de esperança. Ela tinha o cabelo escuro e o sorriso contagiante da mãe, mas meus olhos e minha vontade de vencer. Mesmo com a tenra idade de 6 anos, ela não aceitava nada menos do que ser a melhor.

– Eu adorei. – Beijei sua bochecha, sorrindo quando ela explodiu em risadas de alegria. – Ficou lindo, querida.

Eu tinha ficado apavorado durante a gravidez de Alessandra: apavorado com a possibilidade de o parto dar errado, de não ser um bom pai e de alguma forma estragar minha filha, porque que experiência eu tinha com a paternidade? Não tinha exatamente nenhum modelo a seguir quando se tratava de ser um bom pai.

Mas, no momento em que segurei Bea nos braços, tudo passou. Eu soube que faria qualquer coisa para mantê-la segura e feliz.

Seis anos antes, eu tinha certeza de que só havia espaço em meu coração para Alessandra, então uma garotinha de cabelos escuros e olhos azuis apareceu e provou que meu coração era maior do que eu imaginava.

– Que horas a mamãe vem? – perguntou Bea.

Ela adorava festas-surpresa, e dava para ver que estava ansiosa para ver a mãe.

– Já, já, prometo.

Vivian, Isabella e Sloane tinham ficado encarregadas de distrair Alessandra com um dia de spa enquanto nós arrumávamos a casa.

– Por que você não guarda seu cartão em um lugar seguro enquanto esperamos?

Conhecendo minha filha, ela era bem capaz de sujar tudo de comida antes de Alessandra chegar.

Se havia uma coisa que Bea herdara de nós dois era o apreço por uma boa comida. Ela não era nada fresca, como outras crianças da idade.

Bea tomou a dianteira, me entregou o cartão e correu para o balanço, onde Josephine, filha de Dante e Vivian, estava brincando com Theo, filho de Kai e Isabella.

– Bea…

– Você é meu lugar seguro, papai – disse ela, com tanta sinceridade que minha tentativa de ser severo se dissolveu na mesma hora.

Bea voltou a brincar com os amiguinhos, e eu fiquei ali, com Kai e seu sorrisinho escroto.

– Dominic Davenport vencido por uma criança de 6 anos. Que cena.

– Olha só quem está falando.

Kai era tão apaixonado pelo filho que eu acharia ridículo, se não o entendesse perfeitamente.

– Estou só aproveitando enquanto posso. – Kai virou os hambúrgueres. – Um dia, eles não vão mais achar legal passar tempo com a gente.

Não me diga. Eu temia que esse dia chegasse, mas tentava não pensar nisso. Bea tinha apenas 6 anos, e se havia uma coisa que eu tinha aprendido era como apreciar os bons momentos à medida que surgiam, em vez de passar o tempo todo preocupado com o futuro.

Kai e eu ficamos de olho nas crianças e demos os últimos retoques na arrumação do quintal enquanto a família de Alessandra e nossos outros amigos cuidavam do interior da casa.

Eu tinha acabado de salvar os cupcakes das mãozinhas travessas de Theo quando a porta de vidro se abriu e Marcelo colocou a cabeça para fora.

– Rápido – sibilou ele. – Ela chegou!

A batida da porta de um carro ao longe validou seu aviso.

Merda. Pensei que ainda fosse levar mais uma meia hora.

Afastei Theo da comida enquanto os convidados inundavam o quintal e tentavam encontrar esconderijos. Era infinitamente mais difícil se esconder em plena luz do dia do que à noite, mas não dava para começar a festa muito tarde por causa das crianças.

– Por... porcaria – emendou Dante rapidamente quando Josephine olhou para ele com os olhos arregalados. – Não faz sentido tentar se esconder. É tudo aberto aqui atrás.

Seu rosto se suavizou quando a filha passou os braços ao redor dele e enterrou o rosto em sua cintura, como se isso pudesse de alguma forma impedir que Alessandra a visse. Eu me lembrei de uma época em que a cara amarrada de Dante era tão parte de sua aparência quanto seu cabelo escuro e seus ternos exclusivos, mas o casamento e a paternidade o haviam mudado, assim como a todos nós.

Ele ainda era um sujeito mal-humorado, mas pelo menos era mais tolerável no dia a dia.

As vozes das mulheres ecoaram pela fresta da porta de correr.

Meu coração disparou quando Alessandra apareceu. Ela estava radiante pelo dia no spa, mas, mesmo que não estivesse, ainda seria a mulher mais linda ali presente.

Felizmente, ela estava absorta demais no que Isabella estava mostrando em seu celular (obrigado, Isa) para se dar conta do espetáculo até que Sloane abriu totalmente a porta do quintal e um coro de vozes ecoou pelo espaço aberto.

– Surpresa!

Alessandra ergueu a cabeça. Depois abriu a boca em choque, mas logo deu um enorme sorriso enquanto todos a cercavam em busca de abraços.

– Gente! – Ela lançou um olhar acusador para Vivian, Isabella e Sloane. – Vocês estavam envolvidas nisso?

– Nós? – Isabella piscou, a imagem da inocência. – Mas é *claro* que *sim*.

– Eu sou promotora de eventos – acrescentou Vivian. – Isso aqui é o meu ganha-pão.

– Mas eu só queria um dia de spa. – Sloane revirou os olhos. – *Brincadeira*.

Alguém colocou uma música. A conversa encheu o quintal, seguida pelo farfalhar de pratos e guardanapos enquanto as pessoas atacavam a comida.

Fiquei para trás, deixando os outros convidados cumprimentarem Alessandra, até que a multidão recuou e eu a tive só para mim.

– Finalmente. – Diminuí a distância entre nós e lhe dei um beijo suave nos lábios. – Achei que nunca fossem te liberar.

A risada dela vibrou contra minha boca.

– Foi você que convidou todo mundo. Dominic Davenport, promotor de eventos – brincou ela. – Quem poderia imaginar?

– Não se acostume. Eu só fiz isso por você. – Encostei a boca na dela novamente. – Feliz aniversário, *amor*.

– Obrigada. – Ela sorriu, seus olhos suaves de um jeito capaz de derreter até o coração mais gelado. – Eu sei que você odeia festas, então agradeço por ter feito isso. E que bom que você escolheu o bolo de laranja em vez do de tapioca.

Eu havia passado semanas tentando decidir qual bolo comprar para ela. Como ela...

Fiquei em choque.

– Você *sabia*?

– Não – respondeu ela depressa, obviamente percebendo seu deslize. – Certo, tudo bem, eu sabia, *mas* o que importa é a intenção.

Eu não podia acreditar. Tinha sido tão cuidadoso que até comprara um segundo celular para planejar a festa.

– Como você descobriu? Foi o Marcelo?

O irmão dela era péssimo em guardar segredos.

– Eu ouvi você falando no celular quando cheguei em casa mais cedo um dia.

Merda. Eu *sabia* que deveria ter atendido aquela ligação em uma sala com isolamento acústico.

Alessandra riu.

– Sério, não tem o menor problema. Ainda é o melhor aniversário que eu poderia ter.

– Mas não foi uma festa-surpresa – resmunguei.

No entanto, minha decepção foi desaparecendo quando vi quanto Alessandra estava feliz. Ela amava estar rodeada de seus entes queridos, e as horas seguintes se transformaram em um fluxo de comida, bebida e risadas.

Bea só deu o cartão a Alessandra depois que ela abriu o último presente, no final da noite.

– Feliz aniversário, mamãe – disse ela timidamente, sua energia de mais cedo minguada pelo nervosismo e pela exaustão.

Ela tinha corrido o dia inteiro e já passava da hora de dormir.

Alessandra olhou para o cartão, seus olhos brilhando de emoção.

– Você guardou o melhor para o final! – Ela beijou o topo da cabeça de Bea. – Obrigada, querida. É lindo.

– Foi o que... – Ela abriu um bocejo gigante. – Foi o que o papai disse.

– Bem, o papai estava certo. Vou colocar na geladeira, para poder vê-lo todas as manhãs. Mas agora é hora de dormir. – Alessandra passou a mão pelo cabelo de Bea. – Amanhã de manhã vamos fazer suas panquecas favoritas para o café.

O fato de nossa filha não ter reclamado de ir para a cama, como costumava fazer, era uma prova de como estava com sono.

A casa ficou silenciosa depois que a colocamos na cama. O restante dos convidados foi embora, deixando Alessandra e eu sozinhos na sala. Nós nos sentamos no sofá, saboreando um raro momento de silêncio juntos.

Passei um braço ao redor de seus ombros enquanto ela se aconchegava ao meu lado.

– Hoje foi um bom dia – murmurou ela.

– Humm. Mesmo depois que o Marcelo ficou bêbado e vomitou no canteiro?

– Mesmo assim.

Abri um sorriso. Outro longo e silencioso momento se passou antes que eu falasse novamente:

– Você está feliz?

Ela levantou a cabeça para me olhar.

– Estou. E você? – perguntou ela baixinho. – Você está feliz?

– Estou.

Curto, simples, sincero. A verdade não precisava de explicação.

Tinha sido um dia longo, mas ficamos na sala por mais uma hora. Não conversamos muito; apenas nos abraçamos, aproveitando o silêncio confortável, até que o cansaço nos fez subir para o quarto, onde caímos no sono, absolutamente satisfeitos.

Agradecimentos

A BECCA: ESTA HISTÓRIA sem dúvida não teria sido possível sem você, e tenho muito orgulho de dizer que você não é apenas minha editora, mas também minha amiga. Obrigada por me acalmar durante minhas crises de ansiedade noturnas, me manter hidratada e abastecer minha cozinha com biscoito de algas, além de, sabe como é, criar um livro. Um dia, vamos encomendar casacos de moletom com "Pare com isso!" escrito, para comemorar.

A Vinay: você provavelmente ouviu muito mais do que queria sobre este livro, mas obrigada por responder às nossas intermináveis perguntas sobre o arriscado mundo das finanças e por atender aos nossos pedidos por algo "maluco, mas viável". Você arrasou.

A Brittney, Salma e Rebecca: obrigada, como sempre, pelo feedback sobre como fazer jus aos personagens e à história. Vocês ajudam a melhorar tudo, e a reação de vocês à história sempre me faz sorrir.

A Ana: obrigada pelos comentários detalhados sobre a cultura brasileira e a língua portuguesa. Eles com certeza ajudaram a elevar a história e destacar o passado de Alessandra. P.S.: Os comentários sobre a comida me deram vontade de visitar o Brasil (de novo). Estou começando a achar que tenho que voltar todo ano…

A Tessa: obrigada por sua franqueza e seu feedback sobre os detalhes a respeito da dislexia. Agradeço por você ter dado chance a um projeto ainda em fase tão inicial, e estou muito feliz por ter entrado em contato quando entrei. Foi o destino!

A Amy e Britt: obrigada por trabalharem com tantas ternura e pressão sob prazos apertados. Vocês são as melhores.

A Christa, Madison e o restante da equipe da Bloom Books: obrigada por tornarem este lançamento tão especial para mim. É nosso primeiro lançamento híbrido e estou impressionada com tudo que conquistamos juntos. Que venham muitas outras comemorações no futuro.

A Ellie e a equipe da Piatkus: obrigada por tornarem minhas histórias globais. Foi um prazer conhecê-los em Londres, e ver minhas histórias em livrarias do mundo inteiro nunca deixará de me fazer pensar "será que estou sonhando?".

A Kimberly, Joy e a equipe da Brower Literary: obrigada pela inacreditável paciência, pelo apoio e o comprometimento em ajudar meus livros a encontrar novos leitores. Vocês são meu porto seguro neste selvagem mundo editorial.

A Nina, Kim e a equipe da Valentine PR: este é nosso quarto lançamento juntos, e fica cada vez melhor. Obrigada por todo o trabalho duro e por tornarem minhas semanas de lançamento tão leves!

A Cat: sou obcecada por suas capas e por você. Fim de papo.

A meus leitores e o Ana's Twisted Squad: seu entusiasmo por Dominic e Alessandra era palpável. Obrigada por amarem meus personagens, pelas alterações e pelos comentários, e por compartilharem meu trabalho. Eu amo todos vocês.

bjs, Ana

**Ele nunca quis correr atrás de nenhuma mulher...
até conhecê-la.**

Leia a seguir um trecho do próximo livro da série Reis do Pecado

Rei da Preguiça

CAPÍTULO 1

Sloane

INVADIR UMA VILLA NA Grécia cuja diária custava 10 mil dólares não estava nos meus planos daquele dia, mas planos mudavam e era preciso se adaptar, em especial quando se tinha clientes que insistiam em dificultar sua vida o máximo possível.

Ralei os joelhos no concreto quando passei por cima do parapeito da varanda e pulei do outro lado. Se eu estragasse meu vestido Stella Alonso novinho por causa daquilo, eu o mataria, depois o traria de volta à vida para arrumar a bagunça e então o mataria novamente.

Para a sorte dele, aterrissei na varanda sem incidentes e voltei a calçar os sapatos de salto alto que havia atirado ali antes. As batidas fortes de meu coração me acompanharam até a porta de vidro deslizante, onde usei a chave mestra que havia "pegado emprestada" de uma das funcionárias.

Eu teria entrado pela porta principal, mas ficava exposta demais. A varanda dos fundos era a única opção.

O leitor de cartão zumbiu e, por um segundo angustiante, achei que não abriria. Então o leitor piscou em verde e eu me permiti respirar aliviada antes de firmar o queixo novamente.

Entrar era a parte fácil. Conseguir que *ele* estivesse em outro país ao pôr do sol era outra história.

Fiz um rápido desvio até a cozinha e depois atravessei a sala até a suíte principal. Fiz uma careta quando vi as garrafas de cerveja vazias espalhadas pela bancada da cozinha e precisei de toda a minha força de vontade para não jogá-las na lixeira, limpar o mármore e borrifar desodorizador de ambientes.

Mantenha o foco. Minha reputação profissional e pessoal estava em jogo.

A villa estava fresca e silenciosa, apesar do sol do início da tarde entrar pelas janelas, e o quarto estava ainda mais fresco e silencioso.

Cheguei à cama e, sem qualquer cerimônia, virei uma enorme tigela de água gelada sobre seu ocupante adormecido. A velocidade da reação dele arrancou de mim um breve arfar sobressaltado.

Uma mão forte disparou e agarrou meu pulso. A tigela vazia caiu no chão e o quarto girou quando ele me puxou para a cama, rolou por cima de mim e me prendeu contra o colchão antes que o arquejo saísse completamente da minha boca.

Xavier Castillo olhou para mim, seu belo rosto franzido.

O filho único do homem mais rico da Colômbia e meu cliente menos colaborativo era, via de regra, extremamente despreocupado, mas não havia nada de despreocupado na maneira como seu antebraço pressionava minha garganta ou nos oitenta quilos de músculos sólidos que me prendiam à cama.

Ele relaxou quando a raiva deu lugar ao reconhecimento e a um toque de pânico.

– Sloane?

– Eu mesma.

Levantei o queixo, tentando não me concentrar no seu calor; ele estava bem mais quente que o colchão úmido nas minhas costas.

– Olha, se você puder me soltar agora, eu agradeceria. Estou estragando um vestido de setecentos dólares.

– *Mierda* – esbravejou ele e tirou a mão do meu pescoço. – O que está fazendo aqui?

– Meu trabalho.

Eu o empurrei de cima de mim e me levantei. Era impressão minha ou estava exponencialmente mais frio agora do que cinco minutos antes?

– Hoje é dia 12. Você sabe onde deveria estar, e não é aqui.

Olhei para ele, desafiando-o a bater boca comigo.

– Achei que fosse um invasor. Eu poderia ter te machucado.

Depois que ficara nítido que eu não era uma ladra nem uma sequestradora, um sorriso familiar substituiu sua carranca. Xavier retomou seu lugar na cama, a imagem da despreocupação.

– Tecnicamente, você *é* uma invasora, mas muito bonita. Se queria se juntar a mim na cama, era só falar. Não precisava ter todo esse trabalho. – Ele arqueou uma sobrancelha para a tigela no chão. – Como você entrou, afinal?

– Roubei uma chave mestra, e nem tente me distrair. – Depois de três anos trabalhando com Xavier, eu estava acostumada com seus truques. – É uma da tarde. Seu jatinho já está nos esperando no aeroporto. Se partirmos em meia hora, chegaremos a Londres a tempo de nos prepararmos para o evento de gala desta noite.

– Ótimo plano. – Xavier esticou os braços acima da cabeça e bocejou. – Só tem um problema… Eu não vou.

Cravei minhas unhas nas palmas das mãos, mas consegui me conter. *Respire.*

Lembre-se de que assassinar um cliente não é considerado profissional.

– Você vai sair dessa cama, *sim* – afirmei, minha voz fria o suficiente para congelar as gotas de água na pele dele. – Vai embarcar naquele jatinho, vai ao baile com um sorriso no rosto e vai participar do evento até o final como um bom representante da família Castillo, senão vou passar a ter como missão pessoal garantir que você nunca mais tenha um segundo de paz. Vou invadir todas as festas onde você estiver, alertar todas as mulheres que sejam bobas de cair no seu papo e banir dos meus eventos todos esses seus amiguinhos que estimulam seus piores impulsos. Posso fazer da sua vida um inferno, então não me queira como inimiga.

Xavier bocejou outra vez.

Essa vinha sendo nossa dinâmica desde que o pai dele me contratara, havia três anos, pouco antes de Xavier se mudar de Los Angeles para Nova York, mas eu estava cansada de pegar leve com ele.

– *Quer dizer então que você é minha nova assessora.*

Xavier se recostou na cadeira e apoiou os pés na minha mesa. Dentes brancos brilhavam contra sua pele bronzeada, e seus olhos cintilavam com uma malícia que me deixou alerta.

Dez segundos depois de conhecer meu cliente mais lucrativo, eu já o odiava.

– *Tire os pés da minha mesa e sente-se como um adulto de verdade.*

Não me importava que Alberto Castillo estivesse me pagando o triplo dos honorários habituais para que eu cuidasse de seu filho. Ninguém me desrespeitava dentro do meu escritório.

– *Caso contrário, pode ir embora e explicar ao seu pai por que foi dispensado pela sua assessora de imprensa no primeiro dia. Imagino que isso terá um impacto negativo no seu fluxo de caixa.*

– *Ah, então você é* dessas. – *Ele assentiu, mas seu sorriso endureceu à menção de seu pai.* – *Caxias. Entendi. Você deveria ter se apresentado assim em vez de usar seu nome.*

Quebrei minha caneta favorita por segurá-la com muita força.

Eu não era uma pessoa supersticiosa, mas deu para perceber que aquilo não era um bom presságio para o futuro do nosso relacionamento.

Eu estava certa.

Eu pegava leve com ele em algumas situações porque os Castillos eram meu contrato mais importante, mas meu trabalho era manter a reputação de sua família imaculada, e não lamber as botas do herdeiro deles.

Xavier era um homem adulto. Já era hora de agir como tal.

– Essa é uma baita ameaça – disse ele lentamente. – *Todas* as festas e todas as mulheres? Você deve gostar mesmo de mim.

Ele saiu da cama com a graça preguiçosa de uma pantera despertando do sono. Usava uma calça de moletom cinza na altura dos quadris, revelando uma pele marrom-dourada e uma entrada em V na barriga que não se esperaria de alguém que passava a maior parte dos dias em festas e dormindo. Tatuagens escuras subiam por seu peito e seus ombros nus e desciam pelos braços em padrões complexos.

Se fosse qualquer outra pessoa, eu teria admirado a pura beleza masculina em exibição, mas era Xavier Castillo. O dia em que admirasse qualquer coisa além de seu compromisso com a falta de compromisso seria o dia em que, de alguma forma, eu conseguiria chorar outra vez.

– Não se preocupe, Luna – disse ele, respondendo ao meu olhar inquisidor com um pequeno sorriso. – Não vou contar para os seus outros clientes que sou seu favorito.

Às vezes ele me chamava pelo meu verdadeiro nome. Outras vezes, me chamava de Luna. Não era meu apelido, nome do meio nem sequer parecido com Sloane, mas ele se recusava a me dizer por que o usava e havia muito tempo que eu desistira de fazê-lo explicar ou parar com aquilo.

– Você pode falar sério pelo menos uma vez? O evento é uma homenagem ao *seu* pai.

– Mais um motivo para não ir. Meu pai não vai estar lá pra receber o prêmio nem nada. – O sorriso de Xavier não mudou, mas seus olhos brilharam com uma centelha desafiadora. – Ele está morrendo, lembra?

As palavras pairaram entre nós e sugaram todo o oxigênio do quarto enquanto nos encarávamos, a calma imperturbável dele como uma rocha contra minha crescente frustração.

A relação de pai e filho dos Castillos era notoriamente espinhosa, mas Alberto Castillo me contratara para administrar a reputação da família, não as questões pessoais entre eles – a menos que os acontecimentos privados chegassem ao conhecimento do público.

– As pessoas já te acham um herdeiro mimado e imprestável por se esquivar das suas responsabilidades depois do diagnóstico do seu pai – falei, sem pegar leve. – Se você perder um evento de premiação dele como Filantropo do Ano, a mídia vai te comer vivo.

– Isso eles já fazem. E "premiação"? – Xavier ergueu as sobrancelhas. – O cara assina um cheque de alguns milhões todos os anos e não só recebe uma redução nos impostos, mas também toda essa bajulação por ser um filantropo. Eu e você sabemos muito bem que esse prêmio não significa merda nenhuma. Qualquer pessoa com dinheiro suficiente no bolso pode ganhar. Além disso… – Ele se recostou na parede e cruzou os braços. – Mykonos é muito mais divertida do que mais um baile lotado. Você deveria ficar. A brisa do mar vai te fazer bem.

Merda, eu conhecia aquele tom. Era o tom dele de "pode colocar uma arma na minha cabeça que mesmo assim não vou ceder, só pra te irritar". Eu já tinha passado por aquilo mais vezes do que gostaria.

Fiz um cálculo mental rápido.

Eu não tinha chegado àquele ponto da minha carreira travando batalhas perdidas. *Precisava* estar em Londres naquela noite, e nossa janela para partir a tempo estava diminuindo depressa. Perder meu compromisso não era uma opção, mas, se Xavier ficasse na Grécia, o meu trabalho exigia que eu ficasse também e cuidasse dele.

Como não tinha tempo para fazê-lo se sentir culpado, ameaçá-lo ou convencê-lo a fazer o que eu queria, que eram as estratégias de sempre, recorri à última alternativa.

Barganhar.

Cruzei os braços, espelhando sua postura.

– Me fala.

Ele arqueou ainda mais as sobrancelhas.

– Qual é sua condição – falei. – O que você quer em troca de comparecer à cerimônia? Qualquer coisa que envolva sexo, drogas ou atividades ilegais está fora de questão. Tirando isso, estou disposta a negociar.

Ele estreitou os olhos. Não estava esperando que eu fosse ceder tão facilmente e, se eu não precisasse estar em Londres às oito da noite, não teria cedido mesmo. Só que eu não podia perder meu compromisso, então a opção era negociar com o maldito.

– Está bem. – Os lábios de Xavier se curvaram com seu sorriso característico, embora uma sombra de desconfiança permanecesse em seu rosto. – Já que você está tão disposta, eu também vou ser direto. Eu quero férias.

– Você já está de férias.

– Não pra mim. Pra você. – Ele se afastou da parede, com passos lânguidos mas deliberados, cruzando o quarto e parando a poucos centímetros de mim. – Eu vou ao baile de gala se você prometer sair de férias comigo depois. Três semanas na Espanha. Nada de trabalho, só diversão.

A proposta foi tão inusitada que tive dificuldade de entender.

– Você quer que eu tire três semanas de folga do trabalho?

– Sim.

– Você está completamente doido.

Eu havia ficado um total de dois dias sem trabalhar desde que começara a Kensington PR, minha agência boutique de relações públicas, seis anos antes. O primeiro foi no enterro da minha avó. O segundo, quando fui internada com pneumonia (correr atrás de paparazzi no auge do inverno dava nisso). E, mesmo nesses dois momentos, eu me mantivera atualizada dos e-mails pelo celular.

Eu era meu trabalho. Meu trabalho era eu. A ideia de abandoná-lo, mesmo que por um minuto, fazia meu estômago se revirar.

– O acordo é esse. – Xavier deu de ombros. – É pegar ou largar.

– Esquece. Isso não vai acontecer.

– Está bem. – Ele se virou para a cama outra vez. – Nesse caso, vou voltar a dormir. Sinta-se à vontade para ficar ou voltar para casa. Para mim, não faz diferença.

Cerrei os dentes.

Desgraçado. Ele sabia que eu não iria para casa e deixá-lo ali para semear o caos na minha ausência. Com minha sorte, ele organizaria uma orgia na praia naquela noite só para causar burburinho e deixar evidente que não estava na festa como deveria.

Olhei para o relógio na parede. Precisávamos sair em quinze minutos se quiséssemos chegar ao baile a tempo.

Se não fosse pelo meu compromisso às oito em Londres, eu poderia ter peitado Xavier, mas...

Merda.

– Eu consigo tirar dois dias – disse, cedendo.

Um fim de semana não me mataria, certo?

– Duas semanas.

– *Uma* semana.

– Fechado.

Suas covinhas me ofuscaram novamente e percebi que tinha sido passada para trás. Ele deliberadamente começara com uma oferta maior para me fazer negociar até chegar ao que ele havia planejado desde o início.

Infelizmente, era tarde demais para arrependimentos, e, quando ele estendeu a mão, não tive escolha a não ser apertá-la e concordar com o prazo proposto.

Aquela era a pior coisa a respeito de Xavier. Ele era inteligente, mas se aproveitava disso das piores maneiras.

– Não me olha como se eu tivesse matado seu peixe de estimação – disse ele com a voz arrastada. – Eu vou te levar pra passear. Vai ser divertido. Confie em mim.

Seu sorriso se alargou diante do meu olhar gélido.

Uma semana na Espanha com uma das pessoas de que menos gostava no planeta. O que poderia dar errado?

CAPÍTULO 2

Xavier

NADA ALEGRAVA MAIS MEU dia do que irritar Sloane. Suas respostas eram absolutamente previsíveis e sua raiva, extraordinária, e eu adorava ver aquela fachada de rainha do gelo derreter o bastante para revelar um vislumbre da pessoa de verdade por baixo.

Não era algo que acontecia com frequência, mas, quando acontecia, eu guardava aquela imagem na gaveta mental onde reunia tudo relacionado a Sloane.

– *Ah, então você é dessas. – Dei uma olhada para o coque apertado e o vestido sob medida de minha nova assessora de imprensa. – Caxias. Entendi. Você deveria ter se apresentado assim em vez de usar seu nome.*

O olhar que ela me lançou poderia ter explodido um quarteirão inteiro.

Objetivamente, Sloane era uma das mulheres mais bonitas que eu já tinha visto. Olhos azuis, pernas longas, rosto simétrico... Nem Michelangelo teria sido capaz de esculpir um corpo feminino melhor que aquele.

Pena que nada disso vinha acompanhado de senso de humor.

Ela deu uma resposta ríspida qualquer, mas eu já não estava prestando atenção.

Queria que meu pai se fodesse por me forçar a aceitar aquele acordo idiota. Se não fosse pela herança, eu o mandaria pastar.

Assessores de imprensa eram babás de luxo, e eu não queria nem precisava disso. E, por mais agradável que fosse olhar para ela, já dava para ver que Sloane seria uma grande estraga-prazeres.

Aquele tinha sido nosso primeiro encontro. Minha animosidade inicial em relação a ela perdera o gás desde então, deixando em troca... porra, nem sabia dizer. Curiosidade. Atração. Frustração.

Sentimentos muito mais complexos do que hostilidade, infelizmente.

Eu não sabia quando a situação tinha mudado, mas gostaria de poder voltar atrás e desmudar. Preferia odiá-la a ficar intrigado com ela.

– Se endireita – disse Sloane, sem tirar os olhos do homem que vinha em nossa direção. – Você está em um evento black tie, não na praia. Tenta *fingir* que quer estar aqui.

– Eu tenho bebida, comida e uma mulher linda ao meu lado. É claro que quero estar aqui – respondi lentamente, dizendo uma verdade acompanhada de uma grande mentira.

Meu olhar passou por ela rápido o suficiente para que Sloane não percebesse, mas por tempo o bastante para gravar a imagem em minha mente. Em qualquer outra pessoa, o vestido preto simples ficaria sem graça, mas Sloane poderia vestir uma sacola de compras e ainda assim ficar deslumbrante.

A seda cobria seu corpo esguio, destacando a pele impecável e os ombros nus e macios. Ela havia prendido o cabelo em uma versão mais sofisticada do coque de praxe e, além de um par de pequenos brincos de diamante, não usava acessórios e quase nenhuma maquiagem. Ela obviamente tinha se vestido com a intenção de não chamar atenção, mas não conseguia se misturar à multidão, assim como uma joia não conseguia se misturar à lama.

Confesso que eu não esperava que ela aceitasse minha proposta. Torci para que sim, mas ela era casada com o trabalho e o baile não era tão importante assim. Era um evento qualquer em homenagem ao meu pai, não o Legacy Ball ou um casamento real.

Ela estava abrindo mão de uma semana de seu precioso tempo de trabalho em troca da minha presença ali? Isso não me cheirava bem, mas a cavalo dado não se olha o dente.

Havia séculos que eu morria de vontade de tirar Sloane do escritório por um tempo. Ela andava tão tensa que acabaria explodindo, e eu não queria estar presente quando isso acontecesse. Ela precisava descontrair. Além disso, a viagem era a oportunidade perfeita para corrompê-la – fazê--la soltar os cabelos (e se soltar também), relaxar, se divertir. Eu *pagaria* para vê-la relaxando na praia feito uma pessoa normal, em vez de fazendo as pessoas chorarem ao telefone.

Sloane Kensington precisava de férias mais do que qualquer outra pessoa que eu conhecia, e eu precisava…

– Xavier!

Eduardo por fim nos alcançou. O melhor amigo do meu pai e CEO interino do Castillo Group apertou meu ombro, interrompendo meus pensamentos antes que se desviassem para um caminho perigoso.

– Eu não esperava ver você aqui, *mi hijo.*

– Nem eu – respondi em um tom seco. – Bom te ver, *tío.*

Ele não era meu tio biológico, mas isso não fazia diferença. Ele e meu pai eram amigos de infância. Eduardo fora um de seus conselheiros de maior confiança antes de meu pai adoecer e estava no comando até que o conselho tomasse a decisão final sobre esperar meu pai melhorar ou ir em busca de um novo CEO permanente.

Eduardo se virou para Sloane e lhe deu o habitual beijo colombiano na bochecha.

– Sloane, você está linda. Imagino que devo agradecer a você por esse rapaz aqui ter aparecido. Eu sei como é difícil negociar com ele. Quando ele era criança, nós o chamávamos de *pequeño toro.* Teimoso feito um touro.

A ira que ela demonstrara mais cedo se transformou em um sorriso profissional.

– Estou aqui para isso. Fico feliz em fazer meu trabalho.

Ela mentia tão bem quanto eu.

Conversamos um pouco, até que outro convidado atraiu Eduardo para longe. Ele receberia o prêmio de Filantropo do Ano em nome de meu pai, já que eu havia me recusado, mas todos pareciam ansiosos para conversar com ele sobre negócios e não sobre caridade.

Clássico.

Peguei Sloane consultando o relógio novamente enquanto caminhávamos em direção à nossa mesa.

– É a décima segunda vez que você olha para o relógio desde que a gente chegou. Se você está tão ansiosa para ir embora, podemos pular essa cerimônia chata e ir para o bar encher a cara.

– Eu não *encho a cara* e, se você quer saber, vou me encontrar com uma pessoa daqui a uma hora. Espero que você consiga se comportar depois que eu for embora.

Apesar de seu tom frio, uma tensão visível marcava seu maxilar e seus ombros.

– Encontrar com alguém tão tarde em Londres? – Nós nos acomodamos em nossos assentos assim que o mestre de cerimônias subiu ao palco e aplausos preencheram o salão. – Não me diga que você tem um encontro *caliente.*

– Se eu tenho ou não, não é da sua conta.

Ela pegou o cardápio em letra cursiva e o analisou, sem dúvida buscando por nozes e afins. Sloane tinha uma estranha implicância com elas (e não era nenhum tipo de alergia, eu já tinha verificado).

– Estou surpreso que você tire tempo para encontros.

O mestre de cerimônias começou o discurso de boas-vindas. Meu lado racional me disse para deixar o assunto de lado, mas não consegui. Havia algo em Sloane que sempre fazia meu bom senso desaparecer.

– Quem é o sortudo?

– Xavier. – Ela largou o cardápio e olhou para mim. – Não é o momento. Não queremos repetir aquele vexame de Cannes.

Revirei os olhos. Fui pego cochilando uma vez durante um discurso de premiação importante, e só por isso eu não prestava. Se eventos daquele tipo não fossem tão chatos, talvez fosse mais fácil ficar acordado.

As pessoas não sabiam mais o que era entretenimento. Quem queria ficar ouvindo música de elevador e tomando as mesmas bebidas sem graça servidas em todos os bailes de gala? Ninguém. Se eu me importasse minimamente, daria algumas dicas aos organizadores, mas não era o caso.

Os garçons passavam com comida, que eu ignorei em favor de mais champanhe conforme a cerimônia avançava.

Me desliguei completamente e comecei a refletir sobre o tipo de cara com quem Sloane poderia estar saindo. Durante todos aqueles anos trabalhando juntos, eu nunca a tinha visto com ninguém nem a ouvido mencionar um encontro, mas, obviamente, ela devia ter alguém.

Sloane tinha um pavio curtíssimo, mas também era linda, inteligente e bem-sucedida. Mesmo ali na festa havia vários homens de olho nela nas mesas ao redor.

Terminei minha bebida e encarei um deles até que desviasse o olhar, com o rosto vermelho. Sloane era minha acompanhante apenas formalmente, mas era falta de educação ficarem olhando para ela quando estava comigo. As pessoas não seguiam mais as regras de etiqueta?

A sala irrompeu em sua mais alta salva de palmas. Eduardo se levantou e percebi que o mestre de cerimônias acabara de anunciar meu pai como o Filantropo do Ano.

– Bate palma – ordenou Sloane sem olhar para mim. Um sorriso tenso surgiu em seu rosto. – As câmeras estão viradas para nós.

– E quando não estão?

Aplaudi com pouco entusiasmo, e só mesmo por causa de Eduardo.

– É uma honra receber este prêmio em nome de Alberto esta noite – disse ele. – Como vocês sabem, ele é meu amigo e sócio há muitos anos...

Sloane olhou para o relógio e juntou seus pertences quando Eduardo encerrava seu discurso, que pelo menos tinha sido curto.

Eu me endireitei.

– Já está indo?

Só tinham se passado cinquenta minutos, não uma hora.

– Para o caso de ter trânsito. Confio que você vai se comportar na minha ausência.

Ela enfatizou a última frase com um olhar de advertência.

– Assim que você sair, vou jogar minha bebida na cara de algum convidado e invadir o sistema de som – respondi. – Tem certeza de que não quer ficar?

Ela não pareceu achar graça.

– Faça isso e nosso acordo já era – disse ela categoricamente. – Nos falamos mais tarde.

Sloane se levantou discretamente da cadeira e foi em direção à saída. Eu estava tão concentrado em vê-la partir que só percebi que Eduardo havia se aproximado quando ele pousou a mão em meu ombro.

– Tem tempo para conversar? Precisamos discutir um assunto.

– Claro.

Sem Sloane, eu faria qualquer coisa para não ficar sentado ali com os colegas de mesa mais chatos do mundo.

Acompanhei Eduardo até o corredor. Com o fim da cerimônia, os convidados tinham voltado a beber e a circular pelo salão, e ninguém prestava muita atenção em nós dois.

– Eu ia ligar para te contar, mas pessoalmente é melhor.

Livre dos olhares atentos dos fotógrafos, a boca de Eduardo formou uma linha séria que fez meu pulso acelerar.

– Xavier...

– Deixa eu adivinhar. É sobre meu pai.

– Não. Sim. Bem... – Eduardo passou a mão pelo rosto, estranhamente hesitante. – A situação dele é estável. Não houve nenhuma mudança no quadro.

Uma pontada de alívio ou de decepção afrouxou o nó em meu peito. Eu era um merda muito grande por ter sentimentos conflitantes sobre o que deveria ser uma boa notícia?

– Isso significa que ele não está piorando, mas também não está melhorando – disse Eduardo. – Faz meses que você não o visita. Deveria ir vê-lo. Pode ajudar. Os médicos dizem que ter pessoas queridas por perto…

– Esta é a questão: pessoas queridas. Já que minha mãe não está por perto, imagino que fodeu.

A única pessoa de quem meu pai realmente gostara na vida foi minha mãe.

– Ele é seu pai. – Meu tio postiço estreitou os lábios. – *Deja de ser tan terco. Haz las paces antes de que sea demasiado tarde.*

Pare de ser tão teimoso. Faça as pazes antes que seja tarde demais.

– Não sou eu que preciso fazer as pazes – respondi.

Não dava para ficar tentando para sempre, uma hora todo mundo desistia, e eu havia atingido meu limite anos antes.

– Enfim, a conversa está boa, mas eu tenho outro compromisso.

– Xavi…

– Boa volta para casa. Diz para todo mundo que eu mandei um oi – falei, me virando.

– É a empresa da sua família! – exclamou Eduardo às minhas costas.

Ele soou resignado. Só havia assumido o cargo de CEO interino porque eu me recusara, e eu sabia que ele tinha a esperança de que eu magicamente "recuperasse o juízo" em relação a assumir o legado da família um dia.

– Você não pode fugir disso para sempre.

Não desacelerei o passo.

Com a cerimônia concluída, o baile estava basicamente encerrado, o que significava que eu não quebraria meu combinado com Sloane se fosse embora.

A lembrança dela e de onde estava naquele momento – provavelmente em um encontro com algum idiota – piorou meu humor já sombrio.

Eu normalmente tentava ver o lado bom das coisas, mas, porra, às vezes a gente tinha o direito de se sentir uma merda.

Peguei meu casaco no guarda-volumes e entrei em um dos táxis pretos que esperavam do lado de fora do evento.

– Neon – falei, me referindo à nova boate mais badalada da cidade. – Te dou uma gorjeta de cem libras se você conseguir me levar até lá em menos de quinze minutos.

O táxi deu partida. Olhei pela janela, vendo as luzes de Londres passarem, ansioso pelos drinques que afastariam qualquer pensamento sobre Eduardo, meu pai e certa assessora de imprensa que ocupava minha mente muito mais do que deveria.

CONHEÇA OS LIVROS DE ANA HUANG

REIS DO PECADO
Rei da Ira
Rei do Orgulho
Rei da Ganância

Para saber mais sobre os títulos e autores da Editora Arqueiro,
visite o nosso site e siga as nossas redes sociais.
Além de informações sobre os próximos lançamentos,
você terá acesso a conteúdos exclusivos
e poderá participar de promoções e sorteios.

editoraarqueiro.com.br